I0637667

# БЕЛЫМ ПО БЕЛОМУ

*Михаил Батюков*

RussPress.com®

Copyright © 2006 by RussPress.com
All rights reserved.


Printed in the United States of America.


No part of this publication may be reproduced, stored in a
retrieval system, or transmitted in any form or by any means,
electronic, mechanical, photocopying, recording, or otherwise,
without the prior written permission of the copyright owner.

ISBN 978-0-6151-3737-7

# ОГЛАВЛЕНИЕ:

Потерянным Поколениям Советской Молодежи
Посвящается Эта Книга

## Окна души

распахнуты настежь
в пахнущий
утренней свежестью сад.

Но стекла разбиты,
рамы сгнили.

А внутри осыпается ржавчина
иллюзий,
идей,
идеалов,
мыслей
и
чувств...

странніk

1990

## Самолётик

Я сижу на открытой террасе 111-го этажа и пишу эти строчки. Тучки небесные, вечные странніки, мимо плывут цепью жемчужною в сторону южную. Вот нацарапал кое-что на листочке, сложил его в самолетик и запустил его тучкам в догонку.

Мне абсолютно безразлично, что будет дальше с моим самолётиком. Пролетит ли стая диких уток и с удивлением глянет на белую точку? Застрянет ли самолётик среди листвы столетних дубов и птицы используют бумагу как подстилку для гнезда? Упадёт ли самолетик туда, где открыт канализационный люк и продолжит ли полёт течением в реку, а затем - в безбрежный океан? Залетит ли самолётик случайно кому-то в раскрытое настежь окно? Упадёт ли самолетик на мостовую и будет ли нещадно раздавлен грубыми колесами машин? Поднимет ли самолётик зачуханный небритый бездомный со своей тележкой и вечно счастливой улыбкой на лице? Помочится ли на упавший с неба самолётик пробегающая мимо собака? Затащит ли самолётик в свою норку крыса чтобы почитать перед сном своим детям? Прилипнет ли самолётик к каблучку проститутки с 11-ой стрит? Упадёт ли самолётик на территорию зоопарка и обезьянки будут с ним носиться как угарелые, вырывая листок друг у друга из рук?

Мне абсолютно безразлично, что будет дальше с моим самолётиком. Под рукой у меня новый листок бумаги. А значит родится и новый самолётик...

# Мертвые души – 21-ый век

(несколько слов о системе голосования в ходе литературного конкурса
«Вся королевская рать» [ www.litkonkurs.ru ] и не только)

Прошло три недели со времени начала конкурса и можно уже подвести некоторые итоги. Итоги смешные и грустные, обнадёживающие и не очень.

В нескольких словах мне хотелось бы коснуться верхушки Парнаса, первой десятки, так сказать. Мнение мое абсолютно субъективное, надеюсь никого не обижу своими словами. Я верю в радикальную честность. Именно из неё и куются стихи поэтами.

Итак, о честности поэтического мастерства. О том, что отличает поэтов от не-поэтов, дарность от без-дарности? Что же это? Слово. И то, как и где оно сказано. Вспомним выражение Сократа: "Скажи мне что-нибудь, чтоб я тебя увидел". Говорил он это, обращаясь к собеседнику, которого он видел внешне. Но только слово открывает внутренний облик души. И сразу видно, если этот облик есть, и сразу видно, когда его нет. Так как за словом (или словами) скрываются либо мысли, либо их отсутствие.
Другого не дано.

Особенно важно слово в рецензиях поэтов друг на друга. Настоящие, нормальные поэты всегда доброжелательны. Стихи рождённые из злости, фальши, обмана, предательства никогда хорошими стихами не станут. Это имитация поэзии и поэта. Имитация всегда недолговечна. Наличие души невозможно съимитировать ее отсутствием. Если "поэт" пишет "хорошие" стихи (имеет 1567 очков!?) и в рецензиях на других поэтов позволяет себе высказывания типа:

(на стихотворение "Коломенское") Таисии: "Вам совершенно не надо стихи писать. Не мучьте себя напрасно." Или ЮНЕ на "Она убегала ...": "Не пишите стихи, зачем вам это?". Или на "За миг до ... звонка": "Средний стих". Поэт ли он? Сомневаюсь.

Настоящие стихи (так же как и настоящие поэты) рождаются из искренности в отношении к себе, к людям, к природе. Маленький пример – коротенькое стихотворение **Екатерины Сережиной** под названием **"Творчество"**:

> **Бомж, из коробок**
> **спальню сложивший свою,**
> **тоже дизайнер.**

Чтобы так красиво сказать совсем не нужно набивать себе полторы тысячи очков через искусственно созданные читательские имена (мертвые души 21-го века) с фальшивыми электронно-почтовыми адресами.

Итак, что отличает поэтов от не-поэтов, дарность от без-дарности? Ответ простой: честность и искренность.

Далее о системе голосования. Мое предложение, читатели имеют право выставлять только от 0 до 5 баллов за отдельное произведение. Авторы выставляют от 5 до 10 баллов с ОБЯЗАТЕЛЬНОЙ короткой рецензией на прочитанную работу. Более того каждый автор просто ОБЯЗАН иметь свою собственную фотографию, а не фото собак, котов, цветов, деревьев и просто фантастических небес.

Интересно вспомнить Бродского, который, будучи в ссылке в отдалённых местах, любил изучать черно-белые квадратики с лицами поэтов, пытаясь их одушевить и привести лицо на фото в соответствии с понятыми строчками.

Без всякого сомнения, не нужно быть цыганкой, чтобы верить в связь внешнего с внутренним; тела, лица с душой и наоборот. Вот что сказал об этом **Бродский** в его эссе об Одене **"Поклониться тени"**:

"То, что взирало на меня со страницы, было лицевым эквивалентом рифмованного двустишия, истины, которая лучше познаётся сердцем. Черты были правильные, даже простые. В этом лице не было ничего особенно поэтического, ничего байронического, демонического, ироничного, ястребиного, орлиного, романтического, скорбного и т.д. Скорее всего это было лицо врача, который интересуется вашей жизнью, хотя знает, что вы больны. Лицо, хорошо готовое ко всему, лицо-итог."

Чем излечивает врач-поэт своих пациентов? Любовью, интонацией, словом. Лицо настоящего поэта – это истина во плоти. Истина, захваченная врасплох, и, как бабочка, перелетающая от сердца к сердцу.

7-18-2003

страннiк

## Цветы и Мороз ( Эмили Диккинсон )

Красивый перевод стихов - это искусство!
Задача переводчика не просто сохранить все слова
оригинала (это спорно), но донести доступно и смысл, и
простоту, и красоту высказанных на другом языке мыслей -
оживить стихотворение, или дать ему новую жизнь.

Набравшись смелости и наглости представляю один из моих
вариантов перевода маленького стихотворения Emily Dick-
inson про цветы, мороз, солнце и Бога:
---
Apparently with no surprise
To any happy Flower
The Frost beheads it at its play –
In accidental power –
The blonde Assassin passes on –
The Sun proceeds unmoved
To measure off another Day
For an Approving God.
---


Ожиданно
для каждого
счастливого Цветка
стать жертвой белобрысого Мороза.



Отмерит
Солнце
равнодушно
новый день
все одобряющему Богу...

---

Это один из вариантов, который совсем не претендент на
совершенство. Сколько переводчиков - столько и вариантов!

При жизни Эмили Диккинсон (1830-1886) были напечатаны
всего СЕМЬ её неподписанных стихотворений. Она вела
скромную жизнь в маленьком городке Амхерст на севере
США.

После смерти в ее комнатке была найдена
картонная коробка в которой обнаружилось
до полутора тысяч стихотворений. Эти стихи
были опубликованы почти полностью только
в 1954-м году.

На одной из страничек со стихами была такая запись:
**"Мои стихи - это мое письмо миру".**

## Отзвук на "Блаженство творчества" Льва Вишни
[ www.litkonkurs.ru ]

В древних-древних «Ведах» было записано:
«Благомыслие-Благословие-Благодеяние – ЗА.
Зломыслие-Злословие-Злодеяние – ПРОТИВ».

Удивление – не есть чувство избранных. Удивление
принадлежит всем. Творческий интерес к жизни – ко всем ее
проявлениям (от удивительных до мерзких) – есть чувство
избранных. Никто никому не мешает иметь этот бесплатный
творческий интерес к жизни (тем более, к своей
собственной жизни тоже).

Талант любой, включая литературный, принадлежит
каждому человеку с рождения. Звуки, буквы, краски и слова
принадлежат всем. Свои слова, мысли, краски и талант
находит далеко не каждый.

Нет никакой необходимости в хвастовстве своими
знаниями. Знания тоже принадлежат всем. Чем больше
знает человек, тем меньше он трубит об этом всему свету.
Человек богатый, как это ни странно, обычно молчун.

Самый простой способ заработать деньги – это их
ЗАРАБОТАТЬ любым трудом. Труд творческий – есть
только одна из разновидностей труда.

При желании, любой текст (включая текст своей жизни)
можно корректировать и не спускаясь с горы, продолжая
находиться на вершине и без всякой ненависти к самому
себе. Человек, который знает свои ошибки сам, никогда не
станет панически бояться критики. Он понимает, что

идеальных текстов просто не бывает. Совершенный текст мёртв.
Даже Библия не совершенна по написанию (чем и интересна). Он принимает мнения и суждения других людей о своем творчестве, примеряет их на себя и спокойно откладывает в сторону те одёжки, которые не подходят ни по размеру, ни по ткани, ни по цвету мысли. Он никогда не станет тратить бесценную творческую энергию на бессмысленные перепалки и диспуты. Энергия творческая любит экономию и рациональное использование.

Человек, который знает свои ошибки сам, никогда не станет хвататься за шашку и рубить врагов ("страшных волков и хитрых воров") направо и налево. Он понимает, что его главный враг – это он сам и набор его несовершенств: пробелы в знаниях, в мировоззрении и мироощущении, в неумении понять и выслушать альтернативную точку зрения других.

Человек, который знает свои ошибки сам, - всегда самокритичен. Он никогда не станет выносить свои ошибки на свет божий, чтобы подразнить волков, овец и критиков. Он, прежде всего, отполирует свой текст сам. Так, чтобы текст блестел золотинками интересных мыслей, приглашающих задуматься читателя ( а заодно и критика).

Интересный текст – всегда импульс, сгусток положительной энергии. Хороший текст как мяч баскетбольный для волков и собак. Погонять его можно по полю, а вот укусить и, тем более, проглотить совсем невозможно. Остается только передавать его из рук в руки, любуясь совершенством мысли.

Вот что думал **Иван Александрович Ильин** о природе творчества:
«Человек творит не из пустоты: он творит из уже сотворенного, из сущего, создавая новое в пределах данного ему естества – внешне материального и внутренне –

душевного. Творящий человек должен внять мировой глубине и сам запеть из нее.

Он должен научиться созерцать сердцем, видеть любовью, уходить из своей малой личной оболочки в светлые пространства Божии, находить в них Великое – сродное – сопринадлежащее, вчувствоваться в него и создавать новое из древнего и невиданное из предвечного. Так обстоит во всех главных сферах человеческого творчества: во всех искусствах – и в науке, и в молитве и в правовой жизни, в общении людей и во всей культуре. **Культура без любви есть мёртвое, обреченное и безнадежное дело.** И все великое и гениальное, что было создано человеком – было создано из созерцающего и поющего сердца.»

Кстати, а что если самое главное гениальное произведение в мире уже создано и это произведение есть не что иное как белоснежный чистый лист бумаги? Нет на этом листке строчек о деньгах, о славе, о самоутверждении, о кровавой борьбы за свою правоту. Есть пустота, откуда все приходит и куда все исчезает. Есть бесконечно сладкий простор и полет фантазии. Что тогда?

9-22-2003

страннiк

# Шёпот

Вы когда-нибудь слышали журавлиный клекот,
их печальную песнь-прощание
на сиреневом фоне неба?

Вы когда-нибудь слышали тополиных снежинок шёпот,
их пушистых платьев шуршание
на широких улицах города?

Вы когда-нибудь слышали муравьиный топот,
их тяжелое натруженное дыхание
на одиноких лесных тропинках?

А
может
кто-нибудь,
где-нибудь
прислушивается к нашему
топоту тоже?

## Whisper

Have you ever heard
witty cranes' screams,
their farewell songs singing
among the lilac skies?

Have you ever heard
poplar snowflakes' whispers,
their fluffy dresses rustling
among the windy streets?

Have you ever heard
tiny ants' tramples,
their harsh strained breathing
among the lonely forest paths?

What if
somewhere
somebody
is making an effort
to hear our tramples too?

## Моей Лолите

Илоне В. П.

Как жаль,
что я тебя не знал,

не тронул
жемчужины лона твоей души,

не уронил к ногам твоим
красное летнее платье.

Что мне золото, ладан и смирна,
пред твоим обнаженным плечом,
уткнувшимся занозой
в мой бугорок Любви?

# Отзвуки

(Семеты-Феврализмы*)
*семь маленьких стихов написанных в феврале

«Февраль. Достать чернил и плакать!»
Борис Пастернак

\*\*\*
1.

личность
гармонично слепа
хаотична
заблудилась
с палочкой
на мосту

\*\*\*
2.

Элиот –
высокий модернизм
традиционного письма
простым карандашом
по небу

\*\*\*
3.

средневековая поэзия
анонимно-манерна
эротично-прозрачно
многомерно-интимно
сложна

\*\*\*

\*\*\*

4.


Рильке –
учитель стихов
письма –
иероглифами души
по соленой поверхности
моря


\*\*\*

5.


переводчик
дня светотени
повис
на паутинке
перебирая лапками
загрустил


\*\*\*

6.


Экзюпери –
бесконечно
простой
многогранный
в глубине
Средиземного моря
вертикально
сложен


\*\*\*

## 7.

человек
как текст
многоточен
отсутствием
смысла и цели,
картинок...

\*\*\*

февраль-2005

Отзвуки на «Отзвуки»:
---
"человек
как текст"

Действительно, в рамках такой парадигмы постигать
человека очень интересно.
А сочинять (ТВОРИТЬ) - еще интереснее. А если учесть ещё
несколько метафор-философем ("мир как текст", "текст как
мир", "человек как мир" и "мир как человек"), то даже
пугаешься открывающейся бездне смыслов и могуществу
Слова. Поэтому в сугубо философском смысле я не согласен
с Вашим:
"многоточен
отсутствием
смысла и цели,
картинок..."
Тем более что собственно картинки (ОБРАЗЫ) вы и
создаёте в Вашем стихотворении. С художественной же
точки зрения, на мой взгляд, - просто замечательно. А
философия - это же вечный спор. Согласны?
P.S. Об Элиоте - очень красиво и, на мой взгляд, верно.

С уважением,
Андрей Бореев

---




Андрей,
большое спасибо за комментарий. Рад знакомству.
И благодарю за несогласие. Тем не менее, человек рожден (Богом) белоснежно-чистым листком бумаги и "многоточен отсутствием смысла и цели, картинок...". Какие картинки-образы, будут нарисованы на этом чистом листке, какой смысл и какая цель превращения "многоточия" в слова - здесь уже все зависит от самого человека, от его "со-творения" (сочинения+творения) своей собственной судьбы (текста с картинками).

И еще:
"We create ourselves by words. Before we are businesspeople or lawers or engineers or teachers, we are human beings. Our growth as human beings depends on our capacity to understand and to use language. Writing is a way of growing. No one would argue that being able to write will make you marally better. But it will make you more complex and more interesting -- in a word, more human." Thomas S. Kane, "Oxford Essential Guide to Writing"

Всего доброго!

## Тебе

Инессе Г. Я.

Женщина
с маленькой
курносой грудью,
с родинкой
справа над входом,

я окунулся
в омут
твоих глаз, губ, волос, тела
и плавно поплыл
к уснувшему
острову Восторга...

# Кто виноват и что делать?
[ www.litkonkurs.ru ]

Жить достойно можно при любом строе, при любой системе.

Основная тенденция на которой сейчас зациклилась не только система образования, но и политика, экономика, культура в России — это поиск внешнего врага везде и во всём. Виновата Америка, что мы плохо живём. Виновато правительство, что мы плохо живём. Виновата школа, что плохо воспитывает детей. Виноваты родители, что не заставляют детей читать (а значит — думать).

Обвинения всех и вся будут бесконечны до тех пор пока каждый в отдельности не станет отвечать только за себя, за свои поступки, за свою собственную жизнь.
И здесь помочь тебе никто не сможет кроме тебя самого.
Есть только один враг — это ты сам, твоя ленность, отсталость и косность мышления.

Виноват каждый из нас, что он живет то плохо. Изменения внешние (к лучшему) возможны только через внутреннюю работу души. Душа обязана трудиться! Самообразование, самосовершенствование —вот ответ на все вопросы, проверенный веками и столетиями.

Все знания в книгах. Я повторяю — ВСЕ! Учитель литературы может только легонько подтолкнуть в правильном направлении, помочь написать несколько строчек жизни, сложить их в самолетик и запустить в открытый мир.

Дальше уже любой самолетик выбирает свой курс сам.
И курс этот индивидуален. Для каждого он единственный и неповторимый, свой. Людей неинтересных нет, их судьбы как истории планет, у каждой всё особое, своё и нет планет похожих на нее…

Но в основе самосовершенствования всегда СЛОВО, всегда свободный полет МЫСЛИ, всегда самопознание, чтобы познать других.

Пора начать добросовестно работать каждому над самим собой, прежде всего, над своим поведением, над своими знаниями и мыслями. **И учить в школе именно этому — духовной работе над собой.** На настоящий момент это просто жизненная обязательность и необходимость, а не этика невозможного.

Благословия-благомыслия-благоденствия
всем вам во всех делах и начинаниях ваших!

## Сон

Там,
за холмом,

погасив
багровую лампу заката

и укрывшись
звёздным покрывалом вечности

уснул
усталый
сероглазый день.


В пиликаньи
кузнечиков оркестра,

в оперном пении
солисток-квакуш,

в миганьи
разноцветных глаз
многоэтажек
городских окраин,

в затихающих голосах
человеческих и других насекомых

слышно его дыхание...

## Лоскутное Покрывало (New Центоны)

Средний человек в среднем прочитывает за всю свою жизнь до 3000 книг. Много это или мало?

> Пролетный дикий гусь!
> Скажи мне, странствия свои
> С каких ты начал лет?

### Кобаяси Исса

В эпоху эллинизма писали "фигурные стихи", придавая им форму яйца, топора, алтаря, пары крыльев, свирели и т.д., предвосхитив новаторские эксперименты Аполлинера на два тысячелетия. Христианские поэты IV-го века также не чуждались формалистических исканий. Помимо фигурных стихов они писали перевертыши и акростихи. В ходу были и центоны ("лоскутное покрывало"), составленные исключительно из цитат.

\*\*\*

Еще в начале своего писательского пути **Толстой** так определял для себя процесс литературной работы: "Нужно писать начерно, не обдумывая места и правильности выражения мыслей. Второй раз переписывать, исключая всё лишнее и давая настоящее место каждой мысли. Третий раз переписывать, обрабатывая правильность выражения." Интересно, что в России в XIX-ом веке даже письма писались с черновиками.

\*\*\*

Знаменитый японский поэт и стиховед **Фудзивара Тэйка** (1162-1241) указывал, что хорошее стихотворение может быть только экспромтом. Суть пятистрочной танка состоит в мгновенном отклике на прекрасную в своем цветении сакуру, пение кукушки, внезапно овладевшую поэтом тоску о былом:

Весна - совсем не та,
Что в прошлом,
И луна...
И только я
По-прежнему тоскую о тебе.

Японская поэзия импрессионистична в точном значении этого слова. Великий поэт **Мацуо Басе** учил, что стихотворения "нужно писать, опережая мысль".
И еще: "Создание стихотворения должно происходить мгновенно, как дровосек валит могучее дерево или как воин кидается на опасного противника, точно так же, как режут арбуз острым ножом или откусывают большой кусок от груши."

Мгновенное создание стихотворения определялось японскими поэтами как миг религиозного экстаза и просветления ("сатори"), когда суть этого мира становится кристально ясной. Стихотворение почиталось в значительной степени текстом священным.

Японские литераторы, часто совмещавшие занятия как поэзией, так и прозой, стали сочинять прозу так же, как они сочиняли стихи, то есть замысел и его окончательная фиксация не были разделены "временем черновиков". Так появляется очень японский жанр прозы – "дзуйхицу" ("вслед за кистью").

Первым из дошедших до нас произведений "дзуйхицу" стали "Записки у изголовья" в переводе В. Н. Марковой. "Записки" состоят из 306-ти "отрывков", связанных между собой не столько сюжетной канвой, сколько личностью автора, его мироощущением. Здесь и наблюдения над людьми и природой, описания праздников, разделы, названные "То, что наводит тоску", "То, что кажется отвратительным" и т. п.

Легенда, передающая историю создания другого произведения жанра дзуйхицу – "Записок от скуки", переведенных В. Н. Гореглядом, говорит, что **Кэнко-Хоси** записывал свои мысли на клочках бумаги, которыми он обклеивал стены своего жилища. После его смерти из них составили книгу.

Трудно сказать, насколько легенда эта соответствует истине. Но не подлежит сомнению, что легенда отражает представление о том, как должно быть создано произведение. *А создано оно должно быть ненароком.* Или как бы ненароком.

Кэнко-Хоси писал, что вещь незавершенная наиболее интересна, ибо в ней есть простор для развития и роста. "Поток сознания" Кэнко-Хоси и ему подобных опередили Пруста, Джойса, сюрреалистов на несколько столетий.

\*\*\*

"Черновики никогда не уничтожаются. В поэзии, в пластике и вообще в искусстве нет готовых вещей... Итак, сохранность черновика - закон сохранения энергетики произведения." О. Э. Мандельштам

\*\*\*

### Слепой

Палкой щупая дорогу,
Бродит наугад слепой,
Осторожно ставит ногу
И бормочет сам с собой.
А на бельмах у слепого
Целый мир отображен:
Дом, лужок, забор, корова,
Клочья неба голубого -
Все, чего не видит он.

# Владислав Ходасевич

***

В 1910-ом году в Мюнхене **Василий Кандинский** нарисовал акварель, ничего по существу не изображавшую. Это неожиданное отсутствие на ней узнаваемых предметов стало переворотом в живописи, поскольку открыло никому не ведомый мир. К 1912-му году Кандинский сформулировал принципы нового течения - абстракционизма, получившего широкое распространение по всему миру в дальнейшие годы.

Его основа - освобождение живописи от изображения предмета, приоритет формы и цвета. Создавая новое искусство с нуля, Кандинский взялся за перо. В книге **"О духовном в искусстве"** он утверждал: "Цвет является средством, которым можно непосредственно влиять на душу. Цвет - это клавиши; глаз - молоток; душа - многострунный рояль."

Одним из первых художников, дерзнувших отказаться вместе с Василием Кандинским от всех художественных традиций был **Пауль Клее**. Если кубисты, футуристы и другие представители модернизма все-таки сохраняли родственную связь, пусть отдаленную с прошлым, и, как все художники всех времен, отталкивались от жизни и природы, Клее, последовательно и преднамеренно обрывал все связи, чтобы только лишь в самом себе черпать новые элементы для вдохновения и творчества. Он прислушивался лишь к собственным видениям - полузабытым впечатлениям детства, мечтам, снам. Его искусство не содержит ничего от уже виденного и известного.

Все должно было созреть внутри него самого, и никакие влияния не могли оказаться решающими. Из глубин воображения он извлекал материал для создания собственной вселенной, ибо миссия художника, считал Клее, - сотворить мир, отличающийся от реальности.

"Меня трудно объяснить обычными земными образами, поскольку я чувствую себя одинаково свободно как среди умерших, так и среди еще нерожденных. Мне кажется, что я нахожусь рядом с источником истинного творчества и все-таки недостаточно близко к нему." (Написано на могиле великого швейцарского художника, 1879 - 1940 )

***

"Знаете, настоящая поэзия не должна выражать ничего конкретного, а только наводить на мысль. Открывать все двери. А вы можете войти в любую из них."

Джим Моррисон

***

"Моя профессия - литература. Единственный материал, который мне нужен, - слова. Слова... слова...слова нежного и звучного испанского языка. Ими насыщен воздух, их рассеивает и вновь приносит ветер, и в любой момент я могу взять подходящее слово совершенно бесплатно: слова короткие, длинные, белые, черные. Веселые - колокол, друг, поцелуй. Или грозные - вдова, кровь, тюрьма. Несметное количество слов, можно комбинировать их по своему капризу, можно издеваться над ними или относиться к ним с уважением, можно использовать их тысячу раз и не бояться, что они износятся. Вот они - стоит протянуть руку. Я могу накинуть на них аркан, схватить, приручить. И главное, я могу написать их...

Ежедневная кропотливая работа над листом бумаги помогла мне найти себя. Меня душили невысказанные слова, долгое молчание превращало душу в камень."

**Исабель Альенде**, автор романов **"Дом призраков"** (1981), **"О любви и мраке"** (1984), **"Эва Луна"** (1987)

*** 

Как иногда хочется ухватиться за тонкую изящную паутинку - главную героиню романа "Бабье лето" и, взмахнув прозрачными крыльями души, рвануть туда, где за лесами и горами в тумане купается солнечный шар, ощутив на лице приятные прикосновения прохладных пальцев осени. Вот так бы и летел всю жизнь, упиваясь красотой этого бесконечно живого и простого мира. Разговаривал бы со стаями птиц на их языке, отдыхал бы на макушках столетних сосен, зажигал бы звезды на вечернем небе, а когда придет мой час, превратился бы в траву, цветы, птиц или дерево. И тогда глухо стонал бы ночами под порывами ветра, простирая корявые сучья рук к небу с мольбой - снова взлететь.

*** 

Несколько слов о представителе русского поэтического авангарда поэте **Алексее Крученых** (1886-1968). Он не печатался с 1930-го года, был отринут обществом, получал пенсию в 31 рубль, но он продолжал свои поэтические поиски всю жизнь. Он рассматривал поэтическое искусство, как высвобождение скрытых возможностей "самоценного" слова (его звуковой стороны, этимологии и морфологической структуры). Он создает заумный язык - так называемую поэтическую заумь. Вот пример такой зауми:

### Высоты

вселенский язык
еую
иао
оа
оаееуея
оа

еыуеу
иее
ииыиеииы

(1913)

Ну как? Слово Борису Пастернаку. "Положа руку на сердце,
мне кажется бессмысленным спорить сегодня,
"агитировать" за крученыховскую заумь".

Тем не менее, по Крученых: "Заумь - первоначальная
(исторически и индивидуально) форма поэзии. Сперва -
ритмически музыкальное волнение, пра-звук... К заумному
языку прибегают: а) когда художник даёт образы еще не
вполне определившиеся (в нем и во мне); б) когда не хотят
назвать предмет, а только намекнуть... Заумь побуждает и
дает свободу творческой фантазии, не оскорбляя её ничем
конкретным..."

### Голод

В избе, с потолком дыряво-копченым
Пятеро белобрысых птенят
Широко глаза раскрыли -
Сегодня полные миски на столе дымят!


-Убоинки молодой поешьте,
Только крошку всю глотайте до конца,
Иначе встанете -
Маньку возьмёт рыжий леший, -
Вон дрыхнет, как баран, у соседского крыльца!

Мать сказала и тихо вышла...
Дети глотали с голодухи,
Да видят - в котле плавают человечьи руки,
А в углу ворочаются порванные кишонки...

-У-ох!...- завопили, да оравой в дверь
И еще пуще ахнули:
Там маменька висела-
Шея посиневшая
Обмотана намыленной паклей!

Дети добежали до кручи
-Недоеденный мертвец сзади супом чавкал-
Перекрестились да в воду, как зайчики бухнули.

Подхватили их руки мягкие...
А было это под Пасху...
Кровь убитого к небу возносилася
И звала людей к покаянию,
А душа удушённой
Под забором царства небесного
Облакачивалась...

(1922)

И, все-таки, в нем что-то есть, в этом Крученых, в его диком страшном нагом натурализме. Как вам понравится размашистое разменю и наше блюдословье?!

***

"Размахивая руками, бормоча, плетётся поэзия, головокружа, блаженно очумелая и все-таки единственная трезвая, единственная проснувшаяся из всего, что есть в мире". **О. Э. Мандельштам**

***

"Есть только один вид путешествия, которое всегда и при любых обстоятельствах возможно и нужно, - это путешествие в наш внутренний мир. Путешествуя по всему свету, мы не очень то многому учимся. Не уверен, что путешествие всегда оканчивается возвращением. Человек никогда не может вернуться к исходному пункту, так как за это время и пункт поменялся и человек изменился.

И разумеется, невозможно убежать от себя самого: это то, что мы несём в себе - наше духовное жилище, как черепаха панцирь. Путешествие по всему миру - это только символическое путешествие. И куда бы ты не попал, ты продолжаешь искать свою душу.

Единственный смысл жизни заключается в необходимом усилии, которое требуется, чтобы перебороть себя духовно и измениться, стать кем-то другим, более лучшим, чем был после рождения. Если бы мы за тот период времени между рождением и смертью смогли достичь этого, хотя это и очень трудно, а успех ничтожно мал, то смогли бы пригодиться человечеству.

В детстве я как-то спросил отца: "Существует ли Бог?". Его ответ был для меня открытием. "Для неверующего - нет, а для верующего - да!". Это важно. Человек должен стремиться к духовному величию. Он должен оставить после себя тайны, которые другие будут разгадывать миллионы лет спустя, а не руины, которые будут вспоминать как последствия катастроф. Для меня высшим проявлением взаимопонимания между людьми есть Любовь. Помните "Бог есть Любовь"?

**Андрей Тарковский**

\*\*\*

"В минуту внутреннего раскрепощения, когда мозг открыт миру и вселенная предстает в своей первозданности, душе - смущенной, захмелевшей - дозволено бродить везде и всюду в поисках наставников и друзей." **Джим Моррисон**

\*\*\*

God is infinite in his simplicity and simple in his infinity;
God is near to us, but we are far from Him;
God is within, but we are without;
God is always ready, but we are unready;
God is at home, but we are strangers...

**Meister Eckhart** (1260-1327), German Theologian who was accused of heresy in 1326

\*\*\*

"Я знал, что должен написать роман, но эта задача казалось мне непосильной, раз мне с трудом давались абзацы которые были лишь выжимкой того, из чего делают романы. Нужно попробовать писать более длинные рассказы, словно тренируясь к бегу на более длинную дистанцию. Когда я писал свой роман, тот, который украли на Лионском вокзале, я еще не утратил лирической легкости юности, такой же непрочной и обманчивой, как сама юность. Я понимал, что, быть может, и хорошо что этот роман пропал, но понимал и другое: я должен написать новый. Но начну я его лишь тогда, когда я уже не смогу больше откладывать. Будь я проклят, если напишу роман только для того, чтобы обедать каждый день! Я начну его, только тогда, когда не смогу заниматься ничем другим и иного выбора у меня не будет. Пусть потребность становится все настоятельней. А тем временем я напишу длинный рассказ о том, что знаю лучше всего." **Эрнест Хемингуэй,** "На выучке у голода" из книги "**Праздник, который всегда с тобой**".

\*\*\*

"Until I was 27 years and 8 months old it never occurred to me to write anything. And then it didn't occur to me: it occurred to one who was not then my wife. "Why don't you write?, she said, "You are just the person". I received her remark with the smile of one who knows better."

До тех пор пока мне не исполнилось 27 лет и 8 месяцев мне и в голову никогда не приходило, что я смог бы о чем-нибудь писать, как настоящий писатель. Эта мысль пришла в голову девушке с которой я встречался и которая даже не была ещё моей женой. "Почему бы тебе не писать книги, дорогой?", - однажды поинтересовалась она, - "У тебя для этого есть все способности". С улыбкой я пропустил её слова мимо ушей.

The "morals" of **John Galsworthy**. Некоторые советы **Джона Голсуорси** начинающим писателям и поэтам:

1. The first moral is that some writers are not born. Писателем не рождаются, писателем становятся.

2. The second moral is that such writers need either an independent income, or another job while they are learning to "write". Любому начинающему писателю обязательно необходимо работать или иметь какой-либо постоянный доход со стороны в ходе обучения писательскому мастерству.

3. The third moral is that he who is determined to "write", and has the grit to see the job through "get there" in time. Тот, кто обладает страстным желанием писать, настойчивостью и целеустремленностью, рано или поздно добьется своей цели.

4. The fourth moral is that the writer who steadily goes his own way, never writes to fulfil the demands of public, publisher or editor, is the writer who comes off best in the end. **Только тот писатель, который следует своим собственным убеждениям, и никогда не идет на поводу у публики, не преклоняется перед главными редакторами и издательствами, в конце-концов добивается подлинного успеха и популярности.**

5. The fifth moral is that to begin too young is a mistake. Live first, write afterwards. Было бы ошибкой начинать писать книги в раннем возрасте. Нужно пожить, поднабраться опыта жизни и затем уже писать.

6. The sixth moral is that a would-be writer can probably get much inspiration and help from one or two masters, but, in general, little good and more harm from the rest. Очень возможно, что основное влияние на вдохновение и творчество

начинающего писателя окажет поддержка со стороны одного или двух мастеров, большинство же остальных средних писателей в состоянии оказать только вред.

7. Each would-be writer will feel inspired according to his temperament, will derive instruction according to his needs, from some older living master akin to him in spirit. And as his wings grow stronger under that inspiration, he will shake off any tendency to imitate. Каждый начинающий писатель, в соответствии с его темпераментом, целями и устремлениями, в состоянии получать моральную и духовную поддержку со стороны родственного ему по духу учителя-мастера. Шаг за шагом крылья начинающего писателя будут крепнуть и тенденция к подражательству, имитации отомрет сама собой.

\*\*\*

"Обычно мы ограничиваемся только ощущением мысли, ее зернышком. Нам некогда заниматься проращиванием всех мыслей и чувствований. Они стремительно сменяют друг друга, скатываются как камешки...

А ведь это - частички нашей жизни, нас самих. Это наши листья, зеленые и желтые, которые больше говорят о нас, чем ствол или сучья, - ведь не зря же по открытой ладони листа мы легко и безошибочно определяем породу дерева. И пусть каждое мгновение мы осыпаемся и снова зеленеем, неужели вся листва только ветру, неужели запомнить и сохранить не под силу?

Как хочется иногда поговорить с человеком, с первым встречным - не о деле, а просто так, просто поговорить, услышать шелест его листвы, ощутить аромат личности, естественной и независимой, как дерево на опушке.

Мне кажется, что немного потренировавшись, мы смогли бы так говорить обо всем. Без смущения и опаски, прислушиваясь к своему шелесту, осторожно усиливая и объясняя его. И говорение - диалог, это мирное посягание друг на друга, - не в этом ли наш сокровенный человеческий смысл?"

**Валерий Липневич**, "Девушка с яблоком"

\*\*\*

Сборник стихов Джима Моррисона "Повелители" и "Новые существа" вышел в свет в 1970-м году в издательстве "Саймон энд Шустер". Огонь, алкоголь, наркотики, душевная боль, сверхчувствительность и чувственность, секс и эпатаж в песнях сожгли-сожрали Джима. Последние поэмы "Американская молитва" и "Парижский дневник", последний альбом группы "**Doors**", последние концерты в Далласе и Новом Орлеане. Потом он устремляется в Париж - город своей мечты, навевавший воспоминания о стихах Рембо и Бодлера, о книгах Хемингуэя и Скотта Фицджеральда. 3-го июня 1971-го года Джим скончался в ванной гостиничного номера от сердечного приступа. Через несколько дней его похоронили на кладбище Пер-Лашез. Ему не исполнилось и 28-ми лет...

\*\*\*

### Люди

Людей неинтересных в мире нет.
Их судьбы, как истории планет.
У каждой все особое, свое,
И нет планет, похожих на нее.

А если кто-то незаметно жил
И с этой незаметностью дружил
Он интересен был среди людей
Самою незаметностью своей.

У каждого есть тайный личный мир.
Есть в мире этом самый страшный час,
Но это все неведомо для нас

И если умирает человек,
С ним умирает первый его снег,
И первый поцелуй, и первый бой...
Все это забирает он с собой.

Да, остаются книги и мосты,
Машины и художников холсты.
Да, многому остаться суждено,
Но что-то ведь уходит все равно.

Таков закон безжалостной игры:
Не люди умирают, а миры.
Людей мы помним, грешных и земных.
А что мы знали, в сущности, о них?

Что знаем мы про братьев, про друзей?
Что знаем о единственной своей?
И про отца, родного своего
Мы зная все, не знаем ничего.

Уходят люди... Их не возвратить
Их тайные миры не возродить.
И каждый раз мне хочется опять
От этой невозвратности кричать.

**Евгений Евтушенко**

\*\*\*

"Не каждому дано проявить себя на поприще искусства. Но
каждый может стать автором по крайней мере одного
"художественного произведения" - создать себя как

личность, уникальность которой будет иметь всеобщее, общечеловеческое значение и ценность." **В. И. Толстых**

\*\*\*

"Как-то, отвечая на анкету, **Кнут Гамсун** заметил, что пишет исключительно с целью убить время. Думаю, даже если он был искренен, все равно заблуждался. *Писательство, как сама жизнь, есть странствие с целью что-то постичь.* Оно - метафизическое приключение: способ косвенного познания реальности, позволяющий обрести целостный, а не ограниченный взгляд на Вселенную. Писатель существует между верхним слоем бытия и нижним и ступает на тропу, связывающую их, с тем чтобы в конце-концов самому стать этой тропой.

Я начинал в состоянии абсолютной растерянности и недоумения, увязнув в болоте различных идей, переживаний и житейских наблюдений. Даже и сегодня я по- прежнему не считаю себя писателем в принятом значении этого слова. Я просто человек, рассказывающий историю своей жизни, и чем дальше продвигается этот рассказ, тем более я его чувствую неисчерпаемым. Он бесконечен, как сама эволюция мира. И представляет собой выворачивание всего сокровенного, путешествие в самых немыслимых широтах, - пока в какой-то точке вдруг не начинаешь понимать, что рассказываемое далеко не так важно, как сам рассказ. Это вот свойство, неотделимое от искусства, и сообщает ему метафизический оттенок, - оттого оно поднято над временем, над пространством, оно вплетается в целокупный ритм космоса, может быть, даже им одним и определяясь. **А "целительность" исскуства в том одном и состоит: в его значимости, в его бесцельности, в его незавершимости.**

Я почти с первых своих шагов хорошо знал, что никакой цели не существует. Менее всего притязаю я объять целое - стремлюсь только донести мое ощущение целого в каждом фрагменте, в каждой книге, возникающее как память о моих

скитаниях, поскольку вспахиваю жизнь все глубже: и прошлое, и будущее. И когда вот так ее вспахиваешь день за днем, появляется убеждение, которое намного существеннее веры или догмы. Я становлюсь все более безразличен к своей участи как писателя, но все увереннее в своем человеческом предназначении."
**Генри Миллер "Размышления о писательстве"**

\*\*\*

Нет, бытие - не зыбкая загадка!
Подлунный дол и ясен, и росист.
Мы - гусеницы ангелов; и сладко
въедаться с краю в нежный лист.

Рядись в шипы, ползи, сгибайся, крепни,
и чем жадней твой ход зеленый был,
тем бархатистей и великолепней
хвосты освобожденных крыл.

**Владимир Набоков**
6.5.23

\*\*\*

"Вы спрашиваете, как лучше читать: быстро или медленно? Но главное совсем не это, главное - научиться думать в процессе чтения.

Критичное отношение к прочитанному - лишь другая сторона умения понимать. Способность противостоять устным или письменным утверждениям других людей, способность иметь свое собственное мнение о какой-либо идее, теории, о произведении искусства, умение увидеть все это настолько ясно, чтобы убедительно выразить свою мысль, - все эти качества встречаются у людей чрезвычайно редко. Большинство же не высказывает свое мнение до тех пор, пока кто-либо другой не выскажет свое, и тогда они бездумно будут повторять его.

Причина одна: **ЛЮДИ НЕ ДУМАЮТ**. Эти три слова означают интеллектуальную трусость и лень, которые делают из людей послушных овец. Эту пассивность ума необходимо преодолевать как можно в более раннем возрасте. И если это делать умно и методично, то человек никогда не станет слишком самоуверенным, просто ум приобретает силу в том юном возрасте, когда он только формируется.

Мы должны развивать у себя привычку критического внимания, которая позволит нам сразу же определить наше отношение к тому или иному явлению, достойному наших интеллектуальных усилий. Например, вы услыхали имя незнакомого иностранного писателя Горького, о котором упоминали ваши друзья задолго до того, как вы имели возможность познакомиться с его произведениями. Ваше желание прочитать его вещи становится сильнее. Однажды в каком-то журнале вы читаете отрывок из его произведений: всего двадцать страниц прозы о возвращении весны, о смерти мальчика и старом священнике. Каждое предложение, каждое слово остается запечатленным в вашей памяти из-за того, что вы с жадностью впитываете в себя содержание этих двадцати страниц. Вы очарованы этим произведением как необычайной музыкой. В течении долгого времени вы не решаетесь читать Горького, боясь, что следующие его работы разрушат то чарующее впечатление, которое оказали на вас эти 20 страниц. Вы осознаете, что люди, которые прочитали несколько томов Горького, не поняли писателя по-настоящему так, как его поняли вы.

Критическое отношение ко всему - что мы читаем, о чем думаем и что чувствуем - это внутренний баланс между тем, перед чем мы должны склонить голову, и тем, в чем должны сомневаться. Глубокое понимание - это критичное отношение, а критичное отношение - это собственное суждение, а значит, и умение думать самостоятельно.”

**Эрнест Димнет “Искусство думать”**

***

"Не жалей себя - это самая гордая, самая красивая мудрость на земле. Да здравствует человек, который не умеет жалеть себя. Есть только две формы жизни: гниение и горение. Трусливые и жадные изберут первую, мужественные и щедрые- вторую; каждому кто любит красоту, ясно, где величественное."

**Максим Горький**

***

"Быть ниже самого себя - это не что иное, как невежественность, а быть выше самого себя - не что иное, как мудрость." **Сократ**

***

"Что означало тогда "уцелеть"? Физически? Духовно? Могли ли мы в то время предвидеть гибель Мандельштама, смерть Клюева, самоубийство Есенина и Маяковского, политику партии в литературе с целью *уничтожения* двух, если не трех поколений? Двадцать лет молчания Ахматовой? Разрушение Пастернака? Конец Горького? Конечно, нет. "Анатолий Васильевич не допустит" - это мнение о Луначарском носилось в воздухе. Ну, а если Анатолия Васильевича самого отравят? Или он умрет естественной смертью? Или его отстранят? Или он решит, что довольно быть коммунистическим эстетом и пора пришла стать молотом, кующим русскую интеллигенцию на наковальне революции? Нет, такие возможности никому тогда в голову не приходили, но *сомнения в том, что можно будет уцелеть,* впервые в те месяцы зароились в мыслях Ходасевича. То, что ни за что схватят, и посадят, и выведут в расход, казалось тогда немыслимым, но что задавят, замучают, заткнут рот и либо заставят умереть (как позже случилось с Сологубом и Гершензоном), либо уйти из литературы (как заставили Замятина, Кузьмина и - на 25 лет - Шкловского), смутно стало принимать в мыслях все более отчетливые формы. Следовать Брюсову могли только единицы, другие могли временно уцепиться за триумфальную колесницу футуристов. Но остальные?

Много раз впоследствии это понятие "уцелеть" являлось мне в самых различных своих смыслах, неся с собой целую радугу обертонов: от животного "не быть съеденным" до античного "самоутверждения перед лицом уничтожения", от инстинктивного "как бы не попасться врагу" до высокого "сказаться еще одним последним словом". И низкое, и высокое часто имеют один корень в человеке. И схватиться за травинку, вися над пропастью, и передать рукопись своего романа уезжающему из Москвы на Запад иностранцу - имеют одно и то же основание".
**Нина Берберова, "И стала я живой и зрячей, и то была - твоя любовь".**

\*\*\*

"Установка на собственность и прибыль, т.е. принцип обладания, с необходимостью порождает стремление к власти, фактически потребность в ней. Чтобы управлять людьми, нужна власть для преодоления их сопротивления. Для контроля над частной собственностью также необходима власть, чтобы защитить эту собственность от тех, кто стремится отнять **ее** у ее владельцев, ибо последние, как и мы сами, не могут удовлетвориться тем, что имеют. Стремление же к обладанию частной собственностью порождает стремление к применению насилия для того, чтобы тайно или явно грабить других. При установке на обладание, счастье заключается в достижении превосходства над другими, во власти над ними и в итоге в способности захватывать, грабить, убивать. При установке на бытие, счастье - это любовь, забота о других, самопожертвование.
**Эрих Фромм, "Иметь или быть".**

\*\*\*

Было на улице полутемно.
Стукнуло где-то под крышей окно.

Свет промелькнул, занавеска взвилась,
Быстрая тень со стены сорвалась, -

Счастлив, кто падает вниз головой:
Мир для него хоть на миг - а иной.


**Владислав Ходасевич**

\*\*\*

"Материал, употребляемый музыкантом или живописцем,
беден по сравнению со словом. У слова есть не только
музыка, нежная, как музыка альта или лютни, не только -
краски , живые и роскошные, как те, что пленяют нас на
полотнах венецианцев и испанцев; не только пластичные
формы, не менее ясные и четкие, чем те, что открываются
нам в мраморе или бронзе, - у них есть и мысль, и страсть, и
одухотворенность. Все это есть у одних слов."

**Оскар Уайльд**

\*\*\*

"Есть неоспоримые истины. Одна из которых относится к
писательскому мастерству, в особенности к работе
прозаиков. Она заключается в том, что знание всех соседних
областей искусства - поэзии, живописи, архитектуры,
скульптуры и музыки - необыкновенно обогащает
внутренний мир писателя и придает особую
выразительность его прозе. Она наполняется светом и
красками живописи, свежестью слов, свойственной поэзии,

соразмерностью архитектуры, выпуклостью и ясностью линий скульптуры и ритмом и мелодичностью музыки. Все это добавочные богатства прозы, как бы ее дополнительные цвета.

Между прочим, существует своего рода закон воздействия писательского слова на читателя. Если писатель, работая, не видит за словами того, о чем он пишет, то и читатель ничего не увидит за ними. Но если писатель хорошо видит то, о чем он пишет, то самые простые и порой даже стертые слова приобретают новизну, действуют на читателя с разительной силой и вызывают у него те же мысли, чувства и состояния, какие писатель хотел ему передать. В этом, очевидно, и заключается тайна так называемого подтекста.

Чем прозрачнее воздух, тем ярче солнечный свет. Чем прозрачнее проза, тем совершеннее ее красота и тем сильнее она отзывается в человеческом сердце. Коротко и ясно эту мысль выразил Лев Толстой: "Простота - есть необходимое и достаточное условие прекрасного."
**Константин Паустовский, "Искусство видеть мир"**

\*\*\*

Весной 1995 года в возрасте 44-х лет ушел из жизни живописец и писатель **Леонид Пурыгин** (Иероним Босх совкового соц-арта). Эмигрировав в США, он завоевал международное признание, но тосковал и вернулся на родину в 1993 году.

В Москве предприниматель Борис Ренский заказал Пурыгину трехметровый бронзовый фонтан в одном из своих офисов. Во время работы над монументальной композицией художник смертельно запил. Жена Пурыгина, Галина, вместе с дочерью Евдокией сломя голову бросилась в Россию, чтобы вывезти мужа из кризиса. Однако по дороге из Шереметьево к его мастерской попала в автомобильную катастрофу и погибла. Похоронив супругу, Пурыгин тут же женился на одной из своих многочисленных учениц. Семейное счастье длилось недолго и окончилось внезапной смертью от инфаркта так и не вышедшего из запоя художника.

В довершение ко всему похороны художника пришлись на воскресенье, и согласно традиции Русская Православная Церковь отказалась отслужить по великому художнику панихиду...

\*\*\*

"Ведь Новый Свет похож на загробный мир тем, что он обещает каждому второй шанс. Эмиграция - репетиция собственной кончины. Это своего рода petite morte, "маленькая смерть", за которой неизбежно следует возрождение.

Новая жизнь может быть прекрасной, ужасной, или сносной, но тут Новый Свет ничего не прибавляет к традиционной потусторонней географии с ее раем, адом и чистилищем."

**Александр Генис "Американская Азбука"**

\*\*\*

"И Стравинский, и Набоков, и Баланчин, и Бродский оказались на Западе не случайно. Причины, по которым они уехали, у всех разные: Стравинский уехал до революции, Набокова разорила советская власть, Баланчина нельзя было разорить - он был беден, как церковная мышь... То есть как будто ничего общего нет, кроме одного: *индивидуализма*, ощущения себя как одинокого волка и той независимости, которое это ощущение дает. В этом и трагизм, и освобождение. И дает эту возможность быть свободным, но одиноким, только Запад - в силу давным-давно сложившейся структуры.

И еще одно. Иосиф говорил: "Русские люди - всегда выходцы из своей страны. В русской духовной, интеллектуальной элите всегда было стремление уехать, чтобы оплодотворить своими идеями мир."
**Соломон Волков**

***

"Двусмысленность, я полагаю, есть главная характеристика моего народа. И в этом его некая мудрость: жизнь сама по себе ни хороша, ни плоха: она произвольна.

Во всех нас есть элемент нарциссизма, больший или меньший. Его надо подавлять в себе вместо того, чтобы культивировать и засорять им и без того не очень гладкий процесс мышления.

Эмиграция, знаете, начисто избавляет от нарциссизма, и в одном этом, на мой взгляд, уже ее достоинство. Жизнь в чуждой языковой среде, со всеми вытекающими последствиями, это уже *испытание*. Генрих Белль как-то записал в дневнике, что чем дальше письменный стол художника будет стоять от отечества, тем лучше для художника.

Ностальгия?! Комната, письменный стол, книжки. Никакого разрыва нет. Абсолютно никакого. Как говорится, "продолжение следует". Всякая новая страна, в конечном счете, лишь продолжение пространства.

Каждый живет как умеет. Одни живут, чтоб им сытно пожрать было, другие, чтоб на старость капитал сколотить. Но есть незначительный процент людей, которые живут для того, чтобы читать и писать книги. Меня больше всего интересуют книжки. И что происходит с человеком во времени. Что время делает с ним. Как оно меняет его представление о ценностях жизни.

Независимо от того, является ли человек писателем или читателем, задача его состоит, прежде всего, в том, чтобы прожить свою собственную, а не навязанную или предписанную извне, даже самым благородным образом выглядящую жизнь. Ибо у каждого из нас она только одна, и мы хорошо знаем, чем все это кончается."

**Иосиф Бродский**

\*\*\*

Перешагни, перескочи,
Перелети, пере- что хочешь -
Но вырвись: камнем из пращи,
Звездой, сорвавшейся в ночи...
Сам затерял - теперь ищи...

Бог знает, что себе бормочешь,
Ища пенсне или ключи.

**Владислав Ходасевич**

\*\*\*

**Центон** (от лат. cento — лоскутное платье или одеяло), стихотворение, целиком составленное из строк других стихотворений, обыгрывающее подобие или контраст нового и прежнего контекста каждого фрагмента.
БСЭ

\*\*\*

"There is only one great adventure and that is inward towards the self, and for that time nor space nor even deeds matter."
**Henry Miller,** "Tropic of Capricorn"

"Существует лишь одно великое приключение - и это путешествие внутрь себя, и тут не имеют значения ни время, ни пространство, ни даже поступки."

**Генри Миллер "Тропик Козерога"**

\*\*\*

"Сама по себе экзотика оторвана от жизни, тогда как романтика уходит в нее всеми корнями и питается всеми ее драгоценными соками. Я ушел от экзотики, но не ушел от романтики, и никогда от нее не уйду - от очистительного ее огня, порыва к человечности и душевной щедрости, от постоянного ее непокоя.

Романтическая настроенность не позволяет человеку быть лживым, невежественным, трусливым и жестоким. В романтике заключена облагораживающая сила. Нет никаких разумных оснований отказываться от нее в нашей борьбе за будущее и даже в нашей обыденной трудовой жизни.

Мне кажется, что одной из характерных черт моей прозы является ее романтическая настроенность. Романтическая настроенность не противоречит острому инересу к "грубой" жизни и любви к ней. Во всех областях действительности и человеческой деятельности, за редким исключением, заложены зерна романтики.

Их можно не заметить и растоптать или, наоборот, дать им возможность разрастись, украсить и облагородить своим цветением внутренний мир человека. Романтичность свойственна всему, в частности науке и познанию. Чем больше знает человек, тем полнее он воспринимает действительность, тем теснее его окружает поэзия и тем он счастливее.

Наоборот, невежество делает человека равнодушным к миру, а равнодушие растет медленно, но необратимо, как раковая опухль. Жизнь в сознании равнодушного быстро вянет, сереет, огромные пласты ее отмирают, и в конце концов равнодушный человек остается наедине со своим невежеством и своим жалким благополучием.

Истинное счастье - это прежде всего удел знающих, удел ищущих и мечтателей...

**Константин Паустовский "Несколько отрывочных мыслей"** 1957

\*\*\*

*Центон* - стихотворение, сложенное из "заготовок", заимствованных из разных произведений одного или даже нескольких авторов. Его сочиняют так, чтобы получился неожиданный и смешной стихотворный текст. Например, так:

*Лысый, с белой бородою,* (Никитин)
*Старый русский великан* (Лермонтов)
*С догарессой молодою* (Пушкин)
*Упадает на диван.* (Некрасов)

**Евгений Гик**

\*\*\*

"Сейчас уже поутихли, а несколько лет назад очень популярны в литературной (особенно "толстожурнальной") среде были разговоры о центонности современной поэзии. Ключевой фигурой этих разговоров был **Тимур Кибиров**. Однако слово "центон" при этом, разумеется, употреблялось всуе - как синоним цитатности вообще, установки на работу с предшествующими текстами как основным материалом. Кроме того, возникала одна вполне паразитическая, на мой взгляд, коннотация: цитатность как один из аспектов ироничности, причем ироничности, понятой в традиции советской неразрывной связки "сатира и юмор". Между тем старый текст, оказывающийся для нового автора материалом (а вместе с тем, зачастую, и проблемой), может вызывать к себе разное отношение и использоваться с абсолютно различными задачами."

**Дмитрий Кузьмин**

\*\*\*

Чайный ритуал в Японии воплощает в себе богатство души и беспредельность красоты. В основе ритуала лежат четыре основных принципа: *Гармония, Чистота, Спокойствие, Почтительность.*

*Гармония* - умение жить в ладу с природой и с самим собой. Все согласуется в природе, и художник, мастер должен проникнуться созерцанием предмета или действа, забыв себя, сосредоточиться на другом, уловить его внутренний ритм, и тогда раскроется неповторимая красота другого и мастер приобщится к красоте неисчезающей.

Если же разбалансированы, нарушены связи природы и человека, то нарушивший закон Бытия отторгается им, как не соответствующий закону Красоты или Истины: для японцев Красота есть Истина, а Истина есть Красота.

*Чистота* - в прямом и переносном смысле - ничего лишнего, неуместного. Внешняя неупорядочность есть проявление неупорядоченности, загрязненности человеческих мыслей и чувств. Не только в чайном доме должна быть абсолютная чистота, но и чистота в душе. С дурными мыслями в чайный дом не входят.

*Спокойствие* - успокоение от волнений суетного, вечно чем-то озабоченного мира. Успокоение ума дает возможность видеть вещи, как они есть, в их подлинности, не принимать ложь за истину, иллюзии за реальность.

Полный душевный покой: ни лишних мыслей, ни лишних звуков, ни лишних красок - ничего , что помешало бы сосредоточению, медитативному углублению. Тогда и возможна гармония, когда очищаясь от мирской суеты, приходишь в лад с самим собой. А тогда приходишь в лад и со всей вселенной, со всеми ее обитателями, и она хранит тебя.

И само собой проявляется **Почтительность**, присущая изначальной природе человека, и он уже не может ранить другого, нанести ему обиду, ощущая в нем родство, единую изначальную сущность. И, значит, нет оснований ставить себя выше или ниже другого. "Оставь свой меч у порога чайного дома", - увещевали мастера. Все равны перед Истиной и изначальной Красотой мира...

\*\*\*

### Прерванный суицид

Бросив взгляд последний вниз,
Снявши тапочки,
Я на проводе повис
Вместо лампочки.

Да не держит, е-мое,
Обрывается,
Вот поэтому житье
Продолжается.

**Макс Мартов**

\*\*\*

В древности художникам русских икон запрещалось при рисовании применять черный цвет. Почему так? Ответ: духовное поле творений.

Любое художественное произведение, созданное поэтом ли, писателем, или художником (скажем так, человеком творческим) имеет свое духовное поле. Чем интересней произведение - тем сильнее духовное поле. При оценке любой творческой работы глазу опытному по жизни сразу видна разница между "дарностью" и без-"дарностью" работы.

Чёрный цвет - есть цвет зла и мрака, не-жизни. Цвет чёрный могут нести и слова и предложения. Любой текст может нести за собой чёрный цвет (ложь-клевета-неправда). При употреблении этого чёрного текста (проникновении внутрь) и его отражении в умах читателя и зрителя создается отрицательное поле, способствующее радиационному излучению зла в мир. Иногда стоит прочитать две строчки или бегло взглянуть на картину и можно почуять как начинает зашкаливать счетчик Гейгерра от соприкосновения с чернотой. К такому радиационному материалу лучше не прикасаться.

Поле духовное, поле творческое у разных авторов разное. Одни близки, другие очень далеки. Все зависит от Вашей Личности и восприятия этих полей. Не нравится – пройди мимо. Найди того, кто нравится, того, кто свет несет, не чушь.

Благоденствия Вам.

P.S.: Кстати, жизнь каждого из нас есть особое и неповторимое произведение искусства, где СЛОВО играет ведущую роль. We create ourselves by words...

***

В одном из своих интервью **Виктор Ерофеев** высказал такую интересную мысль:
"Все зависит от Вашей Личности. Можно медитировать, когда вы стоите под душем, и можно профанировать медитацию в позе лотоса".

Религий много, и профанаций еще больше чем религий. Все зависит от Вашей Личности.

Бог един. Бог есть Любовь. Там, где есть Любовь - там есть Жизнь. Там, где есть Жизнь - там есть и тепло и свет созидания. Там, где нет Любви, там нет и Бога. Там мрак разрушения и смерть...

...вот и вся религия...

***

"Если прочтешь что-либо, то из прочитанного усвой себе главную мысль. Так поступаю и я: из того, что я прочел, непременно что-нибудь отмечу... Что приобретается при чтении посредством пера - непременно превращается в плоть и кровь."

**Луций Сенека**

## Чесси – Шоколадная Лабрадорша

Однажды пару лет назад в дождливый осенний день я заметил в окно бегающую по улице без ошейника собаку похожую на эмблему search-engine Lycos.

В собаководстве я тогда не разбирался совсем, так как по происхождению я из семьи военнослужащего Советской Армии. Переезжать нам приходилось, как цыганам, довольно часто. Школу, например, я закончил в Берлине. Так что, какие там собаки в военных и невоенных городках.

И тут на улице американской беспризорный Лайкос бегает. Через некоторое время услышал на улице крики жены. Она как раз собиралась ехать на работу и этот наглый Лайкос запрыгнул к ней в машину, прыгая с места на место с грязными лапами. Наверное, влюбился в первого взгляда в хозяйку.

Пришлось принять меры и временно приютить Лайкоса на заднем дворе. К этому времени и дождь прекратился и солнце выглянуло. И вот стоим мы, друг на друга смотрим и ждем дальнейшего развития событий. Нашел миску для еды и для воды. Думаю, чем же кормят собак? Кроме этой всякой собачьей еды? Залез в холодильник, нашел молоко. Обнаружил буханку хлеба и что собака - девочка. Накрошил большими кусками хлеба в молоко и угостил ее завтраком. Сразу стал другом!

Провел обследование, обнаружил очень грязные уши внутри (это у лабрадоров проблема!), какие-то царапины, укусы. Пришлось ехать за шампунем и всякими лечебными мазями. И за мешком настоящей собачьей еды. Потом устроил ей душ на заднем дворе из шланга - превратил в человека, на всякий случай, намазал средством против всяких насекомых и стал еще лучшим другом.

С тех пор прошло уже почти три года. Пару месяцев безуспешно искали хозяев. Пришли к выводу, что она убежала откуда-то издалека. Может, даже из другого города и долго жила беспризорником. Судя по зубам Чесси года 4-5. Имя Чесси я придумал от Чесапик Бэй Ретривера (они чем то похожи). Но на самом деле Чесси - шоколадная лабрадорша.

Очень умная деликатная собака. Спокойная и мудрая. Никогда слова лишнего не скажет, но если незнакомца почует гавкает очень строго. Любит детей и когда они ее гладят. Люблю наблюдать за ее повадками – учусь собачьей мудрости.

Утром ровно в 6:55 раздается стук носом в дверь спальни и начинается возмущенное требовательное повизгивание: "Пора вставать, засони! Новый день на дворе!". Потом используется первая возможность просочиться сквозь дверь, запрыгнуть на кровать, потаптаться как слон по перине и лизнуть в ухо. Тяжелая же, а прыгает как антилопа гну. Вот сейчас лежит спит на полу и ногами во сне дрыгает. Наверное, за зайцами гоняется...

# ХОРОШО
## (стих)

Алексею Соколову
*(...отзвук на миниатюру "Если вы обнаружили возгорание"...)*

...хорошо
жить там где первобытно и дико
особенно на восходе солнца...

...хорошо
не играть с огнем
не сорить и не пить
не обижать всех прочих...

...хорошо
жить с занозой в сердце
не страдать одному и молча...

...хорошо
когда возгорание обнаружено
но не погашено...

...хорошо...

03/03/03

## Квадратное небо (сказочка)

"Сегодня вы там, куда привели вас ваши мысли.
Завтра вы будете там, куда заведут вас мысли ваши."

Из "Витаминов для ума"

Жила-была в большой картонной коробке семья белых
крыс с красными глазками. Были здесь в одной коробке и
родители родителей, и просто родители, и дети, и дети
детей. У коробки же были четыре стены без окон и без
дверей. Только крыши у коробки не было. Вместо крыши
у коробки был квадрат голубого неба.

Ежедневно рука хозяина опускала в коробку несколько
листиков капусты. Среди крыс не начиналась драка, как
обычно это происходит среди простых одичавших от погони
за "счастьем" людей. Старейшина крысиной семьи делил
листик на части и поочередно раздавал всему семейству.
В первую очередь - детям детей кусочки побольше (им
нужно было расти сильными и крепкими - светлое будущее
строить в отдельно взятой коробке), старикам доставались
кусочки поменьше (им уже некуда было спешить, они уже
отстроили свое светлое будущее в отдельно взятой коробке).

Коробку можно было перевезти в любую страну в мире.
Но везде в ней оставались те же стены и тот же квадратик
голубого неба. И все в коробке знали, что "Так будет
вечно!". И так всё и было до тех пор пока однажды детеныш
крысиный не взобрался из любопытства на спины своих
собратьев и сестер и не вывалился за пределы коробки на
зелёную травку. Обалдев от удара об мягкую землю он
оглянулся по сторонам и поразился как мир прекрасен был
вокруг.

Он увидел, что голубое небо бесконечно, и что растут вокруг цветы, кусты, высокие деревья. И цветет всё и свежестью пахнет, совсем не так, как в коробке было.

И наказали малыша-крысёнка сородичи за то, что пошёл он против воли старейшин крысиных и лишили его единогласно каждодневной стандартной пайки - маленького листочка капусты. И пришлось крысёнку самому зарабатывать на пропитание. И обнаружил крысенок, что мир вокруг наполнен красотой и добротой. И еще, он нашел и капустное поле неподалеку, и яблочный сад, и бегущий ручей. И напился и нажрался он поначалу сгоряча. И отправится на радостях бродить по свету. И посылал домой родне своей с каждой новой страны по зелёному капустному листку через "Western Union".

Прошли годы. И решил крысенок помочь своим сородичам, рассказать им как прекрасен свободный мир. И прикатил он к коробке огромный качан капусты родичам в подарок. И со словами "Поберегись, родня!" умудрился закинуть качан в коробку. И пошатнулась коробка и повалилась на сторону.

И посыпались сородичи толпой на зелёную травку. И увидели все и заграничное капустное поле, и бездонное небо, и цветы, и кусты. И показался запах свежести старейшинам странным, никчемным, не родным, провокационным. Махнул старейшина рукой: "Вперед назад в коробку!". И никто из родни его не ослушался, толпой друг за другом попрыгали в коробку, надавили на стенку и поставили ее вертикально. Только крысенок - "деловой демократ заграничный" остался снаружи удивленно помахивая хвостиком.

Из глубин коробки до него донесся ворчливый голос: "Не нужна нам твоя капуста! Мы привыкли к квадратному небу и другого не хотим!"

## Крестики - Нолики

*... одному человеку, которых много...*

*You can shape yourself into the person you want to be and construct a fulfilling life. In order to do so you will have to: think critically, live creatively, choose freely. The best way to predict the future is to create it.*

Хотелось бы сказать только одно: люди не умирают, пересекая границы. Поиск страны - это поиск самого себя. К сожалению, для некоторых этот поиск фатален. Если душа твоя и любовь к жизни равняются нулю, ты навсегда останешься нулем на любой планете. Есть крестики и есть нолики. Нолик способен превратится в крестик, и наоборот, крестик способен скатиться до нолика. В большинстве случаев, крестику уже суждено тащить свой крест в гору, и он понимает это. Понимает он также и то, что безжизненное пространство нолика ему уже не интересно, и возвращаться туда, где нет свободы, где жизни нет и быть не может по целому ряду объективных причин, абсолютно бессмысленно.

Жизнь любого человека на этой планете есть процесс творческий, где каждый из нас есть и поэт, и писатель своей судьбы, художник жизненного полотна, строитель светлого будущего для себя и всех тех, кто рядом. И совсем не важно, кто и где строит это светлое будущее, русский ли американец в России, американский ли белорус в Канаде, украинский ли канадец в Бразилии, еврейский ли немец в Ираке, татарский ли киргиз в Сингапуре, черный ли русский во Вьетнаме, или ново-зеландский ли пуэрто-риканец в Исландии. Всех нас объединяет одна большая и общая цель - поиск более лучшей и более спокойной жизни.

Кто-то может подумать, что большего успеха всегда можно добиться в какой-нибудь другой стране мира, в другой системе социального устройства, перескочив из ненадежного псевдосоциализма-псевдокоммунизма в надежный капитализм, или переехав из дорогого по уровню жизни города Нью-Йорк в более дешевую Прагу. Перескочить, перелететь и начать жизнь сначала, начать жизнь с нуля. Кто-то может прийти к ложному выводу, что успеха за границей всегда добиваются не умные и талантливые, а наглые и бессовестные, те, кто хорошо спит, убив соседа справа, или соседа слева, разворовав "народное богатство", замочив всех конкурентов в округе и получив уродливую кличку "новый русский". Кто-то убежден в том, что эмиграция волниста и пениста, и что последняя волна есть не что иное, как сборище ленивых засранцев, блядей и проституток, бандитов и бывших членов КПСС, местечковых евреев и поволжских крестьян, стремящихся за получением пособий по нищете.

А что, если вдруг, этот кто-то ошибается и за дровами не видит леса? А что, если поближе присмотреться к отъезжающим и более подробно изучить этот вид? Может и удастся рассмотреть кое-какие внутренние проявления, скрытые за внешней абсолютно неброской оболочкой. И окажется, что большинство настоящих эмигрантов - это искатели приключений, мечтатели и романтики, это особый тип людей, которым по ряду обстоятельств приходится совершать свой выбор. И делают они это осмысленно и сознательно, с верой в свои собственные силы, с надеждой на умение выжить в совершенно новых условиях и непредсказуемых ситуациях, со страсным желанием доказать себе и другим что любые трудности преодолимы и любые, казалось бы, невозможные задачи выполнимы, если есть желание, настойчивость, целеустремленность и вера в себя.

Эмигрант-романтик не приезжает в чужую страну с целью пожить на халяву за счет еще одного государства.

Он приезжает с целью испытать себя на прочность, и попытать еще один последний шанс, который есть у каждого из нас. Шанс на то, чтобы быть лучше, а значит и жить лучше. Заблуждение думать, что каждый достигает успеха в условиях нахлынувшей безраздельной свободы. Нет не каждый. Не каждый нолик способен превратиться в крестик, далеко не каждый. Не каждый способен выжить в условиях неограниченной свободы выбора, ни физически, ни психологически, ни морально, ни духовно. В условиях осознания что ты никому не нужен, кроме тебя самого. Свобода принуждает взглянуть на себя по-новому, не предвзято, без лжи и фальши. Свобода заставляет присмотреться к самому себе и попытаться понять, кто ты и чего ты стоишь в этой жизни. Свобода ведет к пониманию самого себя, к постепенному приспособлению к новым окружающим условиям, к обновлению самого себя, своих талантов, качеств и привычек, к непрестанному самосовершенствованию. Платой за постижение неограниченной свободы является напряженный каждодневный труд. Упорный труд по сотворению нового себя.

Люди, не привыкшие к труду, ни к физическому, ни к умственному, обычно не выживают в условиях эмиграции, в условиях правдивой предельно оголенной реальности, так как обычно они не способны изменить себя к лучшему, а значит и не способны изменить обстоятельства вокруг себя к лучшему.

Экзамен на преуспевающего эмигранта-романтика не многие сдают, но многие его заваливают, из-за недостаточного знания языка, нежелания понимания устройства другой страны (традиций, истории, культуры) и людей проживающих в ней, нежелания улучшения своих знаний. Очень часто временно примкнувшие к эмигрантам-романтикам ленивые засранцы, бляди и проститутки, бандиты и бывшие члены КПСС проваливают экзамен на приживаемость в условиях свободы, крылья у них не растут, и вынуждены они возвращаться в родные гнезда или влачить жалкое существование взамен на нежелание и неумение быть лучше.

Считаю, что настоящие преуспевающие эмигранты - это в большинстве своем всегда романтики, это целая новая нация ищущего сознания, это люди бесстрашные, крепкие умственно и физически с развитыми духовными структурами, со стратегическим мышлением, душевной добротой и огромной самодисциплиной, осознающие боль и правильность вечного высказывания слепого писателя, "что жизнь дается только раз и прожить ее нужно так, чтобы не было мучительно больно за бесцельно прожитые годы, чтобы не жёг позор за бессмысленное мелочное прошлое".

Переезд из страны в страну - это свободный полет. Там где ты прыгаешь в бездну вниз головой, с разгона, с закрытыми глазами. И где-то в середине полета может быть, и найдешь в себе силы расправить крылья, приостановить падение, парить и лететь куда пожелает душа в соответствии с целями и устремлениями. А может, и не найдешь. Кто знает? Только ты сам.

Свободный полет переживают не только эмигранты из страны в страну, те же самые американцы, немцы, англичане, французы, австралийцы, канадцы, ново-зеландцы живут в свободном полете всю свою жизнь. Совсем не многие из них в состоянии расправить крылья, но в этих странах таких немногих большинство.

В республиках же бывшего Советского люди никогда не были готовы к обрушившейся на них "свободе", по крайней мере на протяжении практически всего 20-го века, да и сущность самой свободы совершенно иная, не сравнимая со свободой в демократически развитых странах мира.

К сожалению, на настоящий момент, начало 21-го века, в новых странах бывшего Советского Союза, бывшие советские люди, прожившие в условиях псевдо-социалистических всю свою жизнь, столкнулись с новой, органически вытекающей из псевдо-социалистических условий, псевдо-свободой, либо патологической свободой, совершенно болезненным и нездоровым типом и разновидностью свободы, с фальсификацией и иммитацией свободы на западный манер, с псевдо-свободой по имени "беспредел". Без сомнения, уйдет несколько поколений на поиск и обретение нового себя, себя как государства и личности.

Слабость духа, боязнь жизни (всех ее проявлений - от удивительных до мерзких), инерция мышления и неспособность изменить себя к лучшему разрушают человеческое существо в любой стране мира. Безвыходных положений не бывает никогда. Нет никакого конца у этой вселенной - есть только новое начало.

Кровавые мозоли на руках и ногах для сильных духом временны и преходящи, воспринимаются как очередное испытание на прочность тела физического. Новый солнечный день для тела духовного обеспечен навечно.

Нет ни стран, ни границ, ни расстояний, ни эпох. Есть бескрайняя вселенная души, где сейчас (СЕЙ ЧАС) означает начало и конец твоей жизни, где ты один, безнадежно и безвозвратно взрослый волшебник творишь чудеса...

P.S.: Библиотерапия или Литературное Приложение для Крестиков и Ноликов:
- Эрих Фромм "Исскуство Любить", "Иметь или Быть"
- Dr. Wayne W. Dyer "The Sky"s The Limit"
- Наполеон Хилл "Думай и Богатей"
- John Kehoe "Mind Power: Into the 21st Century"
- Сергей Левицкий "Трагедия Свободы"
- Эфим Эткинд "Записки Незаговорщика"
- Генри Миллер "Тропик Рака"

# Война в Ираке (Март, 2003)

ELIMINATOR - HORNET & WASP KILLER (Instant Knockdown)
    -SPRAYS UP TO 20 FEET
    -KILLS HORNETS, WASPS AND YELLOW JACKETS
    -KILLS THE ENTIRE TERRORISTS NESTS

Caution: Content (tss-tss) under pressure. Keep away from heat, sparks and open flame. Do not puncture or incinerate container. Exposure to temperatures above 130 degree F may cause bursting.

За любым конфликтом стоит неумение выслушать и понять другого. Любой конфликт - это помрачение умов, это крики, маты-перематы, швыряние друг в друга хрупких предметов, ракет и бомб, размахивание руками и лихорадочное перескакивание с упрека на упрек. Рушатся города, гибнут люди, упрёки бесконечны, справедливые и не очень.

Далеко позади осталось запыленное детство, игры в войнушку: "Кто со мной - тот герой, кто без меня - тот дикая свинья!", остались позади страны и расстояния, растоптанные мысли, надежды и мечты. Чего не хватает людям, чего не хватает политикам, чего не хватает странам и их лидерам? Хлеба, воды, мудрости, золота, нефти, ума, спокойствия, любви, стабильности или чего-то еще? Кому вообще нужны войны? Какая и кому прибыль от войн? И какая и кому убыль?

Перелистаем некоторые страницы мировой истории. Первые организованные города возникли в Месопотамии, между реками Тигр и Ефрат где-то приблизительно пять тысяч лет до нашей эры, где шумеры строили свои зуггураты (храмы). Один из знаменитийших - это зуггурат в городе Ур, построенный двадцать сотен лет (до нашей эры) назад недалеко от современного иракского города Эн-Насирия.

Интересно, к чему все эти раскопки? Очень просто, как всегда, все самые важные раскопки ведут к поиску философского камня, живой воды и вечной молодости, ну может ещё, янтарной комнаты и затопленного золота капитаном-пиратом Морганом у берегов Колумбии.

Буддизм родился с появлением Будды в 528-м году до нашей эры, христианство с приходом и уходом Христа на стыке нашей и не нашей эр. Ислам явился пророку Мухамеду где-то в 610-м году нашей эры. Следовательно, ислам - одна из самых молодых религий. К чему все это и куда идет наклон?

Пролистаем и пропустим Римскую Империю (современную Германию, Францию и северную Италию), ее расцвет и закат. Поклонимся викингам за русые волосы и голубые глаза у великороссов. Отдадим должное крестоносцам за набеги на земли священные и Александру Невскому за защиту от крестоносцев. Набьем морду Чингиз Хану за монголо-татарское рабство и маты-перематы в русском языке.

Нас не волнует столетняя война между Англией и Францией, ведущая в Эпоху Возрождения в 14-15-м веках. Вот чего хотелось бы заиметь в веке 21-м - Эпоху Возрождения! Продолжаем листать учебник истории. Промелькнуло поражение Испании в войне с Англией, погасли костры инквизиции с расколом католичества и отколом протестантов в Европе. Кстати, в это же приблизительно время произошел расцвет Турецкой Империи, где в Ираке жили очень хорошо и даже процветали в 14-15-м веках. Века 16-ый и 17-ый благоприятны пышным расцветом монархий и расширением и укреплением мировой торговли между странами всех континентов.

Честь и хвала Петру Первому (вот кто нужен России в 21-м веке, но об этом молчок) - настоящему реформатору и романтику, который всё пытался сделать сам, испробовать на своей шкуре, и плохое и хорошее. Огромное спасибо Петру за Питер - красивейший из городов мира, и за прорубленные в Европу окна (вот у кого бы Лукашенко поучиться, но об этом опять же, молчок). С 300-летием Вас, дорогие ленинградцы!

Век 18-ый: в Америке бушуют страсти (так вот откуда это странное имя Буш?!) и образ Джорджа Вашингтона постепенно вырисовывается на американских долларах с войной колонистов, повальным поражением Великобритании в 1783-м году, и рождением новой свободной страны США. Опять же, молодой страны. Так почему же такой богатой в 21-м веке? Может, что-то делалось правильно в этой стране изначально, пока другие страны -измы строили фальшивые? Может есть чем гордиться Америке на зависть всему остальному миру? Чем же? Неужели неуклонным ростом благосостояния американского народа - недостижимой мечтой пост-советского обывателя? Неужели?

В Европе опять неспокойно, штурм Бастилии и поражение Наполеона русскими в 1812-м году. Помог Кутузов и крещенские морозы. К кровавым революциям за смену власти добавилась революция индустриальная: побежали по железным дорогам паровозы, замелькали электрические лампочки, застучал телеграф. Жить стало лучше, веселей и светлей. В США происходит очередной передел мира: война между Севером и Югом закончилась сокрушительным поражением Юга в 1865-м. Никому в мире не сидится на месте. Германия и Италия приобщились к разграблению Африки.

Где-то в глухом Симбирске закучерявился и подрастает мальчик Ульянов: "Ленин родился в апреле, когда расцветает земля, когда позабыты метели и в рощах цветут тополя!"

Век 20-ый - опять война - первая и мировая, где повязаны
сербы, австрийцы, немцы, англичане, французы, русские.
Опять грызня и делёжка мира. Абсолютно бесконечная и
бессмысленная война (хм, а бывают ли войны со
смыслом?!). К году 1918-му в мясорубке полегло порядка
20-ти миллионов, миллионов 113 вернулись с войны
инвалидами и калеками. Под шумок и Ленин проскочил
(подрос уже к этому времени мальчик и облысел в потугах
захвата власти и очередного передела мира) в России.
Революция февральская (прогрессивная) была сдвинута в
сторону и началась бездарная эпоха построения псевдо-
социализма-"коммунизма" в отдельно взятой
полуграмотной полуразрушенной стране: " Мы наш, мы
новый мир построим! Кто был ничем ... в нем потеряет
все!".

Вполне возможно, что Америке пришлось бы догонять
Россию (настоящую а не фальсифицированную в средствах
массовой информации супердержаву) в 21-м веке? Если
перечитать "Остров Крым" Василия Аксенова и допустить,
что октябрьский переворот не состоялся, кто знает как
повернулось бы развитие событий в России. Вполне
возможно, что и Сталин, и Гитлер, и Мао, и Пол-Пот, и
Хуссейн, и Чаушеску, и Лукашенко бы не состоялись. И не
случилось бы второй мировой войны. И не сгинули бы
миллионы замученных в лагерях и тюрьмах.

И не случилось бы кастрирования альтернативной мысли в
мире. Вполне возможно, что не возникло бы тогда и
никаких псевдо-социалистических диктатур и тоталитарных
режимов. И не породил бы тогда Ленин Сталина,
а Сталин - Гитлера, а Гитлер - Муссолини и Франко, не
породил бы тогда Ленин Мао дзе Дуна, Фиделя Кастро, Ким
Ир Сена, и Саддама Хусейна и других мелких и крупных
диктаторов. Кто знает?

Интересная закономерность наблюдается если взять увеличительное стекло и присмотреться к списку - хит-параду пребывания некоторых диктаторов у власти:

--- Ким Ир Сен (Северная Корея) у власти пробыл всего 48 лет! (1946-1994). Совсем неудивительно, что программа «Продукты Питания в Обмен за Бесплатный Труд» пользуется особой популярностью у населения Северной Кореи в 21-м веке.

---- Саддам Хуссейн (Ирак) - 35 лет у власти (1968-2003). Но, если верить средствам массовой информации России и предположить, что Саддама сожрал рак в 1999-м, то он догоняет Сталина и перемещается на третье место по убойной силе на одного иракского жителя.

---- Сталин (Советский Союз) - всего 31 год у власти, а успел погубить от 40 до 60 миллионов жителей своей страны (1922-1953). Никто толком не знает сколько.
---- Мао Дзе Дун (Китай) - 27 лет у власти (1949-1976).
---- Франко (Испания) - 26 лет у власти.
---- Чаушеску (Румыния) - 24 года у власти (1965-1989).
---- Муссолини (Италия) - 18 лет у власти (1925-1943).
---- Гитлер (Германия) - всего 10 лет у власти, какая жалость.
---- Лукашенко (Беларусь) - почти 10 лет (новая восходящая звезда на небе пост-совковой тоталитарной диктатуры).

Весь век 20-ый в истории человечества ознаменован появлением зачуханной фигуры диктатора-вождя и установлением тоталитарных режимов в той или иной стране мира. Является ли этот феномен исторической закономерностью или исторической случайностью, которая стала нормой? Кто знает, поднимите руку.

Сам термин "тоталитаризм" широко распространился после речи Муссолини, произнесенной 22-го июня 1925-го года, в которой он прославлял тоталитарное государство. Обычно, любой тоталитарный режим вырастает из однопартийных диктатур и опирается на два основных метода достижения своих целей: идеологию (пропаганду и промывание мозгов) и террор (уничтожение и отстрел альтернативных мыслей и их носителей).

Террор, в свою очередь, можно условно разделить на два типа: диктаторский и тоталитарный. Ярким примером террора диктаторского является поведение любимца российских властей президента Беларуси Лукашенко. Диктаторский террор всегда направлен против оппозиции и временно прекращается, когда таковая подавлена.

Тоталитарный террор Саддама Хусейна или его сыновей и их преспешников направлен против обычных лояльных, ни в чем не виновных перед режимом граждан, он начинается после подавления всех оппозиций и проводится регулярно через определенные интервалы времени (ленинско-сталинско-гитлеровская школа чисток).

Итак, какой расклад сил мы имеем при войне в Ираке? Свобода и демократия с одной стороны - слева, и тоталитарная диктатура с другой стороны - справа. Вот она сравнительная характеристика двух враждующих социальных систем (преимущества и недостатки):

ДЕМОКРАТИЯ ( США ) +

-Свобода мысли, слова, печати;

-Разделение власти на законадательную исполнительную и судебную с целью избежания диктатуры одного лица к жителям своей страны;

-Многопартийная система;

-Всякое инакомыслие приветствуется и не карается властями;

-Президент переизбирается каждые 4-е года;

-Высокое благосостояние народа;

-Свобода выбора иметь и быть счастливым;

-Свобода образования и самообразования для всех и каждого;

-Прогресс в экономике, политике, культуре;

-Светлое будущее для всех;

-Перспектива улучшения жизни!

ДИКТАТУРА ( Ирак ) -

-Полное отсутствие всяких свобод;

-Полное сосредоточение всей власти в одних руках, насилие и произвол по отношению к жителям своей страны;

-Диктатура одного лица под видом диктатуры одной партии;

-Всякое инакомыслие приследуется и жестоко карается властями;

-Диктаторская власть пожизненна;

-Для народа - голод, разруха, нищета;

-Унификация людей, отсутствие свободы выбора, хроническое несчастье по приказу свыше;

-Невежество, необразованность, насаждаемые сверху;

-Неминуемый регресс в экономике, политике, культуре;

-Темное прошлое для всех;

-Перспектива загнивания жизни и скорой смерти.

Не хотелось бы идиализировать действия правительства США в войне с Ираком, так как эти действия не всегда тщательно продуманны и логичны, но эти действия последовательны и совсем не лишены здравого смысла. Эти действия предсказуемы и оправданны.

Кто-то, сидящий в пещерах мирового терроризма, стремящийся к тоталитаризму в глобальном масштабе на эту войну напросился. Невольно вспоминается классический эпизод из легендарной кинокомедии "Джентельмены удачи", где "бандит" Леонов стучится в дверь к бывшему зеку. Зек открывает дверь и говорит: "Я просил тебя больше сюда не приходить? Просил. Обещал с лестницы спустить? Обещал. Тогда не обижайся". И приговор приводится в исполнение.

Если бы не случилось 11-го сентября, кто знает, возможно, режим Саддама держался бы вечно, поддерживаемый грязными нефтяными деньгами и замусоренным арабским миром с ментальностью людей из 19-го века, стремящихся к тотальному мусульманскому мировому господству с помощью тайных закупок ядерного, химического и бактериологического оружия и проведения террористических актов по всему миру. Деньги на нефти заработать легко, но может быть, было бы лучше потратить их на закупки воды и продовольствия, на строительство дорог, новых заводов и городов, чем взрывать ни в чем не повинных братьев-близнецов в Нью-Йорке?

Наблюдая за тем, как жители освобожденного Ирака жадно расхватывали гуманитарную помощь (продукты питания в сухих пайках и воду), невольно пришла в голову мысль о повальной бедности, разрушающей мир повсюду: в республиках бывшего Советского Союза, на Кубе, в африканских странах, в странах Ближнего Востока, Латинской и Южной Америке, где тоталитарные режимы сыграли свою негативную роль.

В голове замелькали продажные вечно фальшивые фразы из недалекого прошлого: "Партия - ум, честь и совесть нашей эпохи", "Основной целью деятельности КПСС является улучшение благосостояния советского, иракского, румынского, кампучийского, вьетнамского, китайского, югославского, кубинского, палестинского, ... (добавить по вашему усмотрению) народа".

Как вы думаете, почему палестинцы себя взрывают? Ответ совсем простой - взрыв самого себя является освобождением от бедности - это самая легкая работа на свете. Где еще в мире можно так легко заработать среднегодовую зарплату США за одну секунду расставания с жизнью? Нигде в мире! Плевать что тебя уже не будет на этом свете, ты "побалдеешь" на том.
На том тебя ждут объятья Аллаха и 60 обнаженных девственниц. На этом свете останутся счастливые жены, дети и родственники - поставщики новой свежей рабочей силы, которые временно смогут пожить беспечно и обеспеченно, пока не наступит их черед в индустрии профессиональных самоубийц.

Саморазрушение - прямой результат безвыходного положения, нищеты и невежества, припудренных религиозной пылью. По Елене Рерих: "Невежество есть величайшее зло: оно заставляет человека ценить то, что недостойно быть ценимым, и страдать там, где не должно быть страданий. Погрязший в невежестве не понимает, зачем он пришел в этот мир, проводит жизнь в погоне за ничтожными ценностями, пренебрегая тем, что действительно ценно - знанием тайны человеческого бытия". Конечно, каждый волен уничтожать себя, но преступно сеять эту страшную заразу как пример для подражания. Дурной пример очень заразителен.

Как в музыке, тишина между звуками определяет красоту музыкального произведения, так и в жизни любого из нас, сама жизнь и смысл жизни определяются незаштрихованным пространством свободы выбора.

Тоталитарный террор унифицирует людей, их будущее, разрушая и сокращая это свободное пространство преднамеренными убийствами, решетками тюрем и лагерей.

Поддерживать Ирак (материально и идейно) в войне с США также бессмысленно как поддерживать невежество, нищету, деградацию личности, духовное разложение, дохлые и фальшивые идеи Ленина и Сталина, идеи неоправданных смертей.

Поддерживать США в этой войне возможно, но не хотелось бы так перегибать палку, как это делает руководство США на настоящий момент, посылая на фиг мнение Организации Объединенных Наций, резолюции Совета Безопасности и своих друзей по НАТО - это то же самое, что подрубать сук на котором сидишь. Такая политика непоследовательна и недальновидна и грозит возрастанием недоверия к США, как к политическому и экономическому партнеру. Тем не менее, заметно, что все вышеуказанные организации поднакопили бюрократический жирок и уже не справляются со своими обязанностями. Настало время тыкнуть палкой в это логово тоже. Кризис назрел.

Каждый трезвомыслящий человек на этой планете понимает, что война нужна Бушу не из-за непосредственной военной или террористической угрозы, представляемой Ираком (хотя, кто знает, что скрывается в подземных бункерах Хуссейна, и что, если вдруг, ненароком Буш окажется прав, предупредив очередные посягательства террористов на свою страну, пытаясь уничтожить осиное гнездо международного терроризма прямо сейчас в ходе написания этих строк). Пока здесь можно только пожать плечами.

Без сомнения, война с Ираком обуславливается экономическими потребностями развития Соединенных Штатов. Америке очень хочется продемонстрировать свою военную мощь всем нам - и Европе, и России, и Китаю, и маленькой несчастной Северной Корее, а также всему

Ближнему Востоку и всему мусульманскому миру, что тот, "кто к нам с мечом придет, тот от меча и погибнет!", чтобы надолго неповадно было! И здесь, я вынужден принять сторону господина Буша, потому как не терплю кощунства и издевательства над одним из моих любимых городов и его жителями. Ну нет этому 9/11 ни прощения, ни оправдания и никогда в истории человечества не будет! Ну хоть ты тресни, ну нет его! Нет.

Верю и принимаю близко к сердцу христианский завет Льва Разгона: "Милосердие выше справедливости, но чтобы оказать милосердие должна свершиться справедливость". Я смотрю из окна на мир из той точки, которой давно уже нет и никогда уже больше не будет, и прислушиваюсь в душе к затихающим голосам ни в чем не повинных убиенных людей. Людей неинтересных в мире нет, их судьбы как истории планет...

28-го марта 2003 года

странnik

# Свобода и рабство

(дзуйхицу в диалогах с Ириной Соколовой)

... нужно писать, опережая мысль...
Мацуо Басе, японский поэт (1644-1694)

"Можно сказать, дзуйхицу рождаются из Пустоты - незацикленности сознания на чем бы то ни было, т.е. - в Свободе."
Т. П. Григорьева, "Вслед за кистью" (предисловие к сборнику "Японские дзуйхицу")

**Вступление:**

Японские литераторы, часто совмещавшие занятия как поэзией, так и прозой, стали сочинять прозу так же, как они сочиняли стихи, то есть замысел и его окончательная фиксация не были разделены "временем черновиков". Так появляется очень японский жанр прозы – "дзуйхицу" ("вслед за кистью").

Первым из дошедших до нас произведений "дзуйхицу" стали "Записки у изголовья" в переводе В. Н. Марковой. "Записки" состоят из "отрывков", связанных между собой не столько сюжетной канвой, сколько личностью автора, его мироощущением.

Легенда, передающая историю создания другого произведения жанра дзуйхицу – "Записок от скуки", переведенных В. Н. Гореглядом, говорит, что Кэнко-Хоси (1283-1350) записывал свои мысли на клочках бумаги, которыми он обклеивал стены своего жилища. После его смерти из них составили книгу.

Трудно сказать, насколько легенда эта соответствует истине. Но не подлежит сомнению, что легенда отражает представление о том, как должно быть создано произведение. А создано оно должно быть ненароком. Или как бы ненароком.

Кэнко-Хоси писал, что вещь незавершенная наиболее интересна, ибо в ней есть простор для развития и роста. "Поток сознания" Кэнко-Хоси и ему подобных опередили Пруста, Джойса, сюрреалистов на несколько столетий.

Представленные ниже диалоги Ирины и страннíка возникли спонтанно, можно сказать, экспромтом и ни в коем случае не претендуют на провозглашение истины в последней инстанции. Это скорее приглашение
к размышлению над сказанным, к со-беседованию и со-переживанию. Благодарим за внимание.

## Свобода и рабство

**странніk:** Уже несколько месяцев на моем письменном столе лежит толстенная книга под названием "The Book of Secrets" by Osho. Я не спешу читать эту книгу чтобы не захлебнуться бесценными мыслями и читаю постепенно, по чайной ложке, по одной главе, или по одной странице, как располагает свободное время.

У книги есть второе название - The Science of Meditation. На русский я перевел бы это второе название, как Наука Думать (не наука медитации, размышления, раздумья или созерцания), именно, как наука думания (знаю, знаю, нет такого слова "думание" в русском языке, да и науки такой тоже нет, к сожалению...).

Открываю "The Book of Secrets" на первой попавшейся странице. Читаю: "Когда вы говорите "стоит дерево", вы не правы. Грамматически это верно, но не соответствует действительности: дерево растет, оно никогда не "стоит". Оно никогда, ни на мгновение не является статичным, в нем только динамика. Когда мы говорим "человек есть", это неверно - человек становится".

От себя добавляю, ...человек становится... другим . В одной из записных книжек Леонардо Да Винчи проскользнула такая мысль: "Человек способен подняться до уровня Бога и опуститься ниже скотины". Вот так просто определен диапазон становления любого человека на этой планете.

Каждый из нас уже с рождения начинает играть в крестики-нолики, игру со своей судьбой. С первым вздохом, с первым криком жизни. Так что играем мы уже давно, просто не замечаем того, что играем, не придаем увлекательному процессу игры должного значения.

Моё краткое эссе "Крестики – Нолики" и есть комментарий к этой игре, а правила игры у каждого свои. Любая личность уникальна и играет по собственным правилам.

**Ирина**: Да, собственные правила - это замечательно! Еще В. Розанов писал про эту "беспредельную анархичность, вытекавшую не из склонности к "дебошу", а из бесконечной индивидуальности... субьективности, интимности." Когда "ни один устав не по мне: по мне будет только тот устав, который я сам выдумаю". Но люди в массе своей снивелированы, и этот самый "устав" сами не в состоянии выбрать, а пользуются тем, что навязывает им государство, как аппарат и т.д. В результате сознание становится ну таким мелкоместечковым!

И еще тут кроется одно противоречие, пока неразрешимое для меня. Все зависят друг от друга, особенно в городах. Никакой свободы нет как бы уже по определению. А если она и возникает в ком-то, дикая потребность в ней возникает, то это желание тут же входит в противоречие с интересами окружающих или начинает осуществляться за чужой счет, повисая на близких людях бременем и превращая такого "свободного" в законченного эгоиста. Нет?

**страннiк**: ...никто ни от кого не зависит, до тех пор пока этот никто не захочет быть зависимым. Вначале стоит выбор. За ним стоит желание сделать именно этот выбор. Каждый живой организм ежесекундно делает свой выбор: Да-Нет, Вдох-Выдох, 0-1, Жизнь-Смерть, День-Ночь, Свет-Тьма, Choice-No Choice... Слышен пульс свободы выбора? (Freedom of Choice).

Вот на моей ладони свернулся калачиком маленький ежонок, превратившись в колючий мячик. Каждая его иголка - это выбор который делает каждый из нас ежесекундно и ежечасно. Когда выбор сделан, он отходит в прошлое и превращается в судьбу с открытым потоком новых выборов - новых колючек.

Люди разные. И свой выбор они делают по разному. Конечно, можно ждать когда государство о тебе позаботится и с интересом наблюдать как оно выворачивает твои карманы и тыкает тебе пистолетом в затылок. Можно ничего не ждать от государства схватить этот пистолет и начать убивать, насиловать и грабить самому, помогая государству "процветать". Можно прекратить бессмысленные ожидания и поменять "процветающее" государство на другое, то в котором "Империализм-есть высшая стадия развития капитализма, стадия его загнивания и гибели". А что, если там не понадобится убивать и грабить чтобы жить счастливо?! Кто знает? Знает только тот, кто попробовал и сравнил, тот и имеет знание, проверенное опытом самой жизни.

Интересно, что бы сказал Диоген Синопский о зависимости от государства и друг от друга, особенно в городах. Тот самый Диоген, гражданин мира, из старой бочки в которой он жил? Тот самый "нищий" Диоген, которому пренадлежит очень важный тезис о ПЕРЕОЦЕНКЕ ЦЕННОСТЕЙ? На вопрос Александра Македонского (образ государства): "Чем могу служить тебе, Диоген?", он попросил его отойти в сторону и не заслонять ему солнце...

И что-же имел в виду Ницше под выражением "Каждому-свое"? А что, если он имел в виду совсем не то, чему нас учили в школе? И что, если он имел в виду свободу выбора для каждого каждым на любой планете? Кто знает? ...

**Ирина**: Хочет-не хочет, а все равно зависит. Пока человек начинает делать в жизни сознательный выбор (вдох-выдох - это физиология всего лишь, автоматическая необходимость), он проходит капитальную обработку: своими родителями, средой, государством и элементарными физическими возможностями, данными от природы, разными у всех. И выбор он будет делать исключительно зависимый от этой программы, вставленной в его голову. Гениев, идущих своим путем, единицы. Уже и не хочешь, а все равно поступаешь согласно этим "генетическим рамкам".

Да, можно самому тыкать кому-то пистолетом в затылок, а можно поднимать вверх руки, когда это делает кто-то другой - но и это предопределено вышеуказанным, то есть моральным стержнем, заложенным в тебе с детства.

"Свет-Тьма. День-Ночь..." Нет, я не слышу пульс свободы выбора. Это физические законы, от которых ох как зависимо слабое человеческое существо.

Не думаю, что Ницше имел в виду "свободу выбора для каждого каждым на любой планете". Это ведь изначально фраза из римского права, где она означала, что каждый раб может быть скормлен рыбам в пруду патриция, а каждый патриций может иметь раба. Это не выбор, а кастовое распределение благ. Рожденный ползать имеет полное право на то чтобы ползать (в этих рамках он может делать свой ежеминутный выбор, да!), но летать ему никто не позволит - поскольку не его это дело.

**страннiк**: Человек рождается и умирает свободным. Любой человек на любой планете. В идеальной ситуации, человек рождается дважды: первый раз - материально и физически, телесно; второй раз - метафизически, духовно. Благодарность за первое рождение родителям и их физической любви друг к другу. Благодарность за второе рождение самому человеку и его духовной любви к самому себе. Рождается ли каждый человек в реальной жизни дважды?

К сожалению, нет. Почему? И причем здесь свобода выбора и рабство?

Вдох-выдох, доведенный до автоматизма физиологический процесс, выбирается человеком сознательно. Попробуйте затаить дыхание на пару минут. Вижу с каким наслаждением впитывается бесплатный сознательный новый глоток свежего воздуха. Глоток свободы. Итак, физиологический процесс дыхания поддается контролю мысли, не правда ли? А что, если жизнь на свободе и в рабстве - это тоже всего лишь сознательный выбор любого человека, который тоже поддается контролю только Вашей собственной мысли?

А что, если жить в рабстве и не дышать - это просто плохая привычка? Такая же плохая привычка, как курение и пьянство - самоубийство, доведенное до физиологического автоматизма. А что, если думать о себе плохо, не верить в свои силы, думать плохо о жизни своей, обманывать других (и, в первую очередь, самого себя), притягивать негативную энергию своими мыслям и поступками, своим бездействием и оправданием рабской жизни – это тоже такая же плохая привычка как и все остальные плохие привычки? Допустимы ли такие далеко не рабские мысли?

А что, если новый вдох - сознательный глоток свободы мысли в состоянии принести человеку все, чего бы он не пожелал? И прежде всего саму жизнь, о которой он так мечтал, но боялся пошевелиться, боялся вздохнуть по новому, боялся захлебнуться счастьем, боялся попросить эту жизнь у самого себя в обмен на рабство мысли? Не бывает такого волшебства? И человек, наверное, должен быть, как минимум, гением, чтобы совершить такое чудо - прожить свою жизнь именно так, как хочется ему самому, а не кому-то другому, вбивающему новые безжизненные программы КПСС в его голову.

Превращается ли человек свободный в законченного эгоиста? Если у этого человека имеется несколько жизней в запасе, то скорее всего, ответ положительный. Одна жизнь для мамы с папой (создателей генетических рамок), жизнь другая - для родственников и друзей, жизнь третья для партии и правительства, жизнь четвертая - для детей, жизнь пятая - для мужа...
Ну, сколько там еще жизней в рабстве от других людей и для других людей? Черезмерное количество жизней для других создает благодатную почву для ухода от ответственности за свои поступки и за свою собственную жизнь. Правильно, по этой почве можно только ползать в поисках новых мнимых, чужих, спускаемых извне жизней. Изменить там ничего невозможно. Да и не нужно. В рабстве хорошо... Там не нужно искать и бороться. Там не нужно прилагать усилия. Все спускается сверху само собой - кормежка три раза в день.

В одной из старых китайских притч господин-мудрец приглашает в гости раба своего отведать волшебного супа. Раб с огромной благодарностью принимает тарелочку супа и замечает, что в тарелке плавает змейка, но решает не беспокоить своего господина таким пустяком и съедает всю тарелку супа. На следующий день он внезапно заболевает, думая постоянно и сожалея о съеденной второпях змейке. С каждым днем ему становится все хуже и хуже.

Господин замечает больное состояние раба и предлагает ему самое лучшее лекарство в мире - тарелочку волшебного супа. Опять, и на этот раз, в тарелке плавает змейка. Раб признается своему господину, что именно эта змейка в супе и явилась причиной его странной болезни. На что господин-мудрец замечает, что в супе нет никакой змейки - это просто отражение рисунка со змейкой на потолке. Болезнь раба снимает как рукой.

Большинство ограничений которых у каждого из нас в достатке на самом деле являются живущей в нашем воображении фикцией. Если долго и нудно вбивать в голову одни и те же глупые негативные мысли типа: "Я не в состоянии бороться со всеми трудностями и проблемами, которые выпали на мою рабскую долю. Я ничего никогда не смогу изменить в своей жизни, гениев идущих своим путем единицы. И я совсем не гений, а такая же серость и бездарность, как все рабы вокруг. Меня никто не любит и никогда не полюбит. Я раб своих дурных привычек и никому их не отдам.", то в конце-концов, взамен на мысли данного типа, можно получить и жизнь данного типа - бессмысленную и безнадежную бодягу, наполненную бесцельными сражениями со змейками, которых нет.

Если уделять побольше внимания мыслям позитивным, таким как: "Нет никакого конца у этой вселенной - есть только новое начало. Гениями не рождаются - гениями становятся. Невозможное всегда возможно, стоит только захотеть. Совпадения не случайны, а закономерны. Я - хороший человек и даже самый лучший в мире. Я заслуживаю самоуважения и уважения со стороны других. Мой разум, душа и тело всегда в хорошей форме. Я и только я в ответе за свою жизнь, никто другой. Я и только я в состоянии изменить себя и обстоятельства моей жизни к лучшему.", то в конце-концов, взамен на мысли данного типа, можно получить и жизнь данного типа - более осмысленную и интересную, наполненную творческим процессом самопознания и достижения своих жизненных целей.

Да, я за рабство! Но рабство мое двуликое, как бог Янус. Я и раб и хозяин раба в одном лице, умеющий не только ползать, но и научивший своего господина летать.

**Ирина**: И все-таки свобода выбора и рабство тесно связаны друг с другом. Второе рождение человека - метафизическое и духовное - уже обусловлено той степенью рабства, которое он познал в своем росте. Почему не рождаются дважды все в реальной жизни? Да именно поэтому - из-за тесной связи свободы и рабства - и не рождаются. Некоторые и не знают, что можно родиться второй раз - жуют себе всю жизнь и счастливы, и ощущают себя, кстати, свободными! Им не нужно второе рождение, потому что это излишние для них усилия, напряжение, они не видят в этом смысл, а следовательно, акция сия представляется им в виде рабства. Вот они и сделали свой сознательный выбор, поддающийся контролю их собственной мысли.

Плохая привычка - заданная самому себе объективность. Люди понимают, что у них есть эти самые плохие привычки, но в силу того, что они не могут родиться второй раз - бездействуют, оправдывая свою рабскую (?) жизнь. Это довольно просто. Намного сложнее ответить: кто же на самом деле раб? Не рожденные дважды не считают себя обделенными, наоборот, чувствуют реальный мир и живут в нем. Ну да, они никогда не расскажут вам о своем путешествии словами Бродского:

Около океана, при свете свечи...
Пахнет свежей рыбой, к стене прилип
профиль стула, тонкая марля вяло
шевелится в окне; и луна поправляет лучом прилив,
как сползающее одеяло.

Да не то что не расскажут вам, они этого просто не увидят. Зато скажут, сколько стоил стул, да свеча... А вы, дважды рожденный, увидите, и будете долго мучиться своими восторгами, ассоциациями, носиться будете со всем этим. А они не будут, и даже не будут мучить себя "глупыми негативными мыслями". А человек, понимающий что-то в жизни, - будет, да еще как, именно он разведет эту

"бессмысленную и безнадежную бодягу, наполненную бесцельными сражениями со змейками, которых нет".
И именно он в конечном итоге - раб, и обстоятельств, и своих мозгов. Белая ворона, которую гоняет оптимистичная стая большинства черных.

**странніk**: ...а что если это не ворона, а белая чайка на белом снегу? Просто может зрение подводит?

_____

...Тишина. Только чайки - как молнии...
Пустотой мы их кормим из рук.
Но наградою нам за безмолвие
обязательно будет звук!...

...Наше горло отпустит молчание,
наша слабость растает, как тень.
И наградой за ночи отчаянья
будет вечный полярный день.

Север. Воля. Надежда. Страна без границ.
Снег без грязи - как долгая жизнь без вранья.
Воронье нам не выклюет глаз из глазниц,
потому что не водится здесь воронья.

Кто не верил в дурные пророчества,
в снег не лег ни на миг отдохнуть,
тем наградою за одиночество
должен встретиться кто нибудь.

_____

Спасибо Володе за "Белое Безмолвие"

**Ирина**: Да, зрение часто подводит. А чайки - это замечательно! Они такие крикливые, наглые и очень важные, а иногда - застывшие в задумчивости.
И Володе спасибо...

**страннĩk**: ...а что если чайка эта живет в каждом из нас?

Слабо? И даже имя у нее есть - Джонатан Ливингстон: http://lib.ru/RBACH/seagull.txt

...чем выше летает чайка, тем дальше она видит...

**Ирина**: Вот у вас есть стихотворение "Окна души" - с посвящением "Потерянным Поколениям Советской Молодежи". А почему, собственно, они потерянные? В том же смысле, как описанная Ричардом Бахом толпа чаек, не желающая учиться летать по-новому? Но ведь каждое время рождает свои иллюзии, которые по сути и помогают горстке людей в той или иной стране "организовывать" жизнь миллионов так, как надо в данный момент этой горстке, чтобы удерживать власть и иметь всё к ней - dazu...

Советская эра - всего лишь очередной этап эволюции государства, а народ жил себе своей жизнью... подплясывая конечно по мере необходимости под "дудочку веселого Ганса". То, что были "окна души распахнуты настежь", как вы пишете, - разве не являлось это качество искренним желанием быть свободными? На самом деле плохо то, что, воспитывая в нас стремление к достижению совершенства – "чтобы летать с быстротой мысли", как хотел того Джонатан Ливингстон, нам не говорили при этом, что у Януса всегда есть при себе второе лицо, что, мол, "не забывай, что ты летаешь ради того, чтобы есть". Вот и посыпалась ржавчина.

Хотя, если углублять эту сторону вопроса, можно тоже придти к абсурду. Его великолепно выразил Генри Миллер в "Тропике Козерога", призвавший народ бороться с рабством всенепременно: "Я хочу выбить из головы как можно большего числа людей заблуждение, будто они обязаны делать то или другое, чтобы заработать себе на жизнь. Это неправда. Можно умереть с голоду, и это куда лучше. Каждый добровольно умерший с голоду - это сломанный зубец в шестирёнке автоматического процесса..."

...Жалко вот только, что к нашему "топоту" уже никто не прислушивается. В этом мы - потерянные, да... Но только в этом.

**странніk**: У стихотворения "Окна души" есть двойное (а, может, и тройное) дно, как в шкатулке Пандоры. Образно, это двойной удар в пах (очень болезненный удар, кстати) не только поколениям молодежи, но и каждой молодой личности на переломе в отдельности. Само посвящение потерянным поколениям советской молодежи пронизано иронией и даже, отчасти, сарказмом. Почему? Почему именно советской молодежи? И скольким поколениям, одному, или нескольким? Чем эта молодежь так отличилась от поколений других стран? И почему это поколение потерялось и не нашлось? И потеряться поколению - это хорошо, или плохо? Много вопросов возникает, если подумать.

Сам термин "Потерянное поколение" ("Lost Generation") впервые был использован Гертрудой Стейн в разговорах с Хэмингуэем в Париже 1920-х годов, где было сказано приблизительно следующее: "Вы все, кто воевал (в Первой Мировой) и видел ужасы войны - потерянное поколение."
В данном случае "потерянным поколением" оказалось поколение молодых поэтов, писателей, художников, обнаруживших "ржавчину иллюзий, идей, идеалов, мыслей и чувств" в своих душах и бежавших в Париж в поисках потерянного рая – "сада, пахнущего утренней свежестью", в поисках свободы творчества.

Большинство самых ярких литературных произведений 20-го столетия, как это не странно, было создано именно в Париже 20-30-х годов. Американские и английские писатели бежали в Париж по собственной воле. Великих же русских поэтов, писателей и философов выкидывали из

России в Европу как ненужные отбросы общества, как "не мозг нации, а говно", по Ленину. Неудивительно, что "мозг" еще так и не вернулся в Россию 21-го века. Совсем не удивительно.

Что же объединило "потерянные поколения" американской, английской, советской "молодежи" 20-30-х годов в Париже? Свобода творчества, уход от ценностей материальных к ценностям более важным, к ценностям духовным. Вот он пик духовного рождения выпадает на Париж. Побольше бы таких "потерянных поколений", поколений искателей и борцов за свободу от рабства духа.

"Потерянные поколения" советской молодежи (поколения 20-х, 30-х, 40-х, 60-х, 80-х, 90-х) это те, кто был потерян системой совковой идеологической обработки, те кто не принял рабское "фиксированное мировозрение" большинства и остался между небом и землей, это те, кто заметил, что и "стекла разбиты и рамы сгнили", это те, кто понял и осознал, что каждый человек в любой стране, в любом возрасте в состоянии стать автором и героем хотя бы одного единственного литературного и художественного произведения - своей собственной жизни...

**Именно этим людям и посвящаются "Окна Души".**

На днях мне попалась книга "Другая Россия". Писателя Лимонова никогда не любил. Не мой он писатель. It is not my cup of tea, как говорят. Во многом с ним не согласен, со всей этой его кровотащей чернухой и порнухой, и с тем, как он ее отображает. Но, с другой стороны, он один из уважаемых мной писателей, потому как не лжет, не унижается перед властями, говорит то, что думает - режет правду-матку, даже из тюрьмы.

Он имеет право на свое собственное мнение, пожил-побывал во многих странах мира, повидал многое, ему можно верить. Ниже привожу небольшой отрывок из его книги. Как сама книга, так и этот отрывок продолжают разговор о рабстве и свободе, о природе возникновения потерянных советских поколений.

———————————————

"Твой отец инженер или работяга - злой, худой, неудачливый, время от времени надирается. А то и вовсе, никакого папочки в семье, мать - в облезлой шубейке. Глаза вечно на мокром месте, истеричная, измученная, говорит голосом, в котором звучат все ахи и охи мира. Мать всегда жалко, к отцу никакого уважения. Он - никто, когда пьян, ругается с телевизором. Вонючий братец (вариант: вонючая бабка) - после него противно войти в туалет. Квартира о двух комнатах: слишком много мебели плюс ковры, коврики, половички, шторы. Мало света.

Вечные: "Выключи свою музыку!?", "Убери эту порнографию со стены!", "Я тебя кормлю!?" и прочие стенания, прелести жизни в семействе. Книг мало, только твои: Гитлер, Ленин, Дугин, Лимонов, "Лимонка"... Семья, сучий потрох, гнойный аппендицит, группа тел, сжавшихся воедино во взаимном объятии страха: "Саша, не выходи на улицу, там у подъезда какие-то парни!?". Семья обучает бояться, трястись, усераться от страха. Это школа трусости.

Квартира, полученная с адским трудом, или купленная с огромным трудом, кооперативная, в последние годы Советской власти. У родителей вся жизнь ушла на эту квартиру. Экономили, копили, собирали, купили. Потом счастливо обживали бетонный кубик, соту во многоподъездном, многоквартирном человечнике. Любовно сверлили, клеили, годами подбирали дверные ручки. На план обустройства лоджии ушел год. Еще три на возведение рам и стекол. За четыре года завоевывают царства, Вторая мировая война пять продолжалась, а тут лоджия. Ее забили старыми тряпками и втиснули тебе раскладушку. Квартира - как тюремная хата, где сокамерников не выбирают, как камень на шее эта квартира, который нельзя бросить, и оттого нравы какого-нибудь Южного Бутова - почему-то должны быть твоими, а ты его, Южное, или какой там район, презираешь до рвоты.

Ты уже бреешься, а эта, блин, унизительная крепостная зависимость от жилплощади родителей, ты тут прописан, записан, чтоб вам всем, падлы, как крепостной! И когда у тебя будет твоя клетка, где можно повесить то, что ты хочешь - хоть флаг НБП?! Когда, никогда!.. 25 тысяч баксов у тебя будут никогда. Девочку привести некуда. Какая тут, нате вам, полноценная жизнь. У пенсионеров есть не только пенсии, у них есть квартиры, потому к ним ласково обращаются власти, агентства, жулики, убеждая продать ее, отдать в аренду, пенсионеры нужны.

Семья: липкая, теплая навозная жижа, где хорошо отлежаться дня два, от побоев физических, в драке, и от моральных увечий. Но семья как чахотка ослабляет человека, изнуряет своей картошкой с котлетами, своей бессильной беспомощностью. Врываются завтра какие-то чужие, менты, чурки, даже защититься нечем. А мать защитить, а сестру? С ними чувствуешь себя еще более уязвимым.

В книгах и фильмах есть храбрые крутые герои. Были в начале века национал-социалисты, фашисты и большевики, они покорили вначале свои страны, а позднее и чужие. Они шли стройными рядами, красивые, в барабанном бое и шелесте знамен, молодые, и земля ложилась под них, как женщина, радостно. Пришел отец: "Опять читаешь про своих фашистов! Никогда этого не было, не было!" Сел в кухне и гавкает...

Все вышеизложенное - лишь попытка воссоздания чувств пацана-подростка, юноши в семье. К этому можно добавить патологию, она нередко присутствует в жизни, - жиреющую маму, маму с сумками, как тяжелоатлет, не женщина, а бидон какой-то, вьючное животное, верблюд; блевотину хрюкающего отца, но обойдемся без чернухи. Результат моих размышлений: Советская власть, сука, успешно окрепостила семью квартирой. Всех привязали на цепь, оякорив квартирой. Ибо квартира в мерзлом российском климате - это разрешение на жизнь. Прописка, квартира, работа - вот ассортимент ржавых тяжелых цепей, с помощью которых современный русский прикован к месту, недвижим, и более несвободен, чем русский XVII или XVIII века. Тогда можно было сбежать на Дон, к казакам, к Разину, к Пугачеву. Куда сбежишь при полковнике Путине, везде облавы и несвободно нигде...

_____

Благодарю за книгу, Эдик - заблудившийся Дон Кихот...


**Ирина**: Книга Лимонова "Другая Россия" попала в руки почему-то на Тайване прошлым летом. Я читала ее, сидя под кондиционером в большой гостиной очень большой квартиры. За окном возвышался зеленый холм со старым китайским кладбищем. Книга вызывала острейшие чувства в этой обстановке. Очень много "согласных" для меня мест:"Семья обучает бояться, трястись, усераться от страха. Это школа трусости". "Семья, как чахотка, ослабляет человека, изнуряет своей картошкой с котлетами, своей бессильной беспомощностью". Как это верно! Но как поздно понимаешь это все! И борешься с этим довольно странными методами. Поэтому я так люблю читать про Ливингстона. И на самолетах люблю летать.

Но вот опять же парадокс. Наличие квартиры - как цепи, но в то же время верно и то, что "квартира в мерзком российском климате - это разрешение на жизнь". Значит, у нас его там не было? Было рабство, да. Теперь у нас это разрешение есть, но опять же временное. И свободой от него что-то совсем не веет. Значит, лишь полмиллиона долларов в Швейцарском банке могут обеспечить это чувство свободы в любой точке Земли?

**странніk**: В свободное от работы время я продолжаю раскопки по теме: "Рабство и Свобода". Иногда обнаруживаются довольно симпатичные осколки. Я очищаю эти кусочки разноцветного битого стекла ,обрубки интересных мыслей, от грязи времени и с детской радостью смотрю сквозь них на солнце истины. Солнечные лучи в смятении принимают причудливые пульсирующие очертания. Попытки навести хоть какую-то резкость ни к чему не приводят. Вспоминается старый бородатый анекдот.

В котором какой-то мальчик в темном переулке играет в мяч. Мяч, ударившись о стену, разбивает закопченное окно полуподвального помещения. В страхе мальчик убегает вверх по переулку. За ним гонится дворник, в огромных валенках, в треухе, с метлой в руках.

Мальчик бежит и думает: "Боже мой, что я здесь делаю, зачем мне эта роль? Сидел бы сейчас дома, за шкафом, под торшером в кресле, читал бы великого американского писателя Хэмингуэя".

Интересно, а что же в это время делает великий американский писатель Хэмингуэй?

А он сидит на Кубе, на веранде своего дома, пьет теплый виски и курит толстую сигару, и думает он следующее: "Боже мой, зачем мне такая жизнь, зачем мне эти пальмы, это тёплое виски? Сидел бы сейчас в Париже, на Монмартре, в кафе Шантен, пил бы крепкий черный кофе и красное вино, вокруг ходили бы прекрасные женщины, а я бы беседовал о чем-нибудь возвышенном с великим французским писателем Жан Поль Сартром".

Что же, в таком случае, в это время делает Жан Поль Сартр?

Он сидит в Париже, на Монмартре, в кафе Шантен, пьет крепкий черный кофе и красное вино, вокруг ходят прекрасные женщины, а думает он: "Боже мой, что я здесь делаю, зачем мне этот кофе, у меня от него изжога, зачем вино, у меня - язва, зачем мне эти женщины, которые сами лезут ко мне в постель, эти литературные экзерсисы на потребу буржуазной публики? Нет, настоящий художник должен жить в России, среди лесов и снегов. Сидел бы сейчас дома у великого писателя Платонова, мы бы пили водку, закусывали бы солеными огурцами и беседовали бы о чем-нибудь действительно возвышенном".

Где же находится в это время великий писатель Платонов? А он бежит по переулку в погоню за мальчишкой только что разбившим стекло, вытирает со лба пот грязным треухом, и думает: "Догоню бля - убью нах... !!!".

О.К. Бог с ним, с Платоновым и со всеми потерянными поколениями не только советской , но и американской и французской молодежи. Лучше прямиком направимся к торчащим из архивов осколкам работ Сергея Левицкого.

Как это не покажется странным, его основная "Трагедия Свободы" (1958) была издана в России в 1995-96 гг. и вошла в двухтомник издательства "Канон". Вот они некоторые осколки-обрывки-обрезки-ошметки из этой книги в совершенно хаотическом порядке:

"Вступление. Нет проблемы, которая уходила бы столь глубоко в метафизические высоты и имела бы в то же время величайшее практическое значение, как проблема свободы воли.

В проблеме этой, как в огненном фокусе, скрещиваются основные проблемы гносеоологии, метафизики, этики и религиозной философии.

С проблемой свободы воли, несмотря на всю ее сугубую теоретичность, невольно сталкивается рано или поздно каждый, коль скоро он задаёт себе вопрос о последнем основании наших поступков и мотивов.

Участвовала ли моя воля в творчестве моей судьбы, моего характера, моей личности, или я всю жизнь был лишь полем игры внешних и чуждых моему "я" сил?

Является ли осознание внутренней свободы, неразрывно связанное с природой самосознания, интуитивным обнаружением истины свободы, или она есть продукт естественного самообмана?

К каким теоретическим и практическим последствиям обязывает меня признание свободы или несвободы воли?

От того или иного ответа на эти вопросы не может уйти никто (хотя бы ответа "для себя"), в ком не угасли окончательно духовныне запросы и искания. При этом не столь важно, преподносятся ли эти вопросы в логической или образной форме.

Стремление к самооправданию, столь глубоко коренящееся в человеческой природе ("я не мог поступить иначе"), являются в своей теоретической сущности не чем иным как стремлением снять с себя ответственность ссылкой на детерменизм моих, по крайней мере, поступков. В свою очередь, стремление к самоутверждению, проявляющееся иногда вопреки рассудку и стихиям, вырастает из неискоренимой жажды осуществления свободы. Мы не говорим уже о том, насколько глубоко связана с проблемой свободы проблема вины - как в юридическом, так и в моральном смысле этого слова. Одним словом, излишне было бы напоминать все эмоциональные и волевые импульсы, где мы, сознательно или бессознательно, сталкиваемся лицом к лицу с "теоретической" проблемой свободы".

"Свобода наших желаний и намерений вовсе не сама собой достигает своих целей, но сознание свободы налагает на нашу волю и разум всю ответственность за их достижение. Свобода несет в себе шанс и риск, рождающийся из нашей оценки и выбора. И лишь через использование этого шанса и через опасности, связанные с этим риском, мы можем реализовать свой замысел."

"Нет, свобода - не исходный пункт развития человечества, она скорее есть тонкий и пока довольно хрупкий плод культуры. Свобода -- не в царстве природы, а в царстве культуры. Только в системе организованного государства, в атмосфере ценностей культуры и морали может человек пользоваться плодами свободы.

Анархия несет с собой не свободу, а дикий произвол хищных индивидов и демагогизированных масс. Мало того, освобождением от тирании и эксплуатации не кончается, а скорее начинается одиссея свободы.

**Ибо мало внешнего освобождения. Важно в первую очередь преодоление тех соблазнов, которые таятся на дне свободы и угрожают ей изнутри. Важно преображение темной, иррациональной свободы произвола в светоносную свободу духа. Важно преодоление ощущения свободы как пустоты, требующей заполнения и заполняющей себя обычно порочным содержанием. Важно согласование личной свободы со свободой моих ближних и дальних. Важно преодоление идололатрии свободы, под маской которой скрывается одержимость гордыней или бегство в безответственность.**

Сладок момент освобождения, но когда, внешне освободившись, мы начинаем почивать на лаврах, свобода теряется нами изнутри, ибо сущность ее - в постоянном самопреодолении.

Та лёгкость, которая непосредственно ощущается нами в слове "свобода", - обманчивая лёгкость. Под ней таится бремя свободы, которое, однако, нам необходимо свободно принять на себя, чтобы иго свободы стало благом. Свобода приносит плоды вовсе не автоматически - скорее осознание свободы приносит с собой величайшую ответственность. Свобода имеет свои внутренние проблемы. Свобода приносит с собой в конечном счете и благо. Нет более достойного бремени, чем бремя свободы. Человек, справившийся с этим бременем, сделавший его своим естественным достоянием, ощущает его не только как благо, но и как ценное благо, как само-ценность.

Однако этот процесс предполагает самовоспитание к свободе, предполагает трудную и порой мучительную работу воплощения свободы. Свобода непосредственно всего выражается в творчестве. И всякий творец по собственному опыту знает, сколь мучителен процесс реализации творчества.

Именно благодаря воображению человек "не раб" действительности, а может возвышаться над ней, творить новую действительность. Воображение есть живой орган свободы. Воображение есть победа над косностью бытия, над косностью нашей натуры.

Обычно наша любовь к свободе пробуждается от ненависти к тому гнету рабства, в котором мы находимся. Но обычно же с внешним освобождением кончается и наша действенная любовь к свободе. Мы начинаем тогда воспринимать свободу как нечто естественное - как воздух, которым мы дышим.

Между тем только осознание всех соблазнов, которые таятся на дне свободы, может дать нам силу достичь внутреннего освобождения.


Та легкость, которую мы ощущаем в свободе, в известном смысле не обманывает нас. Мы действительно можем освободиться. Но эта легкость существует лишь в начале и в конце творческого пути. Сам же путь свободы исполнен терний, и осознание этих терний - единственное средство их преодоления.

**Свободу нужно любить, по завету Бетховена, "больше жизни". Но только через служение ценностям, высшим, чем свобода, свобода исполняет себя и предохраняет нас**

**от легиона демонов рабства, прикрывающихся масками свободы.**

**Свобода есть шанс и риск. И лишь через использование этого шанса и через опасности, связанные с этим риском, мы можем достичь подлинной свободы."**

"И тут мы вплотную подходим к вопросу о сущности воплощенного коммунизма. Коммунистическая идеология тем и злоносна, что при попытке её осуществления неизбежно получается "шигалевщина", предвиденная Достоевским в "Бесах": тут власть из ранга средства для осуществления цели (насильственного равенства) превращается в самоцель при делении общества на две неравные половины - господ ("новый класс") и рабов, лицемерно называемых "свободными советскими гражданами". Из свободы тут выхолащивается ее суть - **свобода выбора**, и сама свобода используется лишь в качестве лозунговой приманки. Все это является следствием богоборческого атеизма, стремящегося выхолостить образ Божий в человеке, превратить его в послушного социалистического робота (причем социализм превращается в собственную карикатуру). Логика или, если угодно, диалектика этих злых метаморфоз была в свое время блистательно продемонстрирована Бердяевым и некоторыми другими родственными ему философами XX века. И я лишь напоминаю об этой "диалектике зла"."

Мифы, мифы, мифы...Сущность воплощенного коммунизма, или псевдо-коммунизма? "Свободные советские граждане" живущие в самой "свободной сверхдержаве мира"!? А что, если сверхдержава всегда была одна? Ни Советский Союз, ни теперешнюю Россию причислить к сверхдержавам невозможно. Российская сверхдержавность – это то, что хотелось бы видеть власть придержащим внутри страны. Объективные цифры экономических показателей снаружи, извне страны говорят совсем другое. Те цифры без всяких "сверх" приставок. "Сверхом" там даже и не пахнет, а вот "низом" очень сильно отдаёт.

СССР (или Россия), как сверхдержава, это раздутый средствами массовой информации идеологический мыльный пузырь (чтобы другие страны боялись!), который лопнул уже давно. Сверхдержавы не рухают в одночасье, только нестабильные системы так делают. Те системы, в которых король ходит с голым задом, но никто из подданых этого не замечает, все углубленно изучают учебники марксизма-ленинизма, прикрывая свои собственные зады кто чем может.

Следующий миф, еще более крутой и еще более важный, чем миф о супердержаве, который тоже лопнул, но никто, почему-то этого не заметил - это миф о жизни в СССР при общественном устройстве под кодовым названием "социализм". При настоящем социализме, который так никогда и не осуществился в Стране Советов, вся земля, все фабрики и заводы, вся собственность должна была принадлежать народу. При социализме фальшивом, при котором жили мы, отцы наши и деды, при псевдо-социализме, все принадлежало государству, включая и народ в качестве рабов государственной системы. Вот при этом псевдо-социализме и вели мы наши псевдо-жизни. Псевдо-социализм - это социализм шитый белыми по черному нитками. Это закрытая система, в котором разрешалось говорить и думать только то, что тебе скажут, в которой любой человек – "свободный советский гражданин", носитель альтернативной мысли, всегда рассматривался властями как "антикоммунист" - прокаженный изгой. Что может произойти с системой при переходе от псевдо-социализма к какой-то новой системе? Скорее всего, псевдо-демократия и псевдо-капитализм. Что сейчас и происходит.

Благодарю за внимание. Раскопки продолжаются.

**Ирина**: "Участвовала ли моя воля в творчестве моей судьбы, моего характера, моей личности, или я всю жизнь был лишь полем игры внешних и чуждых моему "я" сил?"

Да ведь это сказано про жизнь моего отца! Я потеряла его первого июня. Его больше нет. Все эти дни я ловлю себя на странной мысли о том, что он (вы помогли мне сформулировать это с помощью Сергея Левицкого) пережил не жизнь, а настоящую "трагедию свободы". Это о нем: "Стремление к самоутверждению, проявляющееся иногда вопреки рассудку и стихиям, вырастает из неискоренимой жажды осуществления свободы". Он всегда верил, что Город Солнца Кампанеллы будет построен. Внутренне очень свободный, ни разу ни перед кем не унизившийся ради хоть малейшего облегчения жизни, пишущий исторические романы и трактаты "Как нам обустроить Россию", где должна победить Этика, Нравственность и Технологизация, по жизни своей он был "рабом действительности, жил воображением" и считал, что "только в системе организованного государства, в атмосфере ценностей культуры и морали может человек пользоваться плодами свободы". Мне в наследство он оставил два вырезанных из дерева панно. Одно из них он назвал "Узы рая": в круге центра две сплетенные рыбы, окруженные всякими диковинными тварями и растениями, поднимают вверх головы с открытыми ртами, и кажется, что они судорожно пытаются схватить ртом воздух...

Я в эти дни много думаю об истории моей семьи: два прадедушки были высланы куда-то и расстреляны, других два прадедушки были высланы в чем мать родила с родных земель в Среднюю Азию, двое дедушек погибли за Родину, папа был крупным специалистом по гелиотехнике, много лет проработал на Севере, потеряв там здоровье; все, что он заработал за жизнь, было "экспроприировано" государством в начале девяностых. Финал всего этого – пенсия уборщицы, общага, тихое физическое угасание и полный уход в себя. И семейство всё - по разным странам и нет никаких прав - у нас тоже. Наверное, только глубоко в себе он находил тот участок неоскверненной никем свободы, которая и поддерживала в нем жизнь...

Он всегда был напряжён, он всегда чего-то боялся. После похорон мама сказала мне по телефону: "Конечно, я поплакала на кладбище, но я видела его лицо - оно было наконец спокойным и таким просветленным, - и я больше не плакала."

Теперь я думаю все-таки, что свобода подразумевает в первую очередь борьбу за нее. Можешь бороться - значит свободен. А если нет - то свободен только когда мертв.

Извините, что я о грустном.

06/09/2003

Ирина Соколова и Михаил Батюков (странниk)

**Вступление к обзору произведений в номинации «Просто о жизни»**
**(Третий этап)**

[ www.litkonkurs.ru ]

"На Осинцевом кряже, где собран и спет Приближённый мотив Отдалённых примет. Где порою проходят знакомые сны и приятный покой прониикает в умы. Где всё та же стена и взобравшийся рад, что он выше чем был лишь минуту назад. Где серебрянный голубь в обмане немом погибает в пыли за красивым холмом. И над всем - Окружённый знамением слов Полубог - полудьявол Смотритель умов. И во всём - Пронесён, растворён и пропет Приближённый мотив Отдалённых примет!"
(неизвестный поэт 21-го века)

На настоящий момент – 20 февраля 2004 года – в разделе прозы литконкурса "Просто о жизни" размещены работы 70 авторов. Многие авторы выставили по 2-3 рассказа и некоторые труды занимают по 5 страниц и более. Короче, если распечатать все произведения на бумаге потребуется целый воз и пару маленьких тележек. Так что, печатать не будем, сэкономим бумагу и пару гектаров леса.

Будем читать запоем с экрана и портить глаза. Почему то на этот раз мне захотелось начать мой обзор не с прямого прыжка в океан строчек и мыслей, а с личного знакомства с авторами, с перехода на личности. Наверное, меня подтолкнули к этому некоторые литературно-критические статьи, в которых настоятельно обращается внимание на доброжелательность и осторожность критики. Так как считаю вопрос критики очень важным, особенно для начинающих авторов и особенно на начальном этапе, то просто вынужден втиснуть мои размышления на этот счет. Вот они.

## О критике и критиках

Интересно, что многие хорошие авторы литпортала получали приглашение стать обозревателями и отказывались. Без сомнения, у каждого из них находились свои причины для отказа. На мой взгляд, всех отказников объединяет одна и та же болезнь – боязнь самокритики, а значит и боязнь "критики" кого-то другого. Боязнь "загубить" автора своей некомпетентной "критикой", отметить его некомпетентность своей же некомпетентностью. Более того, скорее всего, боязнь попробовать себя в новом качестве.

По-моему, болезнь боязни вполне возможно вылечить сдвигом привычной умственной парадигмы, пересмотром устойчивого мнения "я начальник – ты дурак", "я великий обозреватель - ты простой автор", "я великий феодальный авторитет – ты мой вассал", "я критик – ты никто" и т.д. А если сдвинуть парадигму на "я начальник – ты начальник", "я простой автор – ты простой автор", "я король моего королевства – ты король твоего королевства", "я самокритик – ты самокритик", "я помогаю тебе – ты помогаешь мне (стать лучше)", "мы одной крови"?

Что мешает сдвигу парадигмы в первую очередь? Скорее всего, боязнь самокритики и неуверенность в собственных силах и накопленных знаниях, привычка не высовываться, боязнь не сесть в лужу в глазах других? А если этой лужи (умственной) нет, она давно уже высохла под солнечными лучами опыта жизни? Что тогда? Какая еще боязнь мешает быть самим собой?

Боязнь ответственности за сказанное слово? Очень возможно. И это очень хорошая боязнь является основополагающей в критическом отношении автора к самому себе, своим творениям и высказанным мыслям.

К сожалению, большинство авторов литконкурса не страдают такой боязнью. Иначе не было бы на сайте так много сырого материала. И это плохо.

Не согласен, что " ...чем малообразованней люди, тем с большим рвением они "изрекают истины"". Человек малообразованный очень хорошо и всегда виден своей манерой общения и изложения мысли. Достаточно услышать или прочитать всего несколько фраз и сразу же виден и весь человек с его уровнем образования и мышления. И сразу видна достоверность его "истин".

У меня другой взгляд. Не вижу ничего плохого в том, чтобы давать рекомендации (а не критические упреки и плевки) авторам не частным образом, а на страницах портала. Если эти рекомендации доброжелательны, справедливы и не несут на себе нагрузки "укусить автора во что бы то ни стало". Рекомендациям "укушения-удушения" автора – грош цена. Одновременно, я верю в радикальную честность к самому себе и в ответственность за сказанные слова и свои поступки. А значит, если автор подвесит откровенную "лапшу" на страницы, я не постесняюсь сказать ему об этом прямо и конкретно, что называется принародно и в лицо, без оскорблений и унижений оного. В этом тоже, отчасти, и состоит "Школа литературного мастерства", по-моему.

При желании, любой текст (включая текст своей жизни) можно корректировать и без всякой ненависти к самому себе. Человек, который знает свои ошибки сам, никогда не станет панически бояться критики. Он понимает, что идеальных текстов просто не бывает. Совершенный текст мертв. Даже Библия не совершенна по написанию (чем и интересна). Он принимает мнения и суждения других людей о своем творчестве, примеряет их на себя и спокойно откладывает в сторону те одежки, которые не подходят ни по размеру, ни по ткани, ни по цвету мысли. Он никогда не станет тратить бесценную творческую энергию на бессмысленные перепалки и диспуты. Энергия творческая любит экономию и рациональное использование.

Полагаю, что привычка испытывать все самому на своей собственной шкуре очень помогает становлению себя как автора своей собственной творческой личности. В конце концов шкура самокритики только грубеет и любые комариные укусы любых критиков принимаются во внимание, но ни в коей мере не меняют основное направление твоего собственного творчества. Голоса "критиков" несутся как-бы вдогонку и ты их уже почти не слышишь, убежав далеко вперед. Ты к ним все еще только прислушиваешься, но они уже не являются основопологающими в твоем творчестве. По-моему, так должно быть.

Очень правильно и хорошо сказал об этом в одном из комментариев **Александр Красный**: "Писатель - тот, у кого "есть что сказать" читателю, ему не важно, понравится это читателю или нет..."Угождение читателю" обычно сводится к игре на самых низких инстинктах и поощрению безнравственности. Посмотрите, чем нас развлекают и смешат по ТВ... Можно ли назвать писателями, тех, кто пишет эти сценарии и хохмы? Меня больше интересует сам творческий результат, чем объективность его оценки: оценки творчества могут пересматриваться, а его результат - нет... "

Кстати, уверен, что работа обозревателем (не боязнь попробовать свои силы) и наблюдателем, и корреспондентом, и репортером и просто исследователем словесных причуд позволяет не только не ждать (много лет) критики от крупных авторитетов в области филологии и литературы, но самому рано или поздно стать таким авторитетом (частично, через самовыражение - высказывание своего же частного мнения). Если гора не идет к Магомету, правильно, он пойдет к горе сам, не так ли?

Для меня лично важно мое отношение к творчеству любого и каждого, где я совсем не критик, а, скорее, - соучастник, сообщник, сопереживающий за творчество тех, кто кольнул мое сердце. И здесь я всегда был, есть и буду доброжелательным, осознавая хрупкость и бесценность поэтических творений. Это как первая любовь, когда натыкаешься на чей-то посторонний взгляд и сердце учащенно начинает биться. Еще ничего не произошло (и, может, никогда ничего не произойдет), но капелька росы скатилась и блестнула...

И напротив, потоки невежества и человеческой грубости и глупости меня коробят. Ошибочно допускать, что можно быть подонком, подлецом, бездельником и писать красивые стихи. Никогда такого не случится. Есть прямая закономерность между чистотой помыслов и результатом творческого труда. Доброжелательного отношения к фальшивомонетчикам от творчества у меня никогда не было и не будет. В ответ они встретят мое холодное безразличие. Извините отвлекся от вступления к обзору. Возвращаюсь к ожидающим авторам.


## Об авторах, их визитных карточках и псевдонимах

Авторитет портала повышается день ото дня и интересных авторов на нем становится все больше и больше. Вот стою я в окружении 70 авторов в разделе "Просто о жизни", авторов всяких разных, юных и пожилых, мужчин и женщин, высоких и коротких, худых и не очень. У каждого из них свое лицо, своя творческая комплекция, свой стиль. И самое главное достоинство людей творческих в том, что все мы разные, в уникальности и неповторимости каждого из нас.

Или мне только мерещится эта неповторимость? У 25-ти авторов обнаружилось ни слова о себе и своих достижениях, не говоря уже о фотографии, только адрес электронной почты. Невольно возникает вопрос, как вы думаете, с какого автора я начну писать свой обзор? Наверное, с того, с творчеством которого мне бы хотелось познакомиться поближе, правильно? Как рассмотреть такого безликого автора в толпе из 70 человек? Некоторые авторы протягивают мне свои визитные карточки.

И я их с радостью принимаю и читаю. Вот одна из них. Визитная карточка от Елены без фотографии: "Очень хочется начать публикацию на этих страницах с чистой душою и открытым сердцем: я верю в то, что натуральная природа человека, так же, как и русская ментальность - вера, надежда, любовь, однажды возвратится в этот мир и изменит его в лучшую сторону." Я с радостью принимаю слова Елены и почти бегом лечу читать ее прозу. На двери в ее страничку меня встречает вывеска: "Сумма баллов: 0. Количество произведений: 0. Получено рецензий: 0. Написано рецензий: 0."

Огорченный возвращаюсь к остальным призерам и продолжаю поиск интересных и лучших. Вспоминаю, как однажды Чехову предложили прочесть стихи лирического поэта Гусочкина. Он отказался: "Что это за фамилия для лирического поэта - Гусочкин?! Не буду его читать". Интересно, как бы почувствовал себя Чехов, если бы ему подсунули почитать Нюрку, или Тварьку, или Васика, или Моха, или Чужака, или того, который просто Next? Наверное от прочтения Пизанской Башни он бы точно не отказался. Ну-ну.

Известно, что обычай придумывать себе другое имя возник задолго до изобретения книгопечатания. Первые словари псевдонимов появились где-то в 17 веке. В 1874 г. В России впервые вышел в свет "Список русских анонимных книг с именами их авторов и переводчиков", составленный Н.Голицыным. Наиболее же авторитетным русским источником по теме псевдонимов и по сей день считается словарь Масанова, последнее (четырехтомное) издание которого датируется 1956- 1960г.г. В нем собрано свыше 80 тысяч псевдонимов русских писателей, ученых и общественных деятелей. Очень интересно кто-же из наших 70 авторов прозы раздела "Просто о жизни" пополнит своими именами и псевдонимами словарь русских авторов 21-го века?

Сегодня в литературном мире псевдоним - не только вымышленное имя автора. Это еще очень часто и коммерческий брэнд. В мире виртуальной реальности это уникальное регистрационное имя (nickname). Почему и кому нужны такие имена и какое значение они имеют для личности творческой? Попробуем разобраться в этом на примере Игоря-Северянина. На мой взгляд, здесь мы столкнемся с очень интересным случаем.

Поэт **Константин Фофанов**, с которым молодой поэт **Игорь Лотарев** был знаком с в начале 20-го века (1907-1911), внушил ему идею личной творческой гениальности. Он внушил молодому человеку также и то, что ум поддается тиражированию, поэтому ум есть достояние толпы, а индивидуальностью обладает только безумие, поэтому безумие и есть удел гения. В этом есть какая-то своя логика, которую при всей ее парадоксальности нельзя не признать за логику.

Псевдоним Игоря Лотарева в творческой биографии поэта символизирует переход от эпохи ученичества к эпохе мастерства. Если юношеские псевдонимы Игоря Лотарева "Мимоза", "Игла" и "Граф Евграф Д'Аксанграф" - это еще неотъемлемая часть ученического процесса, даже игры в поэта, то псевдоним "Игорь-Северянин"- это уже акт инициации Поэта с большой буквы. **Игорь-Северянин** - это уже зрелый, опытный мастер.

Профессор С.А. Белковский в работе "Инициация взросления в различных культурах" отмечает: "Инициация была одним из "ритуалов перехода", сопровождающих наиболее значимые социально-личностные изменения в жизни человека: рождение, взросление, брак, зрелость, смерть и пр. Выражение "ритуал перехода" показывает, что человек перешел с одного уровня своего опыта на другой. Совершение ритуала перехода говорит о социально признаваемом праве на изменение или трансформацию - праве вступить на новый уровень своего развития. Как бы сдать экзамен на новый уровень своей личностной и социальной зрелости и получить новые инструкции для правильного прохождения новой стадии жизни. Институт "инициации" очень древен, его находят в самых архаических культурах".

Как подчеркивает Михаил Петров в эссе "Псевдоним поэта как часть творческого наследия и факт биографии": "Современники поэта - издатели, журналисты и критики воспринимали форму написания псевдонима либо как проявление безграмотности его носителя, либо как проявление излишнего, запредельного для общества индивидуализма - игры в гениальность. Поэтому еще при жизни поэта сложилась практика опрощения псевдонима и написание его в форме имени и фамилии – **Игорь Северянин**". Вытравление дефиса из псевдонима поэта - суть проявление остатков древнего магического сознания. Ритуальная кастрация литературного имени как бы дает критику, редактору, журналисту определенную власть над его носителем. Если современное литературоведение не идет далее вытравления из псевдонима дефиса, то журналистика и публицистика довершают процесс кастрации, доводя его до логического завершения – "Северянин" или трансформируют имитацию имени и фамилии в полное гражданское имя – "Игорь Васильевич Северянин".

Вот что далее говорит Михаил Петров о гениальности и индивидуальности: "В основе всего творчества Игоря-Северянина лежит посылка "я –гений" практически равнозначная утверждению "я – индивидуальность". Мы можем судить об этом с достаточной степенью вероятности, именно потому, что поэзия для него никогда не стояла на первом месте. Музыка (опера), женщины, рыбалка, выпивка в компании - эти приоритеты часто и на разное время менялись местами, но поэзия как таковая никогда не была на первом месте долее того времени, которое было потребно для того, чтобы сложить на бумагу "выпевшиеся" свободно строки.

Поэтому:

Я - соловей: я без тенденций
И без особой глубины… […]
Я так бессмысленно чудесен,
Что Смысл склонился предо мной.
("Интродукция". Соловей. Берлин, 1920.)

Соловей гениален изначально по своей природе, только потому, что он - соловей, а не по какой-то иной причине. Поэт гениален, потому что он - поэт, а не по какой-то иной причине, например, по причине его "выдающегося" творчества, оцененного современниками в качестве "гениального". Соловей на ветке выполняет предназначение: свободно поет и в песне называет вещи своими именами. Он не нуждается в одобрении слушателей и равнодушен к критике. Предназначение поэта в мире, - это предназначение соловья: петь и в песне называть вещи своими именами, причем не просто называть, а именно давать им первоначальные названия. По мнению поэта, философа и переводчика Владимира Микушевича, первый человек Адам, созданный по подобию Божию, т.е. наделенный свободой воли, был и первым поэтом. Адам выполнял в райском саду первопослушание, давая названия растениям и бессловесным тварям. Именно через название вещи и твари начинали быть и получали право на самостоятельное существование."

О теме псевдонимов, гениальности, индивидуальности людей творческих можно говорить бесконечно. И, казалось бы, псевдоним не играет никакой роли. Тем не менее, считаю, что ваш виртуальный литературный псевдоним всегда и во всем так или иначе отражается в творчестве вашем и изменяется вместе с вашим ростом духовным. **Ваш псевдоним – это ваша мифологема. Выбор псевдонима, выбор мифологемы – есть ваша визитная карточка,**

**визитка вашего творческого подхода к своей собственной жизни прежде всего.**

Продолжает Михаил Петров: "Псевдоним "Игорь-Северянин" равнозначен формуле "я – гений". Тандем в известном смысле представляет собой основную мифологему поэта. Под мифологемой мы понимаем в данном случае устойчивое состояние индивидуальной психофизиологии, в котором зафиксированы каноны существующего для поэта порядка вещей, а также описания того, что для него существует или имеет право на существование. То, чему поэт отказывается дать название, перестает для него существовать в реальности и наоборот, то, что им названо, получает право существовать самостоятельно, право быть вне мифологемы поэта. Основную часть стандартной мифологемы составляет объяснение того, почему существует то, что существует, и почему оно функционирует именно так, а не иначе. Псевдоним - суть особая мифологема, но и в усеченном виде она фиксирует основной порядок вещей и служит концептуальным обоснованием взаимодействия поэта с обществом. В некотором смысле люди, реализующие собственную мифологему, живут в ней и поэтому нечувствительны к реальности. Отчасти это объясняет тот факт, что история хотя и прошла сквозь биографию поэта Игоря-Северянина, но не оказала существенного влияния на её творческую составляющую, потому что не была частью личной мифологемы."

Пока я отвлекся на Игоря-Северянина авторы "Просто о жизни" разошлись по домам. В моей руке осталось только несколько визитных карточек. С одной из них мне улыбнулся подросток с такими словами о себе:

"Оказывается, тяжело писать о себе... Учусь, хотя все мы учимся, если не в школе, то в ВУЗЕ или в жизни! Проходим общеобразовательный курс... Я же пока "школяр"... Вы скажите - мал; возможно; недоразвит; возможно; и главное не понимаю того, что понятно вам; от части согласен, но я надеюсь научиться и познать все тонкости, которые известны Вам ... Все мы здесь ученики!

Люблю читать, так как считаю, что с каждой проработанной мною книгой, становлюсь на граммуличку умнее. Живу в родном городе Пермь! Глубинка! Иногда так называю свою Отчизну! Писать люблю... о как люблю я писать, сочинять, фантазировать...

О себе...
Что можно сказать о себе - бываю злой, но почти не обижаюсь! Жестокий - присутствует и такая черта характера; не то чтобы я изверг какой, но думаю... Любвиобильный - если есть такое слово, то оно подходит! Наглый - конечно же! Добрый - безусловно. Отзывчивый, дружелюбный и могу похвастаться!
Даже не представляю, какое у вас сложилось обо мне впечатление!»

Итак, скажем так, я даже и не начинал читать произведения авторов раздела прозы "Просто о жизни", но мне уже удалось выделить тех кого хотелось бы прочитать и с кем хотелось бы познакомиться поближе. Вот они эти авторы: **Гладышев Александр, Юля К., Антарес, Владимир Безладнов, Натали, Михаил Грязнов, Лара Федорова, Яна Велк-Угланова, Ирина Ларина, Эдуард Снежин, Дьяченко Нина, И. А. Шевченко.** Хочется посмотреть на соответствие визитных карточек авторов с их творчеством. Ждут ли меня какие-то приятные сюрпризы? Пока не знаю. Посмотрим...

В городском парке на скамейке осталась лежать позабытая тетрадь. Теплый весенний ветер равнодушно шевелит страницами. На одной из страниц высыхают чернила замечательных строк: "Соловей на ветке выполняет предназначение: свободно поет и в песне называет вещи своими именами. Он не нуждается в одобрении слушателей и равнодушен к критике. Предназначение поэта в мире, - это предназначение соловья: петь."

**Обзор произведений в номинации «Просто о жизни» (Третий этап), Часть Первая** [ www.litkonkurs.ru ]

"Литература – это не профессия, а медитативное состояние. Его не бывает ни мало, ни много, ни даже достаточно. Оно есть, или его нет. А все остальное – беллетристика."
Виктор Ерофеев

В городском парке на скамейке осталась лежать позабытая тетрадь. Теплый весенний ветер равнодушно шевелит страницами. На одной из страниц высыхают чернила замечательных строк: "Соловей на ветке выполняет предназначение: свободно поет и в песне называет вещи своими именами. Он не нуждается в одобрении слушателей и равнодушен к критике. Предназначение поэта в мире, - это предназначение соловья: петь."

Плавно переходим к творчеству тех кого хотелось бы прочитать и с кем хотелось бы познакомиться поближе в поисках приятных сюрпризов и закономерных творческих удач и случайностей. Прежде чем перейти к прочтению работ авторов даю себе мысленную установку прочитать каждую строчку, войти в образ, прочувствовать, ощутить. Даю установку не читать по диагонали и с пропусками через страницу как, скорее всего, Ленин читал «Капитал» Карла Маркса. Чем такое невнимательное чтение может закончиться мы все хорошо знаем. Итак, поехали.

**Гладышев Александр** – миниатюра «Жито» (почему «Жито»?) о любви, которая так, к сожалению, и не получила развития и не встретила обоюдности. Немножко фантастично, но в целом честно и искренне написано. Миниатюра вызывает отклик
и заставляет переживать за главного героя. Эта миниатюра могла бы послужить наброском для более полного рассказа.

В сравнении с работами других авторов миниатюра пока слабовата и нуждается в доработке.

**Юля К.** – "В детстве, когда нормальные девочки мечтали стать певицами, балеринами и прочими учтельницами и врачами, я самозабвенно мечтала о карьере.......мушкетера... да и сейчас наблюдаются странности - люблю сыр с медом! И кофе с лимоном... А еще - жирафов, желтые хризантемы, нарцисы и запах полыни.Собственно - все..." - миниатюра "**Утро**" о поисках того с чего и где начинается утро большого города. Помните песню "С чего начинается родина"?. "Вперед по улицам! Знакомые, не знакомые, пустынные, людные… Где ты – робкое, светлое, солнечное сумасшедшее зябкое весеннее утро? Витрины и вывески, рекламные и официальные, новые, старые, евроремонт и сто лет без покраски. Этот город тоже ждет его. А я не хочу ждать, у меня нет времени сидеть сложив руки! Я должна его найти первая, встретить его с улыбкой и сказать: "Добро пожаловать!". Улицы-улицы-переулки-проспекты-площади-закоулки-переходы-скверы-парки… Музеи-институты (интересно, студенты спят еще или уже?) Странно, где шумно, где тихо. Здесь – театр. А я и не знала… Звенит трамвай… Трамваю нужно бежать." Легкая, светлая и очень поэтичная миниатюра. Так просто и так о жизни. После прочтения хочется все бросить и рвануть босиком по росе в направлении восходящего солнца!

**Лэди Антарес** – "родилась в прекрасном городе Таганроге Ростовской области 21 год назад. Люблю книги. Стиль жизни – музыка, присутствующая везде. Стихи пишу очень давно. Сама не могу точно сказать, в каком возрасте начала рифмовать строки… Что касается прозы… Несколько раз подряд пыталась начать писать, но дело до конца не доводила. А год назад, видимо, во мне что-то изменилось, по крайней мере, перестала бросать рассказы недописанными, теперь стараюсь всё доводить до логического конца. …А дальше пусть обо мне скажут мои дети - мои стихи и моя проза" - представила очень красочную миниатюру "**Танго десяти капель**". Казалось бы миниатюра ни о чем, так мимолетные ощущения и их описание. Но так красиво творчески описать эту мимолетность – это уже талант. Это талант так написать про лето: "Вишнёво-клубничное, с морскими закатами и маленькими полевыми гвоздиками." Это талант так написать про осень: "Потом неожиданно — в один день — пришла осень — царица астр и хризантем. Время избавления от всего старого и ненужного. Время холодной воды, золота и теней. Время печалей…". Это явно талант выпирает чтобы написать вот так: "Было, всё было. И явное междустрочье, и неприкрытая правда, и недосказанность лжи… Недосказанность ведь всегда ложь, как и полузабытая правда, и невырвавшиеся слова, запрещённые глупым рассудком. Самообман! Недомолвки — это не та дорога, ведущая к личному счастью, а скорее, тропинка, уходящая куда-то в сторону бесконечных шелестящих камышей." Опьяневший и хмельной от стихов Антарес буду кричать и требовать непременно напечатать ее 10 капель в альманахе!

**Владимир Безладнов** – "Режиссер, актер, художник, литератор. Основной вид литературной деятельности - драматургия. Автор семи пьес, три из которых поставлены в ряде театров России и ближнего зарубежья. Сотрудничаю с периодикой (толстой и тонкой). Работаю в разных жанрах, но большинство из того, что пишу, так или иначе, связано с Театром или С-тъ Петербургом, где имел счастье родиться." - представил главу из повести "**Мои шестидесятые**" под названием "Призыв". Эта глава из повести читается как отдельный замечательный самодостаточный поэтический рассказ: "Меня зовут вниз – я не отвечаю. Пить не хочется. Я просто лежу и смотрю в окно. Я давно научился создавать вокруг себя "малый круг внимания", как назвал это состояние великий старик Станиславский. Я смотрю в окно, и, когда поезд движется, под мерный стук его колёс, в голове сами собой возникают строчки. Я не записываю, я знаю, что и так запомню их на всю жизнь."

**Натали** – "Живу в Москве с тремя сыновьями, двумя собаками, двумя кошками, двумя черепахами и множеством рыбок. Увлекаюсь восточной философией и психологией, восточными медитационными и оздоровительными практиками, целительными системами Японии и Китая." - в разделе "Просто о жизни" представила крохотные миниатюрки "Заметки из поезда" и "Пальмы на ветру». К сожалению, оба текста очень малы для какой-то оценки. Уверен что достойную оценку получат бесценные поэтические переводы Натали и ее литературное эссе "Поэзия императора Мэйдзи". Тем не менее захотелось выделить следующие симпатичные строчки: "А рассвет уже разгорелся. Его пламя выплеснулось из-за леса и разметалось по небу. Облака розовые, желтые, рыжие и почему-то фиолетовые. Над водой и лугами струится синий-синий туман. А все спят и ничего этого не видят! А мы ведь уже въехали в новый день…"

**Михаил Грязнов** – "Благодарю всех, кто поддержал меня в первом и втором этапах конкурса. Надеюсь, что не будет скучно и третьем." - представил тематику наших четвероногих младших братьев и сестер с двумя миниатюмами "Киса" и "Пес с ней". Если "Киса" иронична и юмористична, то "Пес с ней" прозительно печален. К сожалению, из-за малого размера миниатюр оценку не ставлю. Вполне возможно. В будущем стоит открыть отдельный раздел "Миниатюры и зарисовки".

**Лара Федорова (Чайка)** – "Не судите строго, что пишу обо всем на свете понемногу. Это то, что я в себе ношу, то, что к сердцу отыскав дорогу, просится невольно на листы." - представила зарисовки с натуры «**Мотя**» и «По наледи». Рассказ "Мотя" очень пронзительный и совсем не о собаках и кошках, а о людях и о том, что стало твориться с этими людьми в последние годы: "Рабочий люд уже перебрался под кров родных крыш, наслаждаясь теплом и уютом, и только редкие прохожие проходили по двору. Рабочие универсама погрузили тару в подъехавший самосвал, и то ли ушли по домам, то ли скрылись в помещении. Даже бродячие псы и те исчезли, покинув десяток мусорных баков, стоящих в самом центре двора. Теперь все, кто проходил через двор, слышали шумный разговор толпы подростков, брань, смех, какие-то неясные крики. Они старались держаться подальше от этой ватаги, которая, расположившись на теплотрассе, напоминала серую массу, мерно передвигающуюся практически на месте, большое серое пятно, которое колыхалось…. Слышались глухие удары, сопение, маты, вскрики. Прохожие спешили, опасаясь в этот темный холодный вечер толпы, подогретой содержимым винного отдела универсама.". Герой короткого рассказа Мотя – инвалид-калека, живущий в подъезде на третьем этаже: "А сейчас Мотя знал, что до утра ему не дожить, что и выползти из угла уже нет сил. Он надсадно кашлял и сплевывал сгустки крови. Руки не могли держать чурбачки с ручками, при помощи которых он двигался. Пальцы распухли, и по виду напоминали толстые подпорченные сардельки, которые время от времени ему перепадали в гастрономическом отделе.

Не было рядом и тележки, на которой он передвигал свое коротенькое щуплое тельце. Как оказался в своем логовище он не помнил. Но зато хорошо помнил, как остервенело, с особой жестокостью, его били пацаны. За что - он не знал. Да и была ли нужна им причина, когда в холодный осенний вечер просто нечем было заняться. Маленький обезображенный труп нашли сантехники в середине зимы, когда прорвало под домом трубы канализации. Он лежал комочком среди тряпья, вмерзнув в лед подтекающих трубопроводов. Вырубали изо льда, кайлом и ломом, так и вывозили в кусках льда. Участковый и оперативники долго ходили и опрашивали жителей микрорайона, кто и что видел, слышал. Только сердобольные тётки в овощном отделе рассказывали о калеке без ног, что помогал перебирать гнильё, и которого звали Мотя. Просто Мотя, ни фамилии, ни отчества, ни возраста – "Да мужик уже был. Не в годах, но мужик".

После прочтения короткого рассказа Лары Федоровой (Чайки) почему то захотелось сделать небольшое

отступление в сторону и глянуть на некоторые цифры и исторические факты. Порывшись по архивам обнаружил следущее:
"В декабре 2002 г. заместитель российского премьер-министра В.И. Матвиенко открыто признала, что число беспризорных детей в России - более полумиллиона. В России 40 миллионов семей находятся за чертой бедности. Число безработных в России только по официальным данным составляет 6,5 млн. В России, в ее разваливающихся тюрьмах и лагерях содержится невероятное число заключенных - 1,1 миллиона человек."

В 1913 году в Москве на полтора миллиона жителей приходилось 150 богаделен, 50 детских приютов, 26 дешёвых многоквартирных домов, несколько десятков ночлежек для бездомных. Нынче в десятимиллионной столице всего лишь один социальный дом, одна богадельня, две гостиницы на 180 человек и шесть ночлежек. **Бездомные обречены на вымирание**. Для того, чтобы решить проблему в принципе, государству, в первую очередь, необходимо признать, что в России более 3 млн. человек не имеют жилья, в котором они могли бы зарегистрироваться по месту жительства или пребывания, что они оказались на положении нелегальных иммигрантов на территории собственной страны. Ответ на вопрос почему же так случилось и что же в конце-концов произошло со всем народом меня очень и давно тревожит и рано или поздно мой ответ на этот вопрос будет опубликован. (Мои размышления на эту тему в эссе "Бермудский треугольник", 2006). Спасибо Ларе Федоровой за "Мотю". Этот скупой рассказ заслуживает самой высокой оценки и надеюсь он будет напечатан в альманахе. Так же как и рассказ "По наледи".

**Яна Велк-Угланова –"** (**БруКиЯна**) приглашает в гости!!! Вам всегда рады! Вас всегда ждут." - представила пять работ "Я падаю вверх", "Квартет", "По ту сторону, Луны и Солнца", "Рассвет в бесконечность", "Грустно когда рушатся идеалы". И сразу заставила меня задуматься о регламенте. Думаю нужно будет постепенно сократить количество работ в прозе до двух на каждый раздел или добрать еще на "Просто о жизни" еще пяток обозревателей, пока я совсем не ослеп.

Итак, начнем с "Я падаю вверх". Берём разгон, прыгаем с обрыва, только осыпается песок: "Жизнь – это борьба, между добром и злом… Несомненно, победит Добро, для меня – это тоже неоспоримо! У каждого свой путь, своя Альфа и Омега. Пути бывают разные, длинные и короткие… Способы достижения цели истинные и обманные… В конце пути нас ожидает Истина, там мы прозреем окончательно и осознаем, чего достигли…". По-моему, к сожалению, истина в конце пути ожидает далеко не всех, а только тех, кто выбрал путь истинный.
Как можно знать какой путь правильный? Знать это можно только одним путем – никогда не заниматься самообманом. Самообман всегда заводит в тупик. Самообман случается из-за заниженной или завышенной самооценки. Чтобы оценить себя правильно (и как то приблизиться к истинности) необходимо познать самого себя (избитая, но истина). Обычно, познав себя самого, человек поднимается на более высокую ступеньку в познании других. Обычно, познав себя самого, человек осознает свою уникальность и неповторимость каждого живого существа. Обычно, познав себя самого, человек познает что такое любовь к жизни, к людям, к природе, а значит поднимается до состояния чтобы познать и полюбить кого-то другого. И вот здесь уже и воспарить можно вверх и "Чувство свободы и радости дает, несомненно, высота и чистота помыслов…".

Высота и чистота помыслов не возникает из ничего, а органически вытекает из самопознания и разрушения кокона самообмана, из честного отношения к себе, к людям, к своим поступкам. И вот тогда "В конце пути нас ожидает Истина". Извините, отвлекся. Миниатюра остается без оценки. Ждем открытия раздела миниатюр. Прочитав остальные миниатюры, стал подумывать над еще одним разделов под названием "Размышлизмы". Потому как все миниатюры Яны подходят именно под такое название. В них все о жизни, но каким то потоком сознания, какими то вспышками и абстракциями, возможно возникающими в ходе игры со словом, в любовании словоформой, к сожалению, иногда в ущерб плавному течению мысли.

**Ирина Ларина** – "...за свою недолгую (пока) жизнь написала много стихотворений и один большой роман... Читайте, листайте, наслаждайтесь... Я хочу, чтобы то, что я делаю, доставляло кому-то радость!" - представила целый роман "Момент силы" из 28-ми (?!) глав с прологом и эпилогом. Моя первая реакция – прощайте друзья до весны, ухожу в чтение романа Ирины Лариной. Шучу, конечно. Но размер творений представленных на конкурс явно придётся ограничить. Итак, как же начинается "Момент силы", а начинается этот момент, как всегда случайно.
Слово Ирине: "Как все начинается? Все началось как всегда, - случайно. Я шла из нашей старенькой кухни в комнату, перелистывая очередной журнал. Как и должно быть, в голове не было мыслей, будто из меня выпустили дух, как воз-дух из шарика. В комнате было темно, я дотронулась до выключателя и свет вспыхнул ярким искусст-венным солнцем, разогнав причудливые тени, таившиеся в углах. Беспорядок… Интересно, когда-нибудь я смогу выбросить все эти нужные-ненужные лишние и такие необходимые бумаги?…". Первое, что сразу бросилось в глаза в описании этого случайного утра были фразы: "Как и должно быть, в голове не было мыслей...", и "свет вспыхнул ярким искусст-венным солнцем, разогнав причудливые тени, таившиеся в углах" написание слов, таких как «воз-дух», «искусст-венным» и т.д.
Хм, интересно, как можно перелистывать очередной журнал в темноте? Вновь и вновь возвращаюсь к словам Льва Толстого: "Простота – есть необходимое и достаточное условие прекрасного". Простота! Чем достигается такая простота? Редакцией, редакцией, редакцией, работой со словом и над словом. Там где, не было мыслей в голове, можно было бы написать: "думать не хотелось", там, где свет разгоняет какие то там тени, можно было бы написать

просто (не придумывать всей этой искусственности): "вспыхнул свет".

Ирина, с огромным сожалением вынужден признать, ваш роман требует элементарной редакции. Вполне возможно, что это только первый вариант романа. Сколько раз Лев Толстой переписывал «Войну и мир» пером по бумаге? Правильно, десятки десятки раз. И именно за этот труд – труд работы со словом получал он свои 100 рублей за печатную страничку. Пока ваш роман остается без оценки и отсылается на доработку.

**Эдуард Снежин** – "Миром правит Любовь!" - представил два рассказа "Встреча нового года" и **"Собачьи свадьбы"**. Согласен с Эдуардом, рассказ "Встреча нового года" так себе (самооценка автором), абсолютно предсказуем изначально и отправляем его в раздел "Эротической прозы". Обратимся к "Собачьим свадьбам". И вот здесь уже действительно все просто и о жизни собачьей:
"Вспомнил, что у нас в городе есть контора по отлову бродячих собак. Взбудораженное сознание нарисовало фантазию - вот собачники проснулись после трёх затяжных дней пьянки, денег нет, стали отлавливать собак, в надежде разжиться от сердобольных хозяев на бутылочку, возвратив их. Ну, конечно, мой Азор скулит там в этом переполненном собаками гадюшнике, да ещё и стукнули его хорошенько - так просто он в руки не дастся! Позабыв про ГАИ и вздыбленную буграми дорогу, я рванул на скорости на окраину города.
-Что ты, милый! - сказала мне бабка-сторож собачьей конторы. - С тридцатого апреля никто не появлялся, пьют все. Не ловят собак!"
Как хорошо, когда людская пьянка может сохранить кому-то жизнь. Тонкий и пронзительный рассказ о любви:
"Доставленный на "такси" домой, Азор, отказывается от вкусной каши, чуть хлебнув воды, валится с ног от усталости и спит ... спит, до самого вечера. Только иногда во сне раздастся то шумный вздох, то тонкое ласковое повизгивание. Что сейчас снится влюблённому и его

красавице-подружке в яблоках? - нам этого знать не дано."
Хотелось бы отправить рассказ в печать.

**Дьяченко Нина** – представила миниатюру под названием "Стерильная пустота". Эпиграф к пустоте следующий: "Не было ничего до сотворения Вселенной... И эта пустота до сих пор живёт в наших сердцах." Сомнительно, вселенная была, есть, и будет и до и после сотворения Вселенной, меняется только форма вселенной. Да и пустота живет в сердцах не у всех. Отлично, еще ничего не читал, а уже можно поспорить над содержанием и емкостью эпиграфа – хороший признак.

Хорошее начало: "Моя квартира - маленькая дыра в заднице мира. Иногда я надеюсь, что она мне снится. Метров 12-ть, 13-ть, - я не помню. Да и какая разница? Какие бешенные восторги может подарить лишний сантиметр?
Или даже два? А три уже может?". Читаем дальше этот поток сознания, встречаем много ошибок, или опечаток, или недопечаток:"Денег у меня нет катастрофически. В одном гороскопе я прочитала, что денежное положение у меня будет странное. ...Те, кого я люблю больше всех обычно меня покидают, перед этим превратившись в жутеньких монстров. Интересно, это моя работа или они как-нибудь сами?
А может, я просто люблю монстров? Как собак... с собаками мне тоже не везёт - дохнут. Под машинами. Две из трёх погибли на моих глазах - больше не завожу. Может и с любимыми поступать так же? Хотя... они не собаки. Не жалко. И не дохнут. Только убивают меня, по частям, как торт." Продолжаем пробираться через ряды тоскливо падающих строк: "А я добрая. В этом моя основная проблема.

А ещё я философ. Правда, сейчас учу философию и вешаюсь. Я не такая заумная. Терпение - это недостаток или порок? А может - равнодушие? Все мы хотим: любви, дружбы, здоровья, денег, бессмертия. Рая, конечно же. Иногда мне хочется отправлять туда врагов, чтоб больше никогда не увидеть. Мне жить сложнее и проще, потому что я не всегда верю, что этот мир настоящий. Я чувствую за ним пустоту, прикрытую реальностью, как тонким листом бумаги... Так выпьем же за чистый воздух, воду и деревья!". Пытаюсь разобраться в своих чувствах. Находит ли мое сочувствие автор этого письма в никуда и не к кому конкретно? Почему-то всплывает откуда-то дурацкое слово "фатализм" и начинает жужжать над ухом нудным комаром.

Правильно, "все мы хотим: любви, дружбы, здоровья, денег, бессмертия. Рая, конечно же", но, к сожалению, не все из нас готовы приложить усилия чтобы хотение-желание превратить в наличие любви, дружбы, здоровья, денег, бессмертия. Чтобы жить хорошо, свободно и красиво, так как мечталось в далеком детстве, необходимо осознать, кто вы и что вы, как вам хотелось бы жить, какие цели поставить перед собой, и преложить неимоверные усилия к достижению всех этих целей. Только труд, непрестанный труд по сотворению себя как Личности может помочь превратить желаемое в действительное. Других путей нет! Можно фатально ждать когда же с неба свалится любовь, дружба, здоровье, деньги не прилагать никаких усилий со своей стороны. Результат в таком случае, скорее всего, будет пустотно фатально нулевой. А можно и плюнуть на эту "фатальность", определить свои цели и, приложив максимум усилий, обдирая ногти в кровь, достигнуть и добиться и любви, и дружбы, и благосостояния. Бог помогает всегда тем, кто помогает себе сам! Прошу прощения, отвлекся от обзора и перешел на проповедь.

**И. А. Шевченко** – "Игорь Александрович, люблю photosight и стихи.ру. Хобби: книги, марки, шахматы, шашки, го, рэндзю, сёги и т.д. и т.п." - представил в раздел короткий рассказ «**Математик**» (диалог автора в поезде с незнакомым попутчиком -преподавателем алгебры и теории чисел). Беседа начинается довольно таки интригующе и нестандартно:

"Каждое число состоит из тела и души. Например, у числа 107 – тело равно 100, а душа равна +7, у 114 – тело тоже равно 100, а душа + 14. Поэтому результат их скрещивания тоже будет число с телом и душой. Тело их чада будет складываться из тела одного из родителей и души другого, т.е. 107+14 или 114+7, стало быть, 121, а душа будет сплетением душ родителей 7х14 , т.е. 98. Итак, родилось новое число 12198!» Дальше еще интересней, еще метафизичней: "Я вообще считаю, что преподавание математики в школе должно быть эмоциональным и заканчиваться кубическими уравнениями, - увлечённо продолжал мой собеседник. – Почему? – ничего не понимая, спросил я. – А как ещё потрясти юные души, как не доказательством существования потустороннего мира?". Дальше мы слушаем как математик пытался использовать теорию вероятности играя в карты, в Блэк Джек и что из этого вышло. Рассказ интересен неожиданной комбинацией математики и мистики, но, к сожалению, очень резко обрывается на станции Дубна. Без всякого сомнения, рекомендуется к прочтению и печати.

Ну что ж, приехали. Станция Дубна. Тоже нужно выходить. Глянул в начало первой части моего обзора. Благодарю всех, кто принял в нем участие своим творчеством. Рад нашему более близкому знакомству. Несколько приятных сюрпризов и закономерных творческих удач и случайностей обнаружено и выставлено на продажу, что и требовалось доказать. Есть, есть они золотые прожилки в, казалось бы, пустых горных литературных породах.

В городском парке на скамейке осталась лежать позабытая тетрадь. Теплый весенний ветер равнодушно шевелит страницами. На одной из страниц высыхают чернила замечательных строк: "Задача человека – расширять пространство своей судьбы, укреплять то, что содействует жизни, в противоположность тому, что ведет к смерти. Говоря о жизни и смерти, я имею в виду не биологическое состояние, а способы бытия человека, его взаимодействия с миром. Жизнь означает постоянное изменение, постоянное рождение. Смерть означает прекращение роста, окостенелость, зацикленность. **Несчастная судьба многих людей – следствие несделанного ими выбора.** Они ни живые, ни мертвые. Жизнь для них оказывается бременем, бесцельным занятием, а дела – лишь средством защиты от мук бытия в царстве теней...”

### Обзор произведений в номинации «Просто о жизни» (Третий этап), Часть Вторая [ www.litkonkurs.ru ]

“Не каждому дано проявить себя на поприще искусства. Но каждый может стать автором по крайней мере одного «художественного произведения» - создать себя как личность, уникальность которой будет иметь всеобщее, общечеловеческое значение и ценность.”

В. И. Толстых

В городском парке на скамейке осталась лежать позабытая тетрадь. Теплый весенний ветер равнодушно шевелит страницами. На одной из страниц высыхают чернила замечательных строк: “Писатель! Он должен так много знать, что даже страшно подумать. Он должен все понимать! Он должен работать как вол и не гнаться за славой! Одно могу вам сказать – идите... всюду. Чтобы жизнь пропитала вас, как спирт валерьянку! Чтобы получился настоящий настой. Только тогда вы сможете отпускать его людям, как чудодейственный бальзам!”.

Кто бы мог подумать, что сегодня 22 февраля – Прощенное воскресение, а завтра, в понедельник 23-го – “День Советской Армии”. Советской армии давно уже нет, а день почему то сохранился. Интересно, куда направят политруки российских солдат в понедельник – в кинотеатры смотреть художественный фильм “Они сражались за Родину” или в церковь праздновать Начало Великого Поста? Скорее всего, в никуда. Всё чему будут рады солдаты – это дополнительная пайка масла и два сваренных вкрутую яйца с гречневой кашей на завтрак. Вот это и есть настоящий праздник (но Великого ли Поста)!

Крадущимися шагами подбираюсь к обзору оставшихся авторов прозы раздела "Просто о жизни". Все еще спят в казарме. Слышно храпение, кряхтение, скрип кроватей, выкрики во сне и нежное попукивание. Не хотелось бы никого будить. Но придется. Итак, по очереди.

**AI** повезло, его кровать оказалась первой в левом углу у окна. Легонько трясу его за плечо: "Алекс, втавать пора, в караул заступать. Я дневальный сегодня по роте, приказано разбудить тебя в 4:30 am. Подъем.» AI представил на рассмотрение миниатюру-зарисовку "Рельсы-рельсы, шпалы-шпалы" и маленькую сказку "Сказка о хомяке и собаке". В обоих текстах есть шероховатости, и хорошо, что сам AI это признает и не ищет оправдания своему нежеланию их кое-как слегка подредактировать. Для автора (по его же словам) эти тексты просто игра со словом, увлечение, хобби. Тем не менее, зарисовку "**Рельсы-рельсы...**" можно было бы опубликовать.

**Shelest** - очень хочет остаться загадкой... Но думает, что кто-то узнает ее и здесь. Глядя на фотографию симпатичной девушки с удовольствием обещаю сохранить ее тайну. Shelest представила в раздел несколько миниатюр: "Просто так", "Откровенность" (письмо), "Вечность с ТОБОЙ!" (опять письмо), "Держись! Пожалуйста...", "СКАЗКА". Сразу заметно тяготение автора к этистолярному жанру. Мелькнула мысль, а не открыть ли отдельный раздел "Письма"?.

"Просто так" начинается просто так: "...Они договорились не любить друг друга. Условились просто быть вместе. Просто так... Быть – как все". Читаем дальше, входим в жизнь героев. Не успев войти – выходим: "Однажды они вспомнили о договоре и хором сказали: "Нарушили... Я так сильно люблю тебя!". Очень краткая миниатюра с огромной надеждой на чудо. Дальше следуют письма с признаниями в любви к тебе, да-да, к тебе, читатель: "Ах, как много звезд на небе!.. Горят и мерцают. Я сейчас загадаю желание и буду ждать, пока упадет звезда. Мое желание - это снова ТЫ... Хотя бы на мгновение оказаться в твоих объятиях не во сне. Оказаться и превратить это мгновение в вечность... Вечность... С ТОБОЙ."

Как жаль, что мои 16 лет остались на Большом Каретном. Так хотелось бы влюбиться снова, читая такие откровенные письма. Буду рекомендовать к публикации миниатюру **"Держись! Пожалуйста..."** и вот этот комментарий **Людмилы Грищенко** к "Сказке" в раздел "Размышлизмы": "Мне очень нравится Осень. Она похожа на Любовь. У нее прохладное дыхание, рыжее настроение и мокрые глаза. Осень умеет писать стихи, но никто не желает их слушать. Она умеет быть чарующей, но отчего-то грустные прохожие видят в ней только хмурые броватые облака и красные яростные закаты. А какое небо Осенью? Если смотреть на него сквозь зеленое стекло, облака переплетаются локонами речной русалки. Если перевернуть небо, то можно заблудиться в пушистой пелене морской пены. Но если небо попробовать на вкус, на губах останется ил безнадежности. А Ты слышал венчальный стон поднебесья осенью? Ты видел, как клен срывает с себя платье, обманутый притворством ноября? Ты брал в руки ворсу лиственного ковра, которым устелены бульвары? Только нужно быть предельно аккуратным, ведь у каждого листа своя одинокая судьба, своя печаль. Ты ощущал сырой запах Осени? сразу хочется идти по следам грибников, спугивая в канавы земляных квакш... Я очень люблю Осень... и очень тоскую по ней. Я очень люблю Сказки... они не могут быть некрасивыми...".

**Михаил Беркович** – "Автор восьми книг. Из них шесть - стихи, две - проза. Родился в Ачинске, Красноярского края. Учился в школе, работал шофером, плотником, столяром, сантехником, репортером, редактором геологоразведочной многотиражки, заведовал отделом промышленности в городской газете Новокузнецка. С конца 1994 года живет в Израиле." - представил стихотворения "Волна, как баба пьяная – шатается", "Неровен час ...", "Коровенка выгодней быка", "Конвой по сторонам", "Если бы опять начать сначала". Рекомендую к публикации стихотворение "**Если бы опять начать сначала**".

**Дмитрий Руж** – представил записки "История с кондуктором", "Нервный Бог", "Оза". Читаю, спотыкаясь о первое предложение "Истории" длинною всего в 9 строк и чувствую, как начинает меня почему-то такое многословие слегка раздражать. После прочтения семи абзацев про трамвайчики и кондукторов натыкаюсь на предложение: "В то самое утро, о котором все никак не начнётся с моих многословных строк история..." из-за плеча у меня начинает выглядывать Антон Палыч, намекая на "краткось – сестру таланта" и протягивает мне "уже немногие измятый весь клочочек билета с выглаженными, будто для истории, густыми следами плотных неразборчивых строчек" на поездку к Нервному Богу. Беру билет и еду дальше. Проезжаю мимо нервного бога, мимо Озы. Все мимо и мимо... Вдруг вижу "... ноги ушли куда-то. Зачем же?".

**Ирина Фирсова** - продолжила тему поездки и кондукторства работами "**Куда мы катимся?**" и "Куда мы катимся-2...". Едем дальше. С Ириной и с книгой "Сага о Форсайтах" ехать в метро интересно! Слава нервному богу за пересадку с линии Дмитрия. Слово Ирине: "Каждый день, дважды, а то и трижды, я спускаюсь в московскую подземку. Вниз по лесенке-чудесенке, на которой теперь нас развлекает реклама, кто-то толкается, кто-то целуется, как правило, в час-пик, в общей толпе я спускаюсь на платформу. Сажусь в поезд - и еду. В дороге я обычно читаю - от дома до работы минут двадцать, с работы до института - где-то полчаса, с работы до спортклуба - тоже минут двадцать, ну а если я еду в спортклуб из дома получается целых минут сорок. И я читаю. Почти всегда. Чаще что-нибудь для института - как и все студенты, ничего

не успеваю в срок." Очень хорошая зарисовка, в ней все живёт и движется и читатель является прямым свидетелем процесса движения жизни: "В эту самую секунду что-то произошло - хулиган вырывается и бежит в моем направлении, спотыкается о кого-то из сидящих...
- Ну, ты, урод!...
И дальше один за другим куча народу включается в драку - как в старых советских фильмах: каждый бьет каждого... Крики женщин, девушка, пытающаяся оттащить своего спутника... Женская часть попутчиков сбивается в кучу, в то время как почти все мужчины оккупировали середину вагона.." Так все похоже, так все взаправду, так просто о жизни, как в жизни. Вскакиваю и выхожу вместе с Ириной, задумавшись: "Куда мы катимся? Кто нас защищает? Вот эти? – с огромными животами и дубинками. Да они только документы проверять в толпе могут! Преступника поймать захотели! Конечно, он убежал и, и наверняка, наказали кого-нибудь ни того... Голсуорси такое и не снилось! ...Человека грабят – а мы молчим и смотрим, зовем милицию - она идет, потихоньку. ... Что с нами? Куда мы катимся?". Без сомнения, буду рекомендовать в печать часть первую. Перехожу на другую линию метро. Моя следующая остановка – Djanka.

**Djanka** – ее первые слова: "Давай поговорим" о "Натюр Морте" у "КИНОТЕАТРА им. Цветаевой". С радостью соглашаюсь, давай поговорим. Откуда-то со стороны вдруг появляется Тварька со словами: "Не надо говорить. И так все ясно. И тема банальновата и слишком много местоимений. Тяжело читать. И написано в забаву своей забаве." С удивлением смотрю на Тварьку все еще продолжая читать часть вторую монолога:
"Ласковость твоего садизма тождественна детской неразумности моего мазохизма. Я всё понимаю. И к этому всеобъемлящему "всё" добавляется одна малая малость: я точно знаю, что могу вспылить и вспыхнуть, бросить что-нибудь подходящее (хотя, что в подобной ситуации может считаться подходящим?) в твоё обожаемое мной лицо, но

все эмоции и предметы словно состоят в незаконной связи с бумерангом – всё моё возвращается ко мне."

Постепенно подхожу к окну с видом на "Натюр Морт" и открываю его:

"(открываю окно)
Горы,
воры,
разговоры,
просто сыры,
просто боры,
неулаженные споры,
чьи-то заспанные норы,
вдруг присвоенные вздоры
и недышащие поры.
(закрываю окно)
Лампы смотрят в лицо.
Разрываюсь на части:
милый тычет кольцом,
я кусаю запястье.
(ложусь на диван и закрываю глаза)
Бродят мысли, как иголки,
как булавки в стоге сена,
как некормленные волки,
как в тазу гуляет ена."

Из всех творений самым лучшим признАю "Натюр Морт", но только тогда когда точно буду знать что Ена, гуляющая в тазу будет исправлена на Пену? Отправляю стих автору обратно на более внимательную редакторскую правку. Осталось совсем чуть-чуть доработать стих (до 10 баллов) и можно его опубликовать! Остальное творчество слабовато. "Брысь" - рассказ состоящий из диалогов лучше всего отправить на рассмотрение в раздел "Пьесы".

**Мох** – мягко прогнулся под ногами и заговорил: "Я почти никогда не знаю, чем закончится то, о чем я начинаю писать, и дело тут совсем не в том, что я такой "неопределенный" и нерешительный, просто каждый рассказ, каждая миниатюра с первой строки начинают жить своей - отдельной и самостоятельной жизнью, как живой организм... иногда капризный, порой трогательный и ранимый. Мною не много написано, но на 98% процентов, это реальные события, и на 100% это кусочки моей жизни, моей души и моих мыслей. Моя профессия далека от литературы, да и ни писателем, ни поэтом я себя никогда не считал, всё что написано - это всего лишь разговор с моими близкими и друзьями, или с теми, кто со мной только хочет познакомиться.

Я буду искренне рад, если Вы заглянете и прочтёте, и благодарен, если поговорите со мной. Я не обидчив на критику, но люблю спорить и отстаивать свою точку зрения .... самозабвенно.... до хрипоты". Мох предоставил "Плечо", "Страшный Суд", "Любит – не любит" и "Пять моих смертей". "Плечо" отправляем в раздел "Сказки" (для взрослых). Если у Моха в "Плече" было много многоточий, то в "Страшном Суде" ими как пулями на холсте расстреляно все пространство текста! Мох, волнистый вы наш, отодвигаю ваш "Суд" на удаление лишних точек (немного стилистической редакции) и его очень можно даже напечатать совместно с тоже подредактированными "Пятью Смертями"! И, пожалуйста, пожалуйста, прошу вас - поменьше точек. Хоть в точках иногда бывает больше смысла, чем в словах и звуках. Но только иногда.

**Тварька** – "Я родилась в несуществующей ныне стране, в несуществующем ныне городе. Моим отцом было Небо, матерью – Земля. Я росла, не пуская корней, и никто в этом мире не мог до конца приручить меня. Я стремилась к свободе, а меня запирали в клетку. Я билась о железные прутья, ломая крылья, я кричала, но никто меня не слышал… пока я не научилась говорить…" - представила на рассмотрение рассказ **"Возвращение"**. Странный рассказ, есть некоторые маленькие погрешности, но в целом можно публиковать. И еще, очень хотелось бы посоветовать автору прочитать вступление к обзору "Просто о жизни" – тот самый кусочек, который о псевдонимах.

**~Zlaia@** - "Иногда меня настолько обуревают идеи и захлестывают эмоции, что я не в силах сдерживать их внутри. И если под рукой нет свободных ушей, все это оказывается на бумаге. Вот откуда берется "гомерическое количество грамматических, синтаксических и стилистических ошибок" – Почему-то первое, что хотелось бы сделать при знакомстве с автором – это надрать ему уши и шею намылить за псевдоним и за фотографию щенка. А затем и за точку прикрепления мысли. И за многое другое – waste of time, energy, life while creating "as if" BS like that. Honestly. "Мухи неясным образом сложились в подобие обойных гвоздей и умчались в направлении колокольного звона". В данном случае, оценка (или переоценка) псевдотворчества автора остается на совести самого автора. Удачи!

**Пуховикова Татьяна** – представила на рассмотрение рассказы "Тайная исповедь", "Право выбора", "Путешествие в зимнюю сказку". Правильно: "Надо учиться себя любить. А это значит, уметь управлять своими эмоциями и жить в том единственном миге между прошлым и будущим, название которому Жизнь" (это из "Право выбора"). Чувствуется, что автор ищет себя в рассказах, пытается разобраться в себе и своих чувствах, но подходит к этому с некоторой осторожностью и боязнью, скорее всего, возникающей от неуверенности в себя и в своих силах и возможностях. Начинания по композиции, стилю и сюжету совсем неплохие. Но пока остаются без оценки.

**Александр Светлов** – представил сказку для взрослых под названием "Звезда". Легко читается, хорошо сказывается сказка, но посылается в новый раздел. Вот **"Заметки о дворовых кошках"** хорошо получились. Просто и со вкусом. Согласен с Александром: «На мой взгляд, кошки потрясающие, независимые создания, чем и вызывают у многих людей неприязнь.» Так оно и есть. Независимость всегда завидно опасна для окружающих. Независимо направляем заметки в печать.

**Калуцкая Светлана** – "Верит в удачу, и как змея ползет по жизни; любит тепло и огромный камень, где можно ото всех спрятаться. Считает себя Белой Розой" - представила размышлизм "Время дало шанс" как всегда о жизни и о любви. Согласиться с тем, что: "Жизнь - это лишь мгновения, к которым мы идем непротоптанными дорогами, глотая пыль и мучаясь от жажды. Эти дороги насыщенны корнями зла, об которые мы спотыкаемся и нам становиться больно. И нам положено только идти по этим тропам, не переходя их границы. И нет другого пути! Мы – куклы судьбы. Она нами играет, оступись от ее правил, как тут же она тебя бросит..." согласиться абсолютно невозможно, да и не нужно.

Жизнь у каждого своя. Можно идти по дорогам и не спотыкаться о корни зла, и не глотать пыль и не мучаться от жажды. И в каком это таком уставе нам положено идти не переходя границы? А что, если этих границ нет и в помине? Что если это простые необоснованные ничем самоограничения? Что если судьба твоя – это то во что превратишь свою жизнь ты сам? Не позволяйте никому играть с вашей судьбой и вы не будите куклами. Только и всего. Размышлизм Светланы остается без оценки.

**Норма НАЙТ**– продолжила тему куклизма судьбы. Еще бы, ведь: "будни так серы, скучны и беспросветны.. .Вот почему она живёт двумя жизнями - в реальности лишь малая часть её души...

Вот почему она в иллюзорном мире, в мире её сочинений. Это раздвоение личности? Возможно." - представила "Они уходят молча. Реквием". Кто ж там уходит и куда уходит сейчас глянем. Тем более ознакомившись с кучей лестных комментариев. Посмотрим насколько такие комментарии правдивы. Итак, читаем: "Лето выдалось удушливо-жарким, каким оно бывает, наверное, только в больших городах." Не думаю, лето бывает удушливо жарким и в больших деревнях и поселках городского типа и не только. Читаем дальше характеристику кота, который: "Черный кот, как все кошки, "гулял сам по себе". Интересно, почему он гулял как все кошки, а не как все коты? Далее ляпсусы, такие как "овновое происхождение", "собака подняла истерический лай", "сандриный визг" и т.д. и т.п. в конце-концов отбивают всякое желание продолжать чтение. Уже давно становится не интересно, кто и когда кого загрыз. Под истерический лай покидаю произведение Нормы без боя и без оценки.

**Алексей Лещ** – тот самый, который "разный" по его же словам – представил рассказы "По дороге в Африку", "Жизнь продолжается", "Такие дела", "Ленка". "Дорога в Африку" явно написана с бодуна. От чтения почему-то начинает кружиться голова и заплетаться язык. Жизнь продолжается: "Это был обычный, совсем обычный день конца мая. Обычностью этот день веял отовсюду". Очень честными и искренними оказались рассказы "**Такие дела**" и "Ленка". Очень просто и о жизни. Думаю, можно было бы напечатать "Такие дела". В "Ленке", к сожалению, слишком много мата. Но без мата рассказ зафальшивит, потеряет дыхание. Наш ориентир – "Такие дела". Вот такие дела.

В городском парке на скамейке осталась лежать позабытая тетрадь. Теплый весенний ветер равнодушно шевелит страницами. На одной из страниц высыхают чернила замечательных строк: "Как хочется иногда поговорить с человеком, с первым встречным – не о деле, а просто так, просто поговорить, услышать шелест его листвы, ощутить аромат его личности, естественной и независимой, как дерево на опушке. Мне кажется, что, немного потренировавшись, мы смогли бы так говорить обо всем. Без смущения и опаски, прислушиваясь к своему шелесту, осторожно усиливая и об'ясняя его. И говорение – диалог, это мирное посягание друг на друга, - не в этом ли наш сокровенный человеческий смысл?".

## Обзор произведений в номинации «Просто о жизни» (Третий этап), Часть Третья (заключительная)
[ www.litkonkurs.ru ]

...В Петербурге, в высшем обществе, смерть поэта встретили словами: "туда ему и дорога"...

"Мартынов быстрыми шагами идет к барьеру. Сомневаться не приходится – сейчас он будет стрелять. И Лермонтов, с презрением глядя на него, поднимает руку, чтоб выстрелить в воздух. Выстрелить в воздух поэт не успел..."

Владимир Левин "Дуэль Лермонтова"

В городском парке на скамейке осталась лежать позабытая тетрадь. Теплый весенний ветер равнодушно шевелит страницами. На одной из страниц высыхают чернила замечательных строк: "Герой Нашего Времени, милостивые государи мои, точно, портрет, но не одного человека: это портрет, составленный из пороков всего нашего поколения, в полном их развитии. Вы мне опять скажете, что человек не может быть так дурен, а я вам скажу, что ежели вы верили возможности существования всех трагических и романтических злодеев, отчего же вы не веруете в действительность Печорина? (фамилия Печорина перечеркнута несколько раз и вместо нее вписана другая фамилия – Мещеряков). Если вы любовались вымыслами гораздо более ужасными и уродливыми, отчего же этот характер, даже как вымысел, не находит у вас пощады? Уж не оттого ли, что в нем больше правды, нежели бы вы того желали?..

Вы скажете, что нравственность от этого не выигрывает? Извините. Довольно людей кормили сластями; у них от этого испортился желудок: нужны горькие лекарства, едкие истины. Но не думайте, однако, после этого, чтоб автор этой книги имел когда-нибудь гордую мечту сделаться исправителем людских пороков. Боже его избави от такого

невежества! Ему просто было весело рисовать современного человека, каким он его понимает, и к его и вашему несчастью, слишком часто встречал. Будет и того, что болезнь указана, а как ее излечить –
это уж бог знает!".

К сожалению, из-за сбоев в системе программного обеспечения не удалось закончить обзор в срок. Небыло доступа к работам авторов. Поэтому, (да простят меня все оставшиеся без оценки) в заключительной главе обзора внимание будет уделяться только достойным печати произведениям, по одному анализу текста на каждого автора, если таковые тексты у автора имеются (с редкими исключениями). Тексты несостоявшиеся отсеиваются сразу же. Отсеивающиеся авторы тоже, сразу же, автоматически остаются без оценки.

**Яна Московская** – "врач, психиатр. Надеюсь это никого не испугает" - представила на рассмотрение рассказы "Гипнотизер", "А за окном кружится первый снег", "Человек со звезды", "Овца" и **Танго**. Самым удачным, на мой взгляд, получился рассказ "Танго" и чтобы похвалить автора за этот рассказ предоставим слово Жанне Пестовой: "Этот рассказ пронзительный и грустный. Осеннее танго, осень жизни. Осенью так мало солнечных дней, но каждый из них особенно дорог. К сожалению, многие об этом забывают, когда речь заходит об их родителях, бабушках и дедушках". Хотелось бы напечатать этот рассказ.

**Элли** – на самом деле зовут Аленой. Алена Элли живет и работает в Киеве. Всегда рада новым читателям! Располагаемся поудобней и знакомимся с рассказом "Я подумаю об этом завтра". После прочтения рассказа осталось чувство какой-то натянутости, исскуственности сюжета и переживаний главной героини. Рассказ остается без оценки.

**Орешкина Виктория** – представила рассказ "Выпускной". Судя по рассказу, пока рановато оценивать прозаическое творчество Виктории, к сожалению.

**Братья Балагановы** – о себе: "Нас двое, в сети бываем как вместе так и по отдельности, поэтому не удивляйтесь если вам покажется что у автора с именем Братья Балагановы раздвоение личности. Когда у нас действительно раздвоение личности, то совладать с этой шумной ватагой совершенно невозможно. В таких случаях мы бы рекомендовали администрации сайта закрывать его на два-три дня пока у нас не минует кризис". Хорошо тем, кого двое. Одному двоих тяжело заценивать. Пробираясь через горы мата, ошибок и опечаток добрался до случая из жизни про страшного зверя: "Пошел мужик за лесной малиной. Стал ее собирать. Увлекся. И не заметил, что медведь тоже малину ест. Мужик бежать. Медведь от него. Вернулся мужик домой без ягод. Рассказал как было. Ему, конечно, не поверили. Он пошел показывать, где корзину оставил. Друзья с ним. Дошли до малинника. Нашли корзину и медведя. Не выдержало сердце у косолапого. Нет зверя страшнее человека!". История понравилась, а проза братьев, к сожалению хромает на четыре ноги и остается без оценки.

**Тетерин Виктор** – "Учусь в РГГУ, в Москве. Очень скучно и очень не нравится, может быть поэтому и начал писать.. Хотя на самом деле, без этой учебы не написал бы "Общагу"...В общем, как по Гегелю, все действительное - разумно... Конечно, не считая существующий в России строй." - представил на рассмотрение повесть **Простая история**" (с современным "Героем нашего времени"), рассказы "Город М" и "Обрубок". Начнем с рассказа **"Обрубок"**.

Кто же это такой этот обрубок? Знакомьтесь: "Обрубок, именуемый Константином Сергеевичем Васильевым, лежал на переходе между "Белорусской – Радиальной" и "Белорусской – Кольцевой". Весь день он собирал милостыню. Сюда его каждое утро доставлял хмурый цыганин Артур, он же приносил Косте обед и забирал его вечером домой. Куда обрубок должен был ходить в туалет, Артура совершенно не волновало. Жил Васильев вместе с Артуром в вагоне, стоявшем на путях недалеко от Белорусского вокзала - в этом же вагоне жили молдавские рабочие, цыгане - друзья Артура и тёмные личности, состав которых постоянно менялся. Жизнь эта Константину не нравилась, но выбирать не приходилось. Каждый день он зарабатывал для Артура больше 1000 рублей, половину этой суммы Артур отдавал "крыше" - милиционерам на "Белорусской – Кольцевой", остальное брал себе. Косте ничего не доставалось, лишь иногда, когда у Артура было хорошее настроение он мог дать своему работнику 50 или 100 рублей, приговаривая при этом: "Вот видишь - я добрый. С Артуром не пропадёшь, запомни это!". Кроме этого, как уже говорилось, он кормил Костю, и каждый вечер покупал ему чекушку водки – "на спокойный сон". Васильев выпивал водки и ему становилось хорошо. Всё плыло вокруг него, купе вагона раздвигалось до огромных размеров, у самого Кости вырастали ноги, и он бежал куда-то по зелёной траве, а ласковый ветер обдувал его разгоряченное от бега лицо, и солнце улыбалось с чистого неба...". Замечательный, короткий, правдивый рассказ. Читается очень легко, с интересом, на одном дыхании – это самая лучшая похвала автору. Буду рекомендовать рассказ к печати.

Плавно переходим к чтению повести "Простая история". Почему-то вдруг откуда не возьмись появляется Михаил Юрьевич и с улыбкой покручивает свой ус. Вот он порывистый, легкий на подъем потомок шотландского графа Лермонта – любитель танцев, верховой езды и игры на скрипке и на фортепиано, любитель рисовать и писать словами и красками, любитель синего неба, золотого солнца и солнечного воздуха. Он поглядывает на всех нас с улыбкой и говорит : "Во всякой книге предисловие есть первая и вместе с тем последняя вещь; оно или служит объяснением цели сочинения, или оправданием и ответом на критики. Но обыкновенно читателям дела нет до нравственной цели и до журнальных нападок, и потому они не читают предисловий. А жаль, что это так, особенно у нас. Наша публика так ещё молода и простодушна, что не понимает басни, если в конце её на находит нравоучения. Она не угадывает шутки, не чувствует иронии; она просто дурно воспитана. Она еще не знает, что в порядочном обществе и в порядочной книге явная брань не может иметь места; что современная образованность изобрела орудие более острое, почти невидимое и тем не менее смертельное, которое, под одеждою лести, наносит неотразимый и верный удар. Наша публика похожа на провинциала, который, подслушав разговор двух дипломатов, принадлежащих к враждебным дворам, остался бы уверен, что каждый из них обманывает своё правительство в пользу взаимной нежнейшей дружбы.

Книга "Герой нашего времени" испытала на себе еще недавно несчастную доверчивость некоторых читателей и даже журналов к буквальному значению слов. Иные ужасно обиделись, и не шутя, что им ставят в пример такого безнравственного человека, как Герой Нашего Времени; другие же очень тонко замечали, что сочинитель нарисовал свой портрет и портреты своих знакомых... Старая и жалкая шутка! Но, видно, Русь так уж сотворена, что всё в ней обновляется, кроме подобных нелепостей. Самая волшебная из волшебных сказок у нас едва ли избегнет упрека в покушении на оскорбление личности!".

Теперь слово обозревателю литконкурса Михаилу Берковичу: "Напрасно, мне показалось, Виктор Тетерин так назвал свое такое пронзительное произведение, ("Простая история") потому что история совершенно не простая. Московский бездельник попадает по случаю в деревню, соблазняет немую девушку. Ему кажется, что он в неё влюблен. Люди же ему подобные вообще не способны на большое чувство. Он наобещал наивной и беззащитной девушке семь коробов и уехал в свой мир. А там вскоре забыл о существовании этого милого, совершенно неопытного создания. Она отыскала его через три года. Откуда ей было знать, что она имеет дело с обыкновенным мерзавцем? Не нужна она ему. И он её сначала отдал на надругательство двум своим собутыльникам, а затем вообще проиграл в карты. Все это сделано высокохудожественно, каждый герой рассказа выглядит вполне убедительно. Проза Виктора читается на одном дыхании. Есть у Виктора небольшие стилистические огрехи, правда, их мало... Тем не менее, прозу этого автора я бы оценил по высшему баллу." Солидарен с оценкой Михаила Берковича и буду требовать напечатать "Простую историю" - как образец простых историй в разделе прозы литконкурса "Просто о жизни".

**Пизанская Башня** – "Привет! Я из Харькова. Меня зовут Вячеслав Александров. Выиграл первый этап конкурса - произведение "Безумный фиолетовый" заняло третье место в номинации "Миниатюры и афоризмы". На втором этапе ничего не выиграл. Пишите мне, плизз, рецензии... так как хочу выиграть третий этап конкурса. Всем удачи и приятного чтения!!!» - Башня представила или Вячеслав представил симпатичную, но очень короткую миниатюру "Зимнее настроение".

Интересен комментарий Марата к этой миниатюре: "На быстрых, холодных реках не бывает полупрозрачного льда, там через 15 сантиметров ничего не увидишь и рыба в таких реках никогда не затыхается. Эх, горожане...". Пока без оценки.

**Валерий Белолис** – "...ровная светлая грусть... под стать природе, закрывшей весь город ажурной паутинкой белесой дымки... солнце просвечивает, но не достает своим светом все уголки застывшего в полусне парка... дышать почти не хочется... сейчас бы лечь на спину, распластавшись по прохладной, все еще зеленой траве, склонить голову на бок, и задремать... чуть улыбаясь одними уголками губ... чувствуя чудную легкость в себе и уже не боясь полететь... я люблю..." - закрываем глаза и летим вместе с Валерием читать "Холодную горячую "стервочку" (повествование циника)", "**Одиночество**", "Мой первый север", "Особое чувство (из цикла "Диалоги"). Сразу же, без лишних вопросов "стервочку" с "неприступной крепостью с открытыми воротами" направляем в раздел эротической прозы на рассмотрение Эдуарда Снежина. В "Одиночестве" привлекает "белый шум мысли" своими размышлизмами, тем не менее представить "отпечаток нервозности на лице, как будто бы паутина" мне не удалось. Понравились вот эти строчки:

"И где-то там, в глубинах подсознания, всегда горит у него огонек надежды на случай, на встречу с искренностью, с добротой, с ответной улыбкой, на то, что люди не смогут жить без встреч, без общения, без влечения, без тоски, без стремления познать. И на все времена сохранится гениальность встречного взгляда, шепота на ушко, одухотворенность лица при соприкосновении душ, таинство гармонии всего тела человека и влияния его обнаженности на всё и вся…".

И действительно, где-то в одиночестве горит огонек. И это приятно видеть. Голосую за публикацию рассказа. "Мой первый север" слишком мал для оценки.


**Solar** – "Пишу с десяти лет. Долго время отвоёвывала перед родственниками и друзьями своё право на такое занятие. В меня никто не верил. Но моим первым другом и защитником стала моя мама, которая наконец решила, что "это хобби я уже не перерасту".

Итак. Родилась в 77г. в Первоуральске, Свердловской области. В 82г. приехала с родителями и старшим братом в Старый Оскол. Здесь до сих пор и живу. Писать начала после несчастного случая. По нелепой случайности я повредила позвоночник, и мне пришлось провести в вертикальном положении почти полгода. Это было скучно, я начала писать. В школе у меня было очень плохо с русским языком. В аттестате только моя классная учительница упросила учителя по русскому не ставить мне двойку. После школы я хотела поступить на журфак Воронежского университета, но оказалось слишком дорого. И я поступила в техникум на экономиста. Сейчас я учусь на вечернем в экономическом университете, и все кто узнает о том, что я пишу удивляются. Как я могу писать, если у меня такая профессия. Я на это смотрю с другой стороны. Зачем мне эта профессия, если я пишу. Насколько хорошо или плохо я пишу, судить не мне. И тем не менее мне самой это нравится...” - представила свою фотографию с закрытыми глазами и рассказ “Предсказание”. Рассказ интересен, динамичен, но много словесных ляпсусов и опечаток. Если рассказ подредактировать слегка и устранить все погрешности, вполне возможно что удастся и опубликовать его на четвертом этапе. Пока отправляем “Предсказание” на доработку.

**Дмитрий Коршунов** – представил две неплохие крошечные миниатюры. Без оценки. Too short.

**Новожилов Александр** – представил массу отрывков из повести в разных разделах, включая “Просто о жизни”, “Очерки, эссе”, “Любовно-сентиментальная лирика”. Невольно возник первый вопрос, интересно, к какому же жанру принадлежит повесть автора? Начинаем читать: “Меня пропустили вперёд. Пройдя несколько шагов в сторону машины, я увидел запах.” Так-так, ну-ну. Читаем дальше: “Есть ты и только ты. Все остальные – декорации фрагменты и тряпичные куклы. Ты сценарист режиссёр оператор в одном флаконе. Всё прочее окружающее тебя – фон и кучка актёров, перемешанных друг с другом и бурлящих в собственном соку. Деньги как способ общения: выражение прыгающего восхищения, помноженное на абстрактную любовь к самому себе и ненависть к тем, чьи материальные ценности валяются, строятся, проезжают, гудят и передаются из рук в руки под бдительным наблюдением заложников собственной скромности и розово – серых по свински грязных лиц. Эпоха “МУ”: быдло против быдла, куча быдла против всех остальных. Кто остаётся в живых группируются заново на быдло и остальных. И так до тех пор, пока… Что в итоге останется?

Думается мне этот естественный отбор не перевернёт землю, всё и все останутся на своих местах, но уже в новых обличиях – не родившихся убьют, а рождённых заставят убить себя самих. Приказы не обсуждаются. Действия рассматриваются под микроскопом, дальние под телескопом, очень близкие под дулом автомата. Шаг влево – попытка к бегству". Просматриваем другие отрывки, оставляем их без оценки и отправляем всю повесть в "Шизариум" (есть такой журнал).

**Васик** – "Warning! При прослушивании ушами и просматривании глазами возможны побочные эффекты в виде неврозов, истерий, сердечных приступов. Не рекомендуется использовать крутым -антам,- этам, -икам. Одна, очень близкая мне девушка, видимо и не осознавая, хорошо отозвалась о моих рассказах. После этого я почувствовал себя великим писакой..." - представил "даже не рассказ, а просто мысли вслух" под названием "Скорблю...". Интересная зарисовка, но коротковата для оценки.

**П. Кулешов** – представил рассказ "Утята и курица". От красочного описания поведения курицы и утят плавно переходим к философским размышлениям о людях: "Наверно, надо хорошенько вникнуть в устройство этих других, понять как они устроены и чего хотят. Если вреда окружающим от их действий нет, то пусть будет. Например, нож, обыкновенный кухонный нож, часто оказывается орудием убийства на бытовой почве. А бытовая почва - это же прежде всего пьянка. Представь себе, что ножи из хозяйства будут изъяты. Многого полезного мы лишимся. Придется картошку ногтями чистить и на части камнями разбивать. Это к примеру. Но ведь и камни тоже опасны. Камнями тоже убить можно.

И убивают. Изымем камни из обихода. Конечно, трудно вообразить как это может быть сделано, но мир без камней представить, все-таки, можно. Но и палкой можно хорошенько стукнуть. И, в конце концов, можно же голыми

руками и задушить, и шею свернуть. Что, всем руки поотламывать? Дело-то не в инструментах, а в тех, кто ими пользуется. Так что вред причиняют не сами палки, ножи, стальные прутья, а люди." Мысли расползались колорадскими жуками по картофельной ботве: "Получалось, что своих детей надо исследовать как новые страны, как неких загадочных существ из неведомых стран. Получалось, что выношенные, рождённые и выпестованные ею дети только кажутся понятными. И их надо исследовать и открывать. Они – другие. Если этого не допустить, можно их всех сделать несчастными, искренне желая им счастья по своему образцу, который тоже может оказаться уродливым. И она подумала: "А в чём же моё счастье?"".
Мысли хорошие, но сам рассказ откровенно слабоват. Читается с трудом, требует более тщательной редакции.

**Александр Красный** – представил на рассмотрение философское эссе "Метаморфозы сознания" и как бы продолжил философские размышления Павла Кулешова о людях, но под другим более серьезным углом зрения. Итак, интересно наблюдать за прерывистым течением мысли автора, скачкам мысли от системности к бессистемности знаний и выводов из этих знаний. Постоянно присутствует ощущение, что автор путается в самом себе и своих рассуждениях. То есть, ставит ложные вопросы и находит на них, конечно-же, ложные ответы. Скорее всего, так может происходить только по одной причине – хаотичнось и бессистемность знаний автора. Совсем недостаточно прочтения и понимания одних замечательных вечных "Нравственных писем" Сенеки для рассуждения о происходящем в сознании человека. И это печалит. Иногда можно в чем-то заблуждаться и делать это честно. "Метаморфозы сознания" - образец честных заблуждений. Попытка уложить сознание человека (и оценку развития этого сознания) в прокрустово ложе детства, юности, молодости, совершеннолетия (почему не зрелости?) и оценить некий усредненный уровень человека на каждом этапе несостоятельна.

Предоставим слово самому автору: "4.Совершеннолетие. С точки зрения развития разума - обычно, не самый интересный период жизни. Обычно разум сохраняется "на достигнутом уровне", меняются только области его применения, в зависимости от внешних обстоятельств. Хотя, конечно, возможны исключения: люди, могут заметно меняться и в этом возрасте: изредка - прогрессировать (в основном - за счет улучшения этической позиции), чаще - деградировать (левый путь - легче). Большинство людей в этом возрасте: оценивают свои достижения; совершенствуются (включая смену областей деятельности) с учетом этой самооценки, в стремлении ее повысить; рождают и воспитывают детей, также, с учетом этой оценки "Дети должны жить лучше нас." Чтение рассуждения о том, что обычно в этом возрасте (возрасте совершеннолетия или зрелости?) разум сохраняется "на достигнутом уровне" вызывают улыбку.

Разум, ум, интеллект любого человека не имеет каких-то условных "достигнутых" уровней развития. Границ уровня развития не существует в природе. Эти границы уходят в бесконечность. Развитие любого человека всегда индивидуально и бесконечно и некая позиция этическая совсем не лежит в основе развития.

В основе развития любого человека, в расширении его сознания и приобретении новых знаний и умений всегда лежит индивидуальное желание совершенствования себя (mind, body & soul) физически, умственно и духовно. И вот здесь уже и срабатывает принцип, чем совершенней человек тем менее его интересуют достижения материальные. Достижения материальные приходят как бы сами по себе и являются платой за достижения умственные и духовные. Достижения материальные всегда вторичны. Достижения умственные и духовные – всегда первичны. Впрочем, не стану пересказывать "Нравственные письма" Сенеки...

**Жанна Пестова** – представила рассказ "**Обычной жизни эпизод**". Рассказ очень и очень прост. И конечно, о нашей жизни. Слово для оценки рассказа предоставим Alayia: "Очень реалистично. Внимательно ко всему - времени, вещам и людям. Это самое ценное". Голосую за публикацию рассказа.

**Соболева Раиса** – автор двух книг и массы еще неизданных сказок, басен, мифологем, рассказов, стихов-(на 9 печатных листах) – представила рассказ "Край земли". Рассказ обернулся милой сказкой. Отправляем его в раздел сказок!

**Иван Еленин** – предоставил короткий рассказ "**Чат**". Мне понравилось начало рассказа: "Ещё вчера дикая метель зарывала небо и улицы, снег стеной ложился на землю огромными комьями, как на пуховом заводе. Ветер, страшный ветер в темноте, преследовал идущих с работы людей, особенно девушек, насилуя их с ревом и на лету. А сегодня утром, стоило Степану открыть окно, снаружи повеяло теплом и запахом тающей воды. Несмотря на конец января, этой ночью пришла весна, – об этом говорили редкие прохожие и собаки с воронами, которые, растрепавшись и промокнув под капелью, стали похожи на кошек. Короче, слякоть и слабость заполнили пространство, и девушки, выходя на работу, уже ничего не боялись." Очень своеобразный рассказ. В нем мне намного больше понравились симпатичные описания погоды чем виртуальная переписка друзей по чату. Тем не менее, думаю можно было бы напечатать этот рассказ. Что-то есть в нем.

**Татьяна Калашникова** – представила рассказ "Я – счастливая". Рассказ ведется от имени главной героини - Риты. "Предаваясь дивному состоянию бездумья (!?) Рита гуляет по старому осеннему парку и размышляет о своей жизни и судьбе. Вот что рассказывает нам о жизни Риты автор: "Жизнь сорокадвухлетней Риты была, как считала она сама, вполне типичной, и больших причин сетовать на судьбу Рита не видела. И все же что-то произошло за последние три-четыре года, натянувшее на ее лицо несъемную маску усталости, а потускневший взгляд когда-то озорных зеленых глаз заметно старил ее. "Что же изменилось? И когда все это началось?", – классическая мысль о том, что корни всего происходящего ныне следует искать в прошлом, уже не раз находила свое подтверждение и в жизни Риты".

В рассказе попадаются интересные высказывания, типа: "Позвольте представить: Анатолий – мой муж. Он был чист и постоянен. Постоянен во всем. Консерватизмом это называется. Великолепное, я вам скажу, качество – человек всю жизнь любит одну женщину и моет голову одной шампунью. Именно это постоянство сыграло свою решающую роль. Я стала его женой, несмотря на ту огромную социальную пропасть, которая нас разделяла. И мысленно повторяла снова и снова: "Я – счастливая". Дальше – больше: "Кирилл с Толиком часто ездили играть в теннис, иногда и меня брали с собой. Они – старые друзья. Типичная ситуация: лучший друг мужа – любовник жены". А дальше – еще больше: "..постепенно я привыкла к чувству больного человека...". Невольно вспоминается высказывание Кузьмы Пруткова: "Хочешь быть счастливым – будь им!". Главная героиня рассказа как бы сетует на судьбу, которую она сама же и выбрала. Героиня сама выбрала для себя маску усталости и со временем эта маска приросла к лицу и мыслям и пустила корни. Рассказ откровенно слабоват. Пожалеть героиню за "счастливую жизнь" почему-то совсем не хочется.  Без оценки.

**Александр Воронин** – "Родился в 1958 году в Пензенской области. С 1991 года живу в Германии" - представил рассказ **"Мои собаки"**, состоящий из миниатюр о разных собаках в разные времена взросления автора. Жизненный рассказ о человечности животных и животности людей заканчивается просто: "Собачий век в семь раз короче нашего, и любимые Жучки, Шарики и Рексы уходят от нас в семь раз быстрее, чем нам хотелось бы. Но если была жизнь, будет и смерть. Останутся только воспоминания и любовь. Как же иначе?". Голосую за публикацию.

**Рута** – "Здравствуйте! Я рада, что Вы забрели ко мне на страничку. Я не поэт, а так... "записыватель своих мыслей в рифму". И если Вас это не расстраивает, то я буду очень признательна Вам, если Вы после прочтения будете оставлять свои "мысли" обо мне и моих "творениях" здесь... Мне это очень важно! Спасибо Вам! Искренне Ваша, Руслана" - представила миниатюру "Жизнь прекрасна!". Миниатюра слишком коротка для оценки и полностью соответствует комментарию Александра Альта: "Рутик, чудная, лёгкая проза. Прочитал, как чихнул. Умница!". Миниатюра Руты – полная противоположность рассказу Татьяны Калашниковой "Я – счастливая". И вот почему: "День за окном обещал быть солнечным и теплым. Хотя ей было, в общем-то, все равно. Её настроение могло сделать любую погоду замечательной. Она чувствовала себя владычицей судьбы, и это ей нравилось. Ведь мир, это не то, что тебя окружает, а то, что находится внутри! Жизнь так прекрасна и удивительна!" Молодец, Рута: "Мир – это то, что находится внутри." Вероятно, что и вера, и надежда, и любовь, и счастье и гармония в жизни любого человека тоже находятся внутри. Новых вам рассказов!

**Next** – Who is next? – Next – предоставил рассказ "**Работа**". Очень простой и жизненный рассказ. Хорошее неожиданное начало: "Вечер не сложился. Не в том смысле, что он совсем не сложился... Не сложилось настроение. Пробки, сырость и начавшийся дождь, явно не способствовали улучшению настроения. Погода была такой, при которой "добрый хозяин собаку из дома не выпустит". И тут я увидел девушку с поднятой рукой. В принципе, я не работаю таксистом. Наоборот, я всячески не одобряю действия таксистов-любителей, в которых всегда упираешься, когда спешишь, и хочешь обогнать машины по правому ряду. Но, видя ее, промокшую, с дрожащей от холода рукой, решил остановиться.
Открыл дверь, и спросил:
- Куда надо, сударыня?
Ее ответ слегка ошеломил меня.
- Я работаю - прошептала она".
Буду голосовать за публикацию этого рассказа.

**Андрей Лазарев** – "29 лет. Пишу с 17 лет. Сначала стихи, точнее тексты песен, потом прозу и драматургию. Родился в Ростовской области. С 5 лет жил в Сургуте. Получил высшее образование в Томске. Закончил Томский Политехнический Университет. С первого курса, т.е. с 1992 года живу в Томске. Работаю по специальности. Люблю Кортасара, Павича, Стоппарда, Уильямса, русскую классическую литературу, литературу серебрянного века. Особенно Хармса, Маяковского, Северянина, Гумилева, Хлебникова. Есенина не люблю. Не люблю современные российские детективы, как впрочем и зарубежные. Прохладно отношусь к фантастике" - представил несколько рассказов: "**Фотограф**", "Еще раз про белого бычка", "Расчленка. Птичка", "Стать Колей", "Варианты", "Госпожа С." и "Оккупант или я оплодотворил Небо".

Начинаем чтение с "Фотографа": "Я снимаю жизнь. На фотопленку. Потом сдаю ее в пункт проявки и печати. Я фотограф. Любитель. Мне не следует доверять съемку свадеб, похорон, юбилеев. Я снимаю женщин, мужчин, архитектуру и природу. Все, что попадает в мой объектив, не представляет никакого интереса для последующих поколений. Я документалист, сам себе на уме. Например, девушка на противоположной стороне дороги. Она хочет ее перейти. Но рядом нет пешеходного перехода. Она в движении, но неподвижна. Вся устремленая куда-то, но ее устремлениям мешают машины, которые тоже куда-то спешат". Далее один фотографический снимок раскручивается в целую живую историю по прихоти автора возможно стоящую за обычным статичным снимком. Читать интересно. Одно предложение в конце рассказа резануло глаз и слух: "Фотографии это кусочки паззла, из которых можно составить любую картинку". Точнее, даже не предложение само, но неуместное слово "паззл". На мой взгляд, здесь оно не пляшет. Возможен, например, такой вариант: "Из отдельных, казалось бы, случайных фотографий-фрагментов головоломки огромного размера всегда можно составить любую картинку. Главное не стесняться в выборе объекта. Этим, наверное, и отличается профессионал от любителя». Буду голосовать за публикацию "Фотографа" и рекомендую автору передвинуть остальные рассказы на рассмотрение в четвертый этап литконкурса.

**Вячеслав Маляров** – представил замечательный рассказ **"Скованные одной цепью"**. Сюжет рассказа напоминает сюжет художественного фильма состоящий из четырех короткометражных фильмов. Очень оригинальное построение сюжета, скованное одинаковыми фразами из событий совершенно разных действующих лиц. Только оригинальность и стиль описания событий заслуживает самой высокой оценки, не говоря уже о правдивом описании самих событиях, в которых живут герои сегодняшнего дня. Буду требовать напечатать этот рассказ!

**Евгений Кудряц** – "Родился в 1969 году в Харькове. По основной специальности хоровой дирижёр. В 1993 году окончил Харьковский институт искусств. Работал журналистом в коммерческих и государственных СМИ (газеты Теленеделя, Simon, Экран, Панорама, журнал Деловая жизнь), подготовил несколько телесюжетов (телекомпания Orion). Также принимал участие в Харьковских юморинах и был лауреатом в номинации Лит. пародия ( Ванька А. Чехова). С 1997 года постоянно проживает в Германии в городе Аугсбурге (Бавария). Здесь также печатается в русскоязычных СМИ (Газеты: "Аргументы и факты" - вкладка "Мы в Германии", "Ведомости", "Вестник", "Деловой курьер", "Контакт", "Круг", "Русская Германия", приложение "ЧиК" и "Не скучай в Германии", "Новый век", "Партнёр", журналы: "Антология 2001 года", "Клуб-ОК", "Радуга", "Родная речь" и "Самовар"). Является автором документально-публицистической повести об еврейской эмиграции – "Инвалиды 5 группы"... Бронзовый призер первого этапа Международного литературного конкурса "Вся литературная рать". (Литературно-критические статьи). Серебрянный призер второго этапа Международного литературного конкурса "Вся литературная рать"

(Публицистика и мемуары)" - представил на рассмотрение повесть из семи частей "Выйти замуж за иностранца".

Согласен с оценкой повести Михаилом Берковичем: "Повесть, на мой взгляд, получилась очень похожей на документальную. Вы не рисуете своих героев, а рассказываете о них, что резко снижает художественные достоинства произведения". Повесть больше похожа на газетную статью, написанную на заказ, основной темой которой является утверждение что жить за границей очень и очень тяжело и лучше туда не суваться, а сидеть тихонько не рыпаться и доживать свой век в границах мест рождения и проживания – догнивать потихоньку и никуда не стремиться. Описание приключений Ольги из Беларуси типично для многих бегущих за границу. Не каждому удаётся прижиться в чужих условиях и большинство различных иммиграционных авантюр очень часто рано или поздно оборачивается жестоким провалом. Тем не менее и за границей очень многие люди находят себя и живут нормально, намного лучше, спокойней и свободней. Все зависит от вас самих, ваших желаний, усилий и устремлений. У каждого из нас свой случай, своя судьба. Кто-то строит свою судьбу и здесь и за границей, а кто-то ждет у разбитого корыта прихода судьбы и здесь и за границей.

**Марина Шедугова** – представила крошечную слишком маленькую для оценки миниатюру "Щенок". Пожелаем Марине новых удачных хороших рассказов!

**Соф** – представила отрывок из дневника под названием "Шел дождь". Согласен с оценкой одного из комментаторов: "Рекомендую разобраться с тавталогиями. Для столь краткого рассказа их просто недопустимо много". И действительно это так. Без оценки.

**Володя Тихомиров** – представил рассказ
**"Коммунальщики"** (в сокращенном варианте). Хороший
рассказ и очень своеобразная не часто встречаемая тема:
"Я никогда не верил, что сантехниками-электриками
становятся целенаправленно. Ну, не могло такого быть,
чтобы человек с детства мечтал: "вот, подрасту, стану
людям толчки прочищать" или "буду ходить, розетки
налаживать, ни одной неналаженной не оставлю".
Вероятнее всего, так распоряжается некая таинственная
Сила. Не со всеми - только с теми, кто устраивает ее по
совокупности разных загадочных факторов. Усмехается, и
направляет по иному пути. Другими словами, жил себе
человек, ни о чем таком не подозревал. Но стоило на
секунду растеряться, расслабиться и, хоба на, ты в
электриках. Или даже в сантехниках."
Рассказ читается легко и непринужденно. Хороший слог.
Только в одном месте вышла легкая оплошность, там где
предложение "Так Саша и ушел, несолоно нехлебавши"
должно быть исправлено на "Так Саша и ушел, несолоно
хлебавши". А в остальном – все хорошо. Интересная
таинственная и загадочная тема – коммунальщики, особый
народ, не от мира сего. Наверное, инопланетяне.
С удовольствием голосую за печать рассказа.

**Дмитрий Зотиков** – вновь представил свой "Паспорт",
который, может мне кажется, я уже встречал на первом
этапе конкурса. Хороший добротный рассказ,
но остается чувство его какой-то недоделанности,
сыроватости, незавершенности по стилю письма (не по
сюжету). Сюжет интересен. Есть недоработки и
шероховатости. Почему? Эпоха 50-х не звучит в рассказе,
нет этих маленьких тонкостей и деталей, считывая которые
в воображении возникают 50-е годы. Этими тонкостями
могут быть фразы из газет, журналов, кинофильмов, радио,
слова и разговоры очевидцев того времени, как бы
невзначай вплетенные в ткань рассказа. Не станет
архангельский мужик грубить городской женщине в 50-е
годы. По тем временам городские для деревенских были как
инопланетяне и относились к людям любым вообще более

уважительно, чем сейчас в России. "Паспорт" возвращается на авторскую правку и доработку.

**Ценина Алена** – представила "Демонессу Ночи". По словам Елены Шуваевой-Петросян: "Просто красотища!", по словам Ирины Лариной: "Другой мир, другое измерение... Загадочно как-то, красиво...", по моим словам: "Сожалею, но без оценки". Новых успехов!

**Vetov** – представил "**Зимний вечер**". Сразу же, без разговоров направляем это хорошее стихотворение в раздел саказок и колыбельных для детей.

**Arven** – фатальная женщина – представил(а) рассказ "Сервиз моей жизни".
14-летний герой рассказа имеет мечту – купить ломоносовский сервиз:
"А это что там так блестит? Это сервиз. Чайный. Сделан на Ломоносовском фарфоровом заводе. Называется "Осколки зеркал"". Стоит пятьдесят семь тысяч. Красивый до невозможности. Я стоял у витрины долго, не помню сколько. Продавщица, видимо, устала за мной следить.
- Вы что-то хотели, молодой человек? Могу я Вам чем-нибудь помочь? - раздался у меня над ухом ее насмешливый голос.
- Я куплю у Вас этот сервиз.
- Молодой человек, он стоит почти две тысячи долларов.
- А я все равно его когда-нибудь куплю".
Быстро в напряженных трудах героя рассказа пролетело два года: "Мне шестнадцать лет. Ароматный весенний день. Я стою на Петровке с огромной коробкой в руках. В коробке он. Сервиз моей мечты. Вчера я поцеловал сестру Терезу. Скромно, в щеку. Но этого хватило. Я понял, что любил ее как недоступную, неприкосновенную, непорочную деву. Как только я коснулся ее, любовь сменилась презрением. Больше она не могла защищать меня от сервиза.
И я купил его. Теперь я под завязку наполнен гордостью. Не зря я вкалывал целых два года. Я сделал это! Гордость бурлила во мне. Переполняла меня. Искала выхода. Если

выход не найдется, меня разорвет." Дочитав до нужного места этот сказочный рассказ автоматически приходит решение отослать его в раздел эротики.

**Илья Алтухов** – представил рассказ "**Бар**" с хорошего такого простого легко узнаваемого диалога в начале рассказа:
"— Не знаешь, сколько сейчас стоит сделать аборт? — спросила меня Ирина.
— Мой друг делал своей девушке за двести пятьдесят, — сказал я, внимательно взглянув на свою собеседницу. Мой ответ явно огорчил ее.
— Понятно, — сказала Ирина, — ну ладно ничего. Понимаешь, я хочу раскрутить
своего знакомого на тысячу. Скажу, что если не отдаст, будет скандал с родителями. У него все равно денег много…
— А если он захочет проверить?
— Да ты что, зачем ему лишние хлопоты, проблемы?
— А зачем тебе это? – Спросил я. И за моим вопросом стояло недоумение тысяч людей облапошенных таким способом.
— А где же я еще возьму деньги? – Спокойно ответила Ирина.
— А зачем тебе деньги? – Попытался я подойти к какому-то логическому объяснению этого странного намерения.
—Ну мне же хочется по вечерам ходить в бары, танцевать, пить мартини с соком.
В общем — веселиться! – Удивленно ответила Ирина."
Буду голосовать за публикацию этого рассказа. Уж очень животрепещущая тема.

**Александр Питерский** – представил ряд коротких зарисовок-набросков -миниатюр. Из наиболее интересных для публикации можно выделить "**Михалыча**" и "Божью коровку".

**Юрча** – представил рассказ "**Шешь-заложница**". Без всяких комментариев отправляем рассказ на публикацию. Оказывается, так просто писать о жизни.

**Марко Галицкий** – представил хороший рассказ "По-справедливому", но в нем много ошибок и опечаток. Отправляем на авторскую правку.

**Hovhannes Aznauryan** – отличился огромным количеством опечаток и описок.
Из-за этого все творения остаются без оценки и отсылаются на авторскую правку.

**Наталья Павлова** – представила рассказ "У Черного моря". Меня всегда удивляло почему многие авторы даже пальцем не пошевелят чтобы еще раз проверить примитивные ошибки в своих сочинениях. В чем причина такой ленности. Мне кажется, ленность и талант всегда живут в совершенно разных измерениях. Впрочем, может я ошибаюсь? Рассказ остается без оценки.

**Петр Бармалеев** – представил миниатюру "Работа для студента". Тема интересна, но развитие сюжета не блещет оригинальностью. Пока без оценки. Новых успехов!

Настало время подвести итоги и отдать должное лучшим авторам третьего этапа конкурса раздела "Просто о жизни".

Вот их имена: **Антарес, Игорь Шевченко, Лара Федорова, Эдуард Снежин, Виктор Тетерин, Вячеслав Маляров, Тварька, Юрча, Ирина Фирсова, AI, Володя Тихомиров, Мох, Александр Светлов, Валерий Белолис, Андрей Лазарев, Александр Питерский, Илья Алтухов, Next, Жанна Пестова и Яна Московская.**

В городском парке на скамейке осталась лежать позабытая тетрадь. Теплый весенний ветер равнодушно шевелит страницами. На одной из страниц высыхают чернила замечательных строк:

На Марсе
В городском парке
На скамейке
Сидело существо
Напоминающее краба.
Проходил мимо
Марсианин
И сказал:
«Вот это баба!»

2004

## Война в Ираке (апрель, 2003)

"I triple guarantee you, there are no American soldiers in Baghdad. The American press is all about lies! All they tell is lies, lies and more lies!" Muhammed Saeed al-Sahhaf, Iraqi Minister of Information (currently on administrative leave) is not included in "Death Pack" playing cards distributed to coalition forces.

> Ленин родился в апреле,
> Когда расцветает земля,
> Когда позабыты метели
> И в рощах цветут тополя!

Итак, сегодня мы будем химичить. Все резиновые перчатки надели? Очки на месте? Поехали! Химичить мы будем, переливая из пустого в порожнее жидкое психотропное оружие напоминающее по вкусу горький малиновый сироп. Также нам понадобится лакмусовая бумажка для проверки СМИ России на вшивость, которой является сравнительная табличка Правды-Лжи (или Демократии и Диктатуры). Табличка прилагается ниже:

ДЕМОКРАТИЯ ( Правда ) +
  -Свобода мысли, слова, печати;
  -Разделение власти на законадательную исполнительную и судебную с целью избежания диктатуры одного лица к жителям своей страны;
  -Многопартийная система;
  -Всякое инакомыслие приветствуется и не карается властями;
  -Президент переизбирается каждые 4-е года;
  -Высокое благосостояние народа;
  -Свобода выбора иметь и быть счастливым;
  -Свобода образования и самообразования для всех и каждого;
  -Прогресс в экономике, политике, культуре;
  -Светлое будущее для всех;
  -Перспектива улучшения жизни!

ДИКТАТУРА ( Ложь ) -

-Полное отсутствие всяких свобод;

-Полное сосредоточение всей власти в одних руках, насилие и произвол по отношению к жителям своей страны;

-Диктатура одного лица под видом диктатуры одной партии;

-Всякое инакомыслие приследуется и жестоко карается властями;

-Диктаторская власть пожизненна;

-Для народа - голод, разруха, нищета;

-Унификация людей, отсутствие свободы выбора, хроническое несчастье по приказу свыше;

-Невежество, необразованность, насаждаемые сверху;

-Неминуемый регресс в экономике, политике, культуре;

-Темное прошлое и есть светлое будущее для всех;

-Перспектива загнивания жизни и скорой смерти.


Так, уже вижу поднятую с вопросом руку. Что вы подразумеваете под проверкой СМИ России на вшивость? В свое время, в год чернобыльской аварии, очень много детей из пораженных радиацией районов были отправлены на все лето в разные пионерские лагеря. Где первым делом детей, почему-то, проверяли на вшивость. Этим ответственным делом занимались пионервожатые. Откормленные на радиационных харчах вши поражали своей толстопузостью, совсем как российские СМИ. Еще бы, попасть в такие благоприятные условия на неокрепшие детские волосы! Многих детей пришлось стричь налысо и вскоре наглая вошь была побеждена окончательно и бесповоротно.


Еще вопрос. Как пользоваться табличкой Правды-Лжи? Россия поддерживает Ирак, то есть поддерживает и пропагандирует российскому обывателю что? Правильно - Ложь. А какое красивое будущее может предложить своему народу правительство пропагандирующее ложь через средства массовой информации? Правильно - диктаторское со всеми вшивыми достижениями диктатуры. Вот некоторые из них: унификация людей, отсутствие свободы выбора, хроническое несчастье по приказу свыше; невежество, необразованность, насаждаемые сверху; неминуемый регресс в экономике, политике, культуре; темное прошлое, которое и есть светлое будущее для всех; перспектива загнивания жизни и скорой смерти.

Пропаганда из Москвы никогда не отличалась оригинальностью или многообразием взглядов на проходящие в мире события. В старину лошади, запряженной в повозку, на глаза одевали шоры, чтобы ей не мешал пробегающий мимо транспорт и народ. Чтобы лошадь не отвлекалась от намеченного маршрута и двигалась туда, куда ей прикажут а то и по заду хлыстнут. В ходе войны в Ираке весь народ России двигался в этой повозке по указке извозчика СМИ России с песнями и плясками. А кто же извозчик? Чье же это мурло за покатой спиной СМИ России притаилось? Не признаете это олигархическое рыло лжи покрытое оспой с крылышками за спиной? Чудо-юдо постсоветской псевдо-демократии?

Подача войны в Ираке явно была рассчитана на особо простодушных жителей далеких деревень и российских окраин. Злобные нападки на Америку, Запад и неугомонная с пеной у рта поддержка великого иракского вождя наводят на очень печальную пушкинскую мысль: "К чему стадам дары свободы? Наследство их из рода в роды ярмо с гремушками да бич".

С первого дня военных действий в Ираке СМИ России показывали и рассказывали только ложь. Выгораживая таким образом беднягу Саддама - одного из самых задушевных друзей Москвы и носителя многомиллионного российского долга. Сплыл друг и долг сплыл одномоментно. Зачем России лишние деньги, ветераны Великой Отечественной уже привыкли питаться с помоек. Из репортажей российского радио, российских газет и российского телевидения следовало, что самая лучшая социальная система в мире - это тотальная диктатура Саддама и что весь иракский народ поддерживает Хусейна, ненавидит американских "агрессоров" и готов до последней капли крови сражаться за своего вождя.

Как оказалась сегодня поголовная преданность Саддаму была только очередной иллюзией и ложью. Таким же мифом является и всенародная поддержка нынешнего вождя Северной Кореи - страны, где голод доводит до людоедства. Мифы о всенародной поддержке вообще характерны для стран, где худо с демократией. Когда ее нет или ее очень мало, всякие там референдумы и опросы, выполненные придворными социологами по спущенным сверху лекалам, мягко говоря, не отражают истинных настроений масс.

Диктатура Хусейна, как и другие диктатуры, оказалась колоссом на глиняных ногах. Если мы помним с прошлого урока "Войны в Ираке", любая диктатура мертва изначально. Еще прошлой осенью иракский президент победил на референдуме о продлении полномочий с феноменальным результатом в сто процентов. Ну неужели никто из нас не помнит тех 100%- ных результатов голосования за выживающего из ума Брежнева: "Многие из вас думают, что я говорю по пласт-ст-ст-ст-ст-стинке...". Common. Главное, что пиво продавалось на всех избирательных участках с семи утра.

Кто же голосовал за иракского правителя прошлой осенью? Те же люди, кто 9-го апреля, ликуя, сверг статую правителя и с видимым наслаждением топтал его портреты. Впрочем, может, и в самом деле тогда, осенью, эти люди бросали бюллетени за усатого правителя - боясь быть повешенными в сквере или растворенными в кислоте, как это случилось с тысячами несчастных, коих режим посчитал врагами. И на демонстрации выходили, потому что жить хотелось, а не умирать за тирана. Вот что делает с человеком Ложь, вот что делает с людьми Пропаганда.

А теперь, когда с химией разобрались во время перерыва можно и в кубики поиграть. Вот горка кубиков перед вами.

Из этой горки кубиков мне хотелось бы выбрать несколько со следующими выжженными по дереву словами на них: Россия, Идеология, Пропаганда, Ложь. Вытаскиваем все эти кубики на свет и внимательно рассматриваем их в свете решений 29-го съезда КПСС, с подсветкой фонариком из "Войны в Ираке (март, 2003)" (стр. 47).

Новая постсоветская идеология в России базируется на трех китах: советизме (80%), национально-русском фундаментализме (17%) и западнизме (3%). Что такое советизм разлива 2003-го года? Разлив несвежий, разбавленный водой (как всегда) с большим количеством осадка на дне. Если взболтать всю эту горючюю смесь можно рассмотреть и мафиозный капитализм с блестками коррумпированной системы государственной власти и все тот же знакомый страх истины, приправленный фальсификацией событий в средствах массовой информации как внутри страны, так и за рубежом.

Идеи национально-русского фундаментализма уходят глубокими корнями в еврейские погромы, в непрестанный поиск нового врага (вот он наш новый враг - американец! Бей жидов американских - Спасай Россею матушку!). Обычно, враг извне нужен для отвлечения внимания от внутренних врагов. Национальность, народность, страна рождения не играют никакой роли тогда, когда всем живется хорошо. И играют ведущую роль только тогда, когда живется человеку в системе плохо. См сравнительную таблицу двух социальных систем.

Западнизм в России 2003-го года. Есть ли он? Почему он есть? Почему он имитируется? И кому он нужен? Смена плакатов и вывесок "Навстречу Решениям 29-го съезда КПСС", "Партия-Ум, Честь и Совесть Нашей Эпохи" на "Х...Й - You Always Get Back To The Basics" or "Diamonds Are Not Forever! (Похоронное Бюро Братьев Дебирсян) - НЕ ЕСТЬ ЗАПАДНИЗМ!
А есть простая фальшивка и подделка под него. Как впрочем и было всегда в России на протяжении многих

веков, на протяжении многих фальшивок. Западнизм - есть демократия чистого разлива. См сравнительную таблицу двух социальных систем.

К моему огромному сожалению, слишком долго **Александр Солженицын** катил свое "**Красное Колесо**" из Америки в Россию. А когда прикатил никому оно там и не понадобилось, колесо то. Да и правда в нем не понадобилась. Разбежались люди "капитализм" строить. Слишком много правды, как в "ГУЛаге", отбивает чувство правды, набивает оскомину. Особенно для рядовых пешек российских СМИ, кто не читал, скорее всего, ни того, ни другого. А как же ложь? Ложь не набивает оскомины? Скорее всего нет. Посмотрите на министра информации Ирака который до последней секунды твердил как попугай одно и то же: "Американские войска не захватили еще Багдад. Это все пропаганда!". Твердил до тех пор пока не придавило его обломками статуи Саддама.

Преступник - это один плохой человек, преступная группа - это несколько преступников, мафиозная группировка - много хорошо организованных преступников. А как можно назвать государство основным преступлением которого является наглая, не замаскированная ничем, ложь? Преступно ли такое государство?

Всякое преступление должно быть наказано. Преступник должен быть пойман и посажен за решетку, преступная группировка разоружена, а мафия раскрыта. А что делать в этом случае с государством которое убивает людей пропагандой и ложью? Ничего. Государство, которое совершает преступления против своих граждан уже этим само себя наказывает. Его уже не нужно ловить и сажать за решетку, оно, как гнилой плод, каждая клетка которого нападает на соседнюю и так до тех пор, пока весь плод не развалиться на гниющие и разлагающиеся части. Государство, совершающее преступление против своих же сограждан является палачом самого себя.

Очень очень давно, наверное где-то в году 1974-м Александр Солженицын написал "Обращение к соотечественникам". Я просто вынужден привести кое-какие выдержки из этого обращения, которое еще больше актуально сегодня чем вчера:

"Когда-то мы не смели и шепотом шелестеть. Теперь вот пишем и читаем Самиздат. А уж друг другу-то сойдясь в курилках НИИ, от души нажалуемся: чего только они не накуролесят, куда только не тянут нас? И ненужное космическое хвастовство при разорении и бедности дома; и укрепление дальних диких режимов; и разжигание гражданских войн; и безрассудно вырастили Мао-Цзе-Дуна (на наши средства). И нас же на него погонят, и придется идти, куда денешься? И судят кого хотят, и здоровых загоняют в умалишенные - **все "они", а мы - бессильны**.

Уже до донышка доходит, уже всеобщая духовная гибель насунулась на нас всех, и физическая вот-вот запылает и сожжет нас и наших детей, - а мы по-прежнему все улыбаемся трусливо и лепечем косноязычно: "А чем же мы помешаем? У нас нет сил". Мы так безнадежно расчеловечились, что за сегодняшнюю скромную кормушку отдадим все принципы, душу свою, все усилия наших предков, все возможности для потомков - только бы не расстроить своего утлого существования. Не осталось у нас ни твердости, ни гордости, ни сердечного жара. Мы даже всеобщей атомной смерти не боимся, третьей мировой войны не боимся (может в щёлочку спрячемся), **мы только боимся шагов гражданского мужества! Нам только бы не оторваться от стада, не сделать шага в одиночку - и вдруг оказаться без белых батонов, без газовой колонки, без московской прописки.** Уж как долбили нам на политкружках, так в нас и вросло, удобно жить на весь век хорошо: среда, социальные условия, из них не выскочишь, бытие определяет сознание, мы-то при чем? Мы ничего не можем. **Мы можем все! Но сами себе лжем, чтобы себя успокоить. Никакие не "они" во всем виноваты - мы сами, только мы!**

... Когда насилие врывается в мирную людскую жизнь - его лицо пылает от самоуверенности, оно так и на флаге несет, и кричит: "Я- **Насилие!** Разойдись, расступись - раздавлю!". Но насилие быстро стареет, немного лет - оно уже не уверенно в себе, и чтобы держаться, чтобы выглядеть прилично, - непременно вызывает себе в союзники **Ложь.** Ибо: насилию нечем прокрыться, кроме лжи, а ложь может держаться только насилием. И не каждый день, не на каждое плечо кладет насилие свою тяжелую лапу: оно требует от нас только покорности лжи, ежедневного участия во лжи - и в этом вся верноподданность. **И здесь-то лежит пренебрегаемый нами, самый простой, самый доступный ключ к нашему освобождению: личное неучастие во лжи. Пусть ложь все покрыла, пусть ложь всем владеет, но в самом малом упремся: ПУСТЬ ВЛАДЕЕТ НЕ ЧЕРЕЗ МЕНЯ!**

**Наш путь: ни в чем не поддерживать лжи сознательно!** Осознав, где граница лжи (для каждого она еще по-разному видна), - отступиться от этой гангренной границы! Не подклеивать мертвых косточек и чешуек Идеологии, не сшивать гнилого тряпья - и мы поражены будем, как быстро и беспомощно ложь отпадет, и чему надлежит быть голым - то явится миру голым."

А это уже Солженицын в "Русской Мысли", в Париже сентября 2000-го года: "Я страдаю от того, что наше нынешнее государство основано на воровском фундаменте и с воровской идеологией. По сути всю ельцинскую эру у нас была национальная идеология, которую нечего было искать – "воруйте сколько проглотите". От этого начального рубежа мы не можем оздоровиться, мы не можем сейчас исправить своей репутации в мировом масштабе. Какие бы мы ни проводили международные встречи, а на нас поставлено клеймо - государство, пропитанное воровством, аппарат пропитан взяточничеством, основан на грабеже, и мы ничего не можем. От этого надо как-то избавляться - это большая проблема, но она над нами висит, она на самом деле пропитывает и гнетет нас".

А вот и пожелтевший выпуск "Нижегородских Новостей" за 28 октября 2002-го года. Это вам совсем не "Комсомольская Правда", не "Известия" и не "Коммерсант", и даже не strana.ru и не lenta.ru с вопросами к Солженицыну:
--- Как Вы оцениваете нынешнюю политическую обстановку в России?
--- Как тяжелейшую. Показная демократия.
Ко второстепенным признакам ее, среди которых не находится места для экономической и гражданской независимости жителей, для народной самодеятельности, - добавлены в сохранности худшие черты советской системы: бесконтрольность и непроницаемость решений и действий властей. В избирательных кампаниях решающее влияние принадлежит криминальным силам. Финансовые тузы контролируют целые регионы и вырываются из-под власти. Закулисные силы действуют и позади административного фасада. Всенародный референдум (по Конституции – "высшее выражение власти народа") вот оттеснен, запрещен - потому что власти боятся услышать народное мнение, оно опасно для властей. За последние 15 лет условия жизни большинства населения развалены. Миллионы изо всех сил выбиваются в труде и в полуголодной жизни. У множества нет средств на лекарства и медицинскую помощь. За годы "реформ" народное образование провалено, утеряно десятилетнее поколение. Перевес смертей над рождаемостью - до миллиона в год. Наступают наркотики и СПИД.

--- Каким вы видите будущее России?
--- Вижу - очень трудным. И никак не в торжествах..."

14 апреля 2003-го года

## Обзор произведений в номинации «Просто о жизни» (4-ый этап) [ www.litkonkurs.ru ]

"...в нашей литературе давно не происходит ничего концептуально осмысленного и вместе с тем энергетически-волевого. От попыток "насшибать бабок" подташнивает не только писателей, но и читателей".
Виктор Топоров, "Литературная Газета"

"Подумать только, как невольно, порой неожиданно для самого себя, можно стать очевидцем реальных событий, происходивших в жизни чужого человека... И как, подсмотрев частицу этой жизни, можно проникнуться этим, и из очевидца превратится в сопереживающего…"
Людмила РумБа, "История одной тетради"

"...рад, что прочитали. Спасибо. Представляю как это было нелегко". новожилов александр

Мой первый побудительный мотив к чтению – это, прежде всего, желание выслушать интересные истории, в основе которых и завязки и развязки, и тексты и контексты, и необычные темы и сюжеты, в конце-концов, живая жизнь в отображении автора, с героями и антигероями, с описанием событий и природно-пейзажного или городского окружения, с описанием не только внешней жизни героев, но и их внутреннего состояния: переживаний, мыслей, чувств.
Мой первый побудительный мотив – конкретный.

Мой второй побудительный мотив немножко абстрактный. Для облегчения тяжелой неподъёмной задачи оценки всех работ раздела "Просто о жизни" мне приходится включить свое воображение и войти в роль главного редактора – издателя первого виртуального сборника рассказов "Просто о жизни" из серии "Первые литературные дебюты", издательства RussPress.com. Итак, вхожу в роль: свет, камера, action! Поехали!

Начну с того, что просто сразило меня наповал – это полное отсутствие ну хоть какой-то самокритики у большинства авторов и абсолютно наплевательское отношение к процессу саморедактирования. Поясню что я имею в виду на одном из наглядных примеров. Перед вами коротенький отрывок из одного из произведений (с полным сохранением орфографии и пунктуации автора):

"Вдолль стены пустынного школьного коридора, часов в двеннадцать дня, пугливо озираясь и вздрагивая при каждом скрипе старых деревянных половиц, пробирался светловолосый всклокоченный мальчик лет 12. одна из дверей со скрипом отварилась и из нее показалась невысокая пожилая женщина - завуч школы. Мальчик силнее вздрогнул и шмыгнул за угол. за завучем шла учительница, держа в руках пухлую папку". Тяжелым просто неподъемным трудом для автора является написание первого слова нового предложения с большой быквы!? Откуда в таком раннем возрасте такая страстная "всклокоченная" уверенность в оригинальности и неповторимости своего гениального стиля? Не рановато ли быть гениальным не обучившись простым основам письма?

Любой первоначальный вариант любого текста требует авторской редакции. Обычно это делается как минимум в три этапа. Этап первый – рассказ написан, мы откладываем его в сторону и на пару дней (на недельку) забываем о нем. Этап второй – мы находим рассказ и с интересом его перечитываем глазами постороннего, обращая внимание на свое собственное впечатление от чтения рассказа и отвечая себе же на вопрос: "Читается ли рассказ с интересом?" Одновременно, читая рассказ размышляем над его стилем и содержанием: "Производит ли рассказ впечатление законченного произведения или чего-то в нем не хватает?" По ходу вносим стилистические и композиционные правки-сокращаем или удлинняем отдельные моменты.

На этапе третьем (опять же через пару дней) желательно прочитать рассказ вслух самому себе, или друзьям и знакомым, выслушать их критические замечания, и приступить к полной редакции орфографии и пунктуации. Как здесь не вспомнить крылатые слова Сенеки Младшего: "Свои способности человек может узнать, только попытавшись приложить их".

Что еще отсеялось моментально в ходе прочтения всех произведений авторов? Стихи (у нас достаточное количество поэтических разделов), миниатюры размером в 3-4 абзаца до странички (у нас есть раздел миниатюр), какие-то одномоментные зарисовки, произведения с большим количеством грамматических и стилистических ошибок, произведения ни о чем – без сюжета и без истории, без героев, без диалогов (к сожалению, зачастую и без мыслей), произведения сюжет которых растянут непомерно (в погоне за количеством слов и знаков?) и читать которые мука чистая, потому как совсем не интересно их читать и просто непродуктивно тратить на них время (это те произведения, о которых говорят: ну ни уму, ни сердцу, что тут скажешь). Сразу хочу предупредить всех авторов раздела "Просто о жизни", если оценка вашего произведения отсутствует, значит по тем или иным причинам оно попало в вышеописываемую категорию. **Оценить пришлось творчество 53-х авторов состоящее из 100 произведений**. Без обид. Вас очень много, я – один на весь раздел, читатель-обозреватель, виртуальный главный редактор. Итак, приступаем к чтению трудов.

**Натали** - Читаем "**Тайну за семью печатями**". Очень полезный информационный материал, статья, если угодно, о внутриутробной жизни еще не рожденного ребенка в ходе беременности матери. Композиционно статья описывает жизнь ребенка, его рост, развитие, воздействие окружающей среды на становление его ума, тела, души, психики в ходе каждого из девяти месяцев. Вот, например, что происходит с зародышем на втором месяце беременности: "Второй месяц беремености проходит под влиянием Луны, символизирующей Душу. Это время формирования подсознания и всех женских качеств человека. Происходит закладка безусловных реакций и инстинктов. В этот месяц опасны инфекции, лекарства, отравляющие вещества , алкоголь, курение.

Это период формирования в человеке отношения к роду, традициям, природе, матери, женщинам. В это время важно избегать отрацательных эмоций, взаимных обид и раздражений. Особый такт требуется в этот месяц от мужчины, многое зависит от его поведения, от того, насколько он внимателен и ласков.

Этот период также опасен для мысленного воздействия на плод. Раньше русские женщины в этот месяц уединялись, прятались от людей, старались больше молчать о своем состоянии, чтобы не вызывать ревность, зависть, "дурной глаз". Что же происходит тем временем в чреве матери? У четырехнедельного зародыша можно обнаружить три мозговых пузыря, зачатки глаз, спинного мозга. К семи неделям у него полностью формируются внешние и внутренние органы, фиксируются мозговые импульсы. Он уже не только воспринимает звуки из далекого мира родителей, но и отвечат на них толчками в переднюю стенку живота матери. Ребёнок обладает тактильной чувствительностью. Он реагирует на давление, отстраняясь от него, на боль, на прикосновение к подошвам его ног. В нашей стране узаконено убийство человека на этом этапе его жизни, называемое невинным выражением – "искуственное прерывание беременности".

Очень интересный и поучительный материал и мне, как воображаемому виртуальному главному редактору сборника "Просто о жизни" хотелось бы обязательно эту статью опубликовать, чтобы лишний раз напомнить читателю о нежности, хрупкости и чувствительности живого организма, особенно на начальной стадии развития. Лишний раз привлечь внимание к тому, что кирпичики таких основных человеческих черт, как "сила воли, сила духа, страсть, самолюбие, смелость или трусость, подлость или прямодушие" закладываются уже на 3-м месяце развития", а "формирование интеллектуальных , творческих, коммерческих способностей , стремление к знаниям, лени или подвижности, переменчивости или постоянству, лжи и воровству" происходит уже на 4-м месяце беременности. Удивительно восхитительно волшебно человеческое существо!

http://www.litkonkurs.ru/index.php?dr=45&tid=8466&p=5

**Елена Шуваева-Петросян** – рассказ «**В то лето...**». Один из спокойных и простых, незамысловатых рассказов. Читается легко. Повествование ведется от лица взрослеющей 13-ей девочки-девушки, рассказывающей о первой любви, об отношениях с родителями, о трудностях и прелестях взросления в условиях деревни:

"В то лето ей исполнилось тринадцать лет. Она спешила на велосипеде к отцу, который пас коз, чтобы покормить его горячим борщиком да сменить на пару часов, пока стадо, наевшись и напившись, лежало на тырле. Завидев Наташку отец улыбнувшись сказал:
- Вадимка щас свое стадо коров пригонить!
Наташка вспыхнула: "откуда батя знает, что этот солнечный мальчик, любимец всех девчонок в школе, и ей нравится". Поборов смущение, ответила:
- Ничего, лишь бы коз не разогнал, а то как я одна стадо соберу?!
Отец, пообедав, уехал. Она спустилась к реке. Лягушки квакали. На воде еле заметно колыхались белые лилии и кувшинки. Наташка подхватила легкое платье
и зашла в отрезвляющую голубизну, утопившую облака. Протянула руку, чтобы сорвать солнце, но... "нет, не буду все равно завянет , пока привезу домой...".
Села на камень, раскрыла книгу... Лермонтов... "Вадим"... Не читалось, глаза слипались от солнца, мысли вертелись около другого Вадима.
-И чево ты здесь, как кочка, сидишь? И на самом пекле... ,- она обернулась.

Он, такой красивый и сильный, возвышался на вороном коне. А волосы,

кудрявые, рыжие, спорили с самим солнцем.

- Пойдем в будку, я там собаке намордник шью...

Она покорно пошла. Рыжий пес лизнул ее ногу, дружелюбно виляя хвостом.»

http://www.litkonkurs.ru/index.php?dr=45&tid=5689&p=5

**Shelest** – как бы продолжает тему затронутую в рассказе Елены Шуваевой-Петросян своей очень теплой солнечной зарисовкой под названием "**Малина или немного о женском счастье**": "Спускаюсь по деревянной скрипучей лестнице, застланной самовязаными половиками. Выхожу за калитку. Дом моей бабушки напротив. Дощечатый забор, пожелтевший от снега и дождя, выбеленный известкой палисадник – бело-голубой от синьки, которую везде добавляет бабушка – "как небо летом и мороз зимой!". Перехожу дорогу. Теплая щебенка колет босые ноги. Осторожно ступаю, стараясь скорее добраться до места, откуда начинается мягкий ковер из травы. Останавливаюсь под черемухой.

…Разрослась ты, красавица, выросла. Давно ли была совсем маленьким деревцем. Не успели оглянуться, как из-за твоих ветвей уже не видно окон. Весной вся земля вокруг засыпана снежинками твоих цветов, а воздух наполнен головокружительным ароматом. Отцвела. Сейчас на веточках уже бурые ягодки, которые вяжут во рту. Почернеют недели через две - к середине июля…

Вхожу в ограду. Зеленый ковер из травы. В ней прячутся ветерок и солнечные зайчики. А какая жизнь кипит! Помню, очень любила, когда была маленькой, наблюдать за букашками, которые спешат куда-то или просто сидят без движения, на каком-нибудь листике-стебельке. Так интересно было, заглянуть в жизнь другого мира, где царят свои правила и порядки".

http://www.litkonkurs.ru/index.php?dr=45&tid=5780&p=5

**Alayia** – рассказ "**Записки одного человека**" - выдержки из дневника, или попросту размышлизмы. Вот один из них: "пятница, 6 Октября 2000 г. Если ты при общении с людьми пользуешься речью, обращаешься к ним, поучаешь, воспитываешь, похваливаешь, то это ничего не значит, кроме того, что твоя речь будет приносить тебе в разное время то пользу, то убыток, то радость, а иногда и горе. Не зря говорят "язык твой - враг твой". Если же в сердце твоем любовь и всякое движение твое, направленное к людям, наполнено любовью и пониманием, то обращение к людям будет носить совсем иной характер. Тогда речь будет называться проповедью, и слово станет учением и даст благодать, утешение и отраду. Проповедник жив в каждом. Испытание молчанием, а вслед за этим взвешивание каждого слова, а главное – любовь к истине рождает проповедника. Люди нуждаются не в рекламе или телефоне доверия. Им нужно две вещи: исповедь, чтобы высказать сокровенное, наболевшее и проповедь, чтобы принять благословение и научиться". Или, например вот этот кусочек: "среда, 4 Июля 2001 г. Вовсе не нужно исправлять некогда совершенное, просто требуется завершить начатое.". Очень интересно! Замечательные записки! Обязательно отправить в печать после незначительной редакции и легкой коррекции опечаток.
http://www.litkonkurs.ru/index.php?dr=45&tid=5377&p=5

**Donna** – рассказ "**Просто о жизни**", скорее всего можно разместить первым в первом сборнике "Просто о жизни": "Желание исполнилось, как и было обещано легендой. Мифы и легенды, поверья и суеверия! Почему она оказалась здесь, в этом номере, в мартовской холодной Праге? Возможно, лишь только потому, что она в мае прошлого года погладила золотую от бесчисленных прикосновений собачку с длинным тонким хвостиком, которая всем прикоснувшимся гарантирует возвращение в Прагу. Он не загадывал желания, но вместе с ней прикоснулся к собачке. Завтра утром он вернётся в Прагу. А она уже здесь и у неё есть целый вечер и целая ночь, чтобы сбросить с себя усталость от прожитой в сумерках питерской зимы. Почему в Петербурге всегда плохая погода? А этот бесконечный дождь? Свинцовое небо? О, как умеет Петербург нравиться своим гостям! Сколько восторгов ему дарят. Он умеет пленить своим имперским величием, мистикой белых ночей. Но! Будь осторожен! Попадая в сети его обаяния, ты становишься его рабом, ты начинаешь видеть все пороки своего хозяина, ты страдаешь от его несовершенства, но ты всего лишь раб. Это только иллюзия, что ты сам управляешь своей жизнью, что ты волен оставить своего хозяина. Петербург не отпустит тебя, даже если ты будешь за сотни тысяч километров от него. Ты будешь тосковать по его сумеркам, по белым ночам, по его тяжелому низкому небу, по бесконечному дождю. Ты будешь жить с желанием вернуться к нему."

http://www.litkonkurs.ru/index.php?dr=45&tid=8432&p=5

**Эдуард Снежин** – выступил с коротким рассказом "**По вызову**". Очень оригинально выписана завязка сюжета рассказа: "И решил Иван повеситься от такой жизни. Смастерил петлю из ремня и зацепил за изгиб трубы у потолка в туалете. Да тут, вдруг, захотел по большому. Присел Иван на унитаз, смотрит окурок "Явы" в углу на плитке валяется. Приличный. Закурил. Пошарил рукой за унитазом – ба! Бутылку нащупал, а в ней портвейна не меньше пары глотков. Покурил Иван, попил и думает: "Жизнь налаживается!" И не стал вешаться."

http://www.litkonkurs.ru/index.php?dr=45&tid=8199&p=5

**Лара Федорова (Чайка)** – "Сильно и мучительно правдоподобно...", Ренфри о рассказе "**Новогодняя Барби**". Сюжет рассказа очень простой – Дед Мороз со Снегурочкой (Сергей со Светой) развозят по квартирам сотрудников новогодние подарки: "Подарки готовили двойные, профком выделил деньги на набор хороших конфет, не разменинаясь на покупку маленьких дешёвых игрушек, да и вообще, где это сейчас можно найти дешёвые, а родители - и бабушки, и дедушки или вносили деньги на подарок, оговаривая какой,

или сами покупали что-то своим чадам. Женщинам занимающимся подарками пришлось попотеть даже в декабрьские морозы, бегая по магазинам. Подарки разложили в красивые пакеты, наклеили на каждый липкие листочки с именем и фамилией ребенка. Содержимое подарков обсуждалось, сравнивались стоимость, размеры.
- Подводим итоги, бабоньки, - говорила Валя из канцелярии, высокая худая женщина, мать троих детей – всего 43 подарка это детям, кому еще нет 12 лет.  24 - внукам, причем двоим, кто постарше, но бабушки пожелали сами и на конфеты деньги выделить, и только 19 – деткам наших сотрудников. Редеют детские ряды, редеют, рожать не хотят, скоро одни внуки останутся". В ходе развоза подарков на глаза Деду Морозу со Снегурочкой попадаются двое детей из семьи родителей-пьяниц и Сергей со Светой тоже решают подарить им подарками. Что из этой затеи вышло читайте в рассказе Лары Федоровой (Чайки).
http://www.litkonkurs.ru/index.php?dr=45&tid=7028&p=5

**Валерий Белолис** – рассказ **"Возвращение"**: "Я её не видел. Она сидела спиной, не возражала, не противилась, смотрела в окно. В вагоне электрички людей немного. Старик, женщина, тщедушный "студент". Значит опять мне, рыжему. И на пятнадцать… а потом и на… "Ворота железные захлопнулись за спиной и я вздрогнул!". Смалодушничал. Встал. Пошел по проходу. Подумал, если не "цепанутся", пройду и уйду… в другой вагон. Не нужно мне это счастье рыжим быть. Ребятки, чистокровные сосунки, все в театральной бутафории: грим, железки, цепочки, стрижечки. Черт их разберет: рокеры, панки, рейверы, металлисты…

За четыре года "железных ворот" и общения с майором все это выросло, как плесень, как грибок, заплодило все темные пустые и сырые углы, разрослось. Каждый норовит себя показать, выделиться, выразиться. У каждого в голове дребедень из секса, фарцовки, бицепсов и шкуры своей, импортной или собственной. Но главное: собственное я –

центр мироздания. В душу не лезь – убьет! Или убью! Самому-то в душу свою заглянуть страшно. Темно. Пропасть! А может и мелкота, но темно же… еще фонарик искать. В голове возникло для всех для них определяющее слово – "манекены". "Манекены…" Был ли я таким? Вот вопрос – бьёт наотмашь. Я уже копаюсь в своей душе три года. Вместе с майором. Год не мог. "Темно, страшно, да и больно…" Отец… после всего моего… умер. Мать спилась… А было то как до "моего"… Ох. Не сейчас… Зальюсь слезами внутренними, начну себя колошматить, душу выверну – заверну, выкручу – успокоюсь…".
http://www.litkonkurs.ru/index.php?dr=45&tid=7747&p=5

**Татьяна Артемьева** - читаем рассказ "Жертва эротических сигналов" с вот такими красивыми строчками внутри: "С залива дул колючий порывистый ветер. Вздувшаяся под его натиском Нева упрямо прокладывала себе путь на запад. Её свинцовые воды за гранитным парапетом дышали холодом. Из низких серых туч, дымно стелящихся над городом, сыпался мелкий тоскливый дождь. Аня подняла воротник и, подставив ветру горящее лицо, скользнула глазами по Петропавловке, силуэт которой темнел на другом берегу. Но сегодня, так любимый ею стройный абрис шпиля с ангелом на кресте, вызвал лишь болезненные ассоциации: шпиль показался Ане иглой шприца, вонзившейся в рыхлое брюхо низкого октябрьского неба". К сожалению, рассказ теряет дыхание где-то на середине, там где героиня споткнулась на выходе из автобуса. Начало рассказа выписано хорошо. В печать сборника "Просто о жизни" направим другой рассказ под названием "**Когда-то его звали просто Денисом**".
http://www.litkonkurs.ru/index.php?dr=45&tid=9165&p=5

**Кудинов Илья Михайлович** – рассказ "**Интервью с писателем**". Казалось бы ничего примечательного – обыденное интервью, стандартные вопросы и ответы:

- Какой знак препинания у Вас самый любимый?
- Многоточие. И скобки. Хотя, может быть, раз я так говорю, это можно истолковать, как признание в собственном бессилии – ставит человек повсюду многоточия, да ещё обязательно дополняет самого себя замечаниями в скобках. Не может быть, чтобы его просто так поняли. Но только я сам никакого бессилия не ощущаю. А мог бы. Это ведь что-то вроде хорошего тона для писателя – признаваться публично "насколько ты ничтожен и слаб перед внутренним образом того, что тебе на самом деле хотелось рассказать людям…". Ну и так далее и тому подобное…". Однако чуть погодя в таком обыденном домашнем интервью нас ожидает скользкий поворот. Не оступись, читатель!

http://www.litkonkurs.ru/index.php?dr=45&tid=5198&p=5

**Валентина Криш (Пирель)** – рассказ "**Пересказанная жизнь**" написан в форме монолога-исповеди любимому человеку. Заметно обилие многоточий, но что приятно, здесь многоточия к месту:

"Вот и я опять…здравствуй, хороший мой. Как ты сегодня? В подъезде столкнулась с Анной Федоровной, с первого этажа. Знаешь, она просто светилась от счастья - ее внучка сделала свои первые шаги - сама прошла от манежика до дивана, где сидела мама. Видел бы ты лицо Анны Федоровны… Мне казалось, она готова обнять весь мир… Если бы счастье можно было улавливать, собирать в бутылочки, а потом выпускать где-то в другом месте… её счастьем можно было бы наполнить целую девятиэтажку… В доме не осталось бы ни одного хмурого лица, а Анна Федоровна даже не заметила бы, что часть её эмоций ушла - потому что это была бы ничтожно малая часть…
А в доме напротив живет одна старушка…По-моему, ты видел её… Ее невозможно не заметить… Она всегда сидит на лавочке возле подъезда, смотрит, кто куда идёт, кто откуда пришёл, у кого новая машина, да кто домой с букетом идет, а кто - с набитыми сетками... Она знает всё и обо всех... Её не особо любят в нашем дворе, называют БиБиСи - за то,

что знает вещи, которые многие предпочли бы сохранить в тайне... А за что её не любить? Если подумать - она просто страшно одинока... Муж давно умер, дети есть, но где-то далеко... Дочь, кажется, за границей, сын - в другом городе... Они помогают матери, присылают деньги, платят за квартиру... Вот только ни один, ни вторая так и не подарили ей внуков... Вот так, родив двоих детей, она осталась ни с чем... жаль ее...» В конце рассказа нас ожидает божественный подарок.
http://www.litkonkurs.ru/index.php?dr=45&tid=7335&p=5

**S.O.F.** – рассказ «**Победители**» уносит нас к победному окончанию Великой Отечественной Войны, празднованию Дня Победы в одном из прифронтовых госпиталей:
"Неожиданно раздался истошный вопль. Непохоже на крик от боли, скорее человек кричал какое-то слово, причем, вроде бы одно и то же, но разобрать, что он кричит, Иван не смог. Соседи по палате тоже прислушивались, пока старший сержант Васька по прозвищу Машинист, не завопил сам во все горло.
- Победа! Братцы славяне, победа!
Точно! Тот человек внизу и орал это единственное слово – победа, победа…
Иван откинулся на подушку. Вот оно, пришло наконец. Ждали со дня на день, наши уже в Берлине, приканчивают гада в своем логове, и… Гитлер капут! Все, победа. Кончилась война, больше никто не будет умирать…
В палату на одном костыле из соседей палаты приковылял Николай Николаевич, старшина его роты. Наде же случиться такому - их и ранили в один день, и в госпиталь один и тот же угодили.
- Капитан, слышишь, победа! Дожили, дошли, Митрофаныч… Теперь всё, войне конец, теперь все по домам». Правдивая неожиданная концовка рассказа отправляет главных героев, к сожалению, совсем по другим домам.
http://www.litkonkurs.ru/index.php?dr=45&tid=9649&p=5

**Нурушев Руслан** – из войны почти забытой возвращаемся в армию дня сегодняшнего – страну "Дедов" и "Духов" вместе с рассказом "**По ком не звонит колокол**":

"... Доставалось Андрею, вообще-то, до последнего времени не больше чем другим молодым, скажем так, в обычную меру, но все перевернулось две недели тому назад. В тот день Андрей получил письмо: взглянув на конверт, он радостно затрепетал - наконец-то! - он узнал почерк, аккуратный, убористый. Разорвав дрожащими руками конверт, он лихорадочно развернул листок и, не прочитав его, но найдя внизу подпись "Аня", прижал письмо к груди с глупой, но счастливой улыбкой на лице. Все-таки она! Разве можно объяснить, что творится в душе молодого солдата, получившего первую весточку от своей девушки? Андрей, всё еще блаженно улыбаясь, развернул листок. Он ещё не знал, что там. "Здравствуй, Андрей! Извини, что так долго не писала, но просто не могла никак решиться на этот разговор. Дело в том, ты только не расстраивайся и не переживай, но нам лучше расстаться. Я встретила другого человека..." За окном наступал вечер, на плацу кто-то перекликался, солдаты готовились к отбою, лишь Андрей всё сидел на прежнем месте - неподвижный, бледный, - а рядом, на полу, лежал листок бумаги, исписанный чьим-то аккуратным почерком. В ту ночь он впервые плакал в подушку, а когда встал на следующее утро, понял - в нём что-то сгорело и осталась лишь непонятная злоба - неопределимая, глухая, вселенская злость на весь мир. И в тот же день он нарвался на Сливченко, прозванного за жестокое, можно сказать, патологически жестокое отношение к молодым - "духобором". Дело было вечером, уже после поверки, когда солдаты, столпившись в туалетной комнате, готовились к отбою: стирали майки, мыли ноги, в общем, приводили себя в порядок. Андрей стоял в сторонке, ожидая очереди, когда его окликнул Сливченко:
- Эй, Чулок, в кубрик смотайся, бритву мою принеси!
Андрей позже так и не понял, что на него тогда нашло. То, что требовал от него Слива, как звали его все в батальоне, не могло считаться особым унижением для молодого. Разве

это унижение? Любой "дед" только бы рассмеялся. Унижение, еще может быть, это когда заставляют грязные брюки стирать или бегать ночью по казарме с раскинутыми руками, изображая самолет, "дедушек" веселя на сон грядущий, а принести чего-нибудь по мелочи, когда "дед" просит, это даже честь. Но Андрей в тот момент так не считал - он поднял голову и усмехнулся:
- Может тебе ещё тумбочку приволочь?»
http://www.litkonkurs.ru/index.php?dr=45&tid=8106&p=5

**Артемий Нинбург** – очень симпатичная короткая зарисовка "**Запомни меня вчерашней**": «Вспомнилось - Хибины. Нам было по пятнадцать с хвостиком,
мы были глупы, бесшабашны, влюблены, и безоговорочно счастливы. О, как мы были счастливы! Мы поехали тогда автостопом в Хибины, добрались до Кировска и просто полезли в горы. Спустились мы оттуда почти через месяц, чудом не попав в лавину и в лапы свирепого медведя-шатуна, уставшие, голодные, но гордые и по-прежнему счастливые.

А потом мы встретились через долгие двадцать лет, но ты уже всё забыла, ты совсем ничего не помнила. Ты забыла, как на вершину легло облако, туман укутал нас молочно-белой ватой, и мы потерялись, как не было слышно даже наших шагов и криков, мы не могли найти друг друга весь день. А потом туман рассеялся и я увидел, что ты сидишь на камне, на самом краю обрыва, и плачешь. Когда я подошел, ты посмотрела на меня сквозь слезы и тихо произнесла:
- Ты ведь никогда меня не бросишь, правда?
- Правда, - ответил я, - обещаю.
Я сдержал слово, но все-таки мы встретились снова только через двадцать лет.
И ты уже ничего не помнила. Я рассказывал тебе всё, что с нами было, а ты искренне удивлялась:
- Какие мы были тогда счастливые!»
http://www.litkonkurs.ru/index.php?dr=45&tid=9443&p=5

**Тварька** – не могу сказать чем меня привлек рассказ «**Возвращение**». Что-то в нем есть. Третий раз перечитываю, не могу понять, что. Есть, конечно, погрешности и опечатки, но есть еще что-то. Что? Какая то мистика. Однозначно, рассказ попадает в сборник. Пусть читатель отгадывает.
http://www.litkonkurs.ru/index.php?dr=45&tid=2857

**Алексей Анатольевич Карелин** – рассказ «**Дорогой мой дневник**». Через краткие записи в дневнике проходит жизнь всех потерянных поколений коммунистической системы: "… Дорогой мой дневник! Я родила девочку! Кареглазая, она так похожа на мужа! Молока у меня, хоть отбавляй!..
… Дорогой мой дневник! Меня бросил муж! Даже не сказал ничего. Просто однажды взял и не пришёл домой. Я сначала кинулась его искать, а потом посмотрела, вещей то его нет, да еще и моей красной кофточки и денег…
… Дорогой мой дневник! Отдала дочку Машу в ясли, и вышла на работу. Молоко приходиться сцеживать. Работы много, так, что часто оно прокисает. Грудь тянет, и она болит. Обидно до слёз…
… Дорогой мой дневник! Уже месяц, как идёт Финская война. На моего блудного мужа пришла похоронка, ведь мы так и не развелись. Теперь, по его смерти, буду получать пенсионные по утере кормильца. Чудно как-то! Надо же ему было погибнуть, чтобы он начал помогать своей семье!..
… Дорогой мой дневник! Я во второй раз вышла замуж. Какой хороший человек! Добрый и не пьёт! Мою Машеньку он полюбил, как родную. Железнодорожник. Машинист тепловоза. Почти, как лётчик, и форма такая красивая-красивая! Мы с ним познакомились случайно. Я вышла после своей смены вместо заболевшей официантки, и пролила на него суп…. Подумать только! Завтра мы ведем нашу Машеньку в первый класс. Мы с дочкой взяли фамилию мужа. Господи! Неужели жизнь налаживается!..

... Дорогой мой дневник! Молотов объявил, что началась война! Страшно–то как! За два дня до этого из магазинов исчезли все продукты, а у нас дома шаром покати! Мешок картошки, и всё. Мой Сеня ушёл добровольцем на фронт! Господи! Ведь я же беременна!..". Второй рассказ Алексея Анатольевича "**Скинхед**" тоже отправляем в сборник. Совпадения предсказуемы и закономерны не только в литературе, но и в жизни реальной.

http://www.litkonkurs.ru/index.php?dr=45&tid=9760&p=5
http://www.litkonkurs.ru/index.php?dr=45&tid=8701&p=5

**Эдуард Караш** – рассказом "**Где обитают русалки**" продолжает описание жизни людей в тяжелые переходные 90-е годы 20-го века, годы развала Советского Союза и вымирания так и не достроенной коммунистической системы "с человеческим лицом": "Доброта бывает разной. Добрых людей множество. И все добры по-разному. Я не принимаю в расчет добреньких – те всегда себе на уме: "Тю-тю-тю, – ребеночку на руках соседа, – а кто хочет конфетку.?.. ", а в мыслях: "откуда такие противные сопливцы берутся, ну весь в отца"; или на работе: "Ничего, идите, не беспокойтесь, я прекрасно справлюсь сам, поздравьте и от меня супругу...", а потом – начальству: "Сачок редкий, так и норовит ускользнуть по любому поводу..." Не о них речь. Но и по-настоящему добрый человек может быть добрым, услужливым и щедрым не всегда и не ко всем, а выборочно, по настроению или руководствуясь какими-то, лишь ему известными критериями. Мне повезло. Я много лет был знаком и даже дружен с человеком, для которого быть добрым было так же естественно, как дышать или, к примеру, болеть за футбольную команду бакинского "Нефтчи", кроме дней её встреч с ереванским "Араратом". Звали его Андроник (в обиходе – Андрей) Артёмович Аветисян, и он, конечно, не был Христосом во плоти, хоть и принадлежал к христианской вере. Боюсь, что он не перечислил бы десяти заповедей из Нагорной Проповеди, хотя в жизни, возможно, следовал и большему их числу. Да и внешне его бы никто с сыном господним не спутал – типичный профиль с

горбатым носом, соответствующим присказке "на двоих рос, одному достался", чуть сутуловат, хрипловатый голос с характерным армянским акцентом. Эта характерность облика и речи и послужила причиной его трагической гибели в смутное время 1990 года. Да, и еще собственная "Волга" ГАЗ-21. Но обо всем по порядку."
http://www.litkonkurs.ru/index.php?dr=45&tid=8648&p=5

**Дмитрий** – рассказ "**Клиф**" об одиночестве среди людей , о взаимоотношениях человека и собаки: "...Он нашел ее, когда о репатриации в Израиль и думать не думал. Подобрал щенка зимой, ночью на Крещатике. У гостиницы "Киев", возле площадки, откуда обычно отправлялись в турне международные туристические "Икарусы". Отошел последний. С немцами. В клубах белого дыма, среди синих сугробов вдруг увидел, как панически мечется и скулит собачонка на холодной платформе. Пронзительно плачет, проваливаясь в глубоком снегу. Ее забыли, недосчитались нерасторопные хозяева.
Песика дрожащего всем телом принес домой в зимней шапке. Дома поставил на стол и при нормальном свете хорошо рассмотрел горе туриста. Это был красивый шоколадного цвета щенок с мордочкой, аристократа, с умными черными глазками. Он сразу полюбил это малюсенькое животное больше всего на свете. Сердцем навсегда привязался к нему.
Сегодня, когда прошло так много лет Витя, к собственному ужасу, замирая всей душой перед очевидным признанием этого факта, озираясь вокруг себя, вынужден признаться в следующем: дороже и роднее человека, чем Клиф у него никого нет. Нет у него никого преданнее, чем этот высокий поджарый пес с грациозным, мгновенным приседанием на задние лапы, как если бы он стоял на тропе охоты и выслеживал дичь. У него повадки собаки, высоко знающей себе цену. Нет у него в мире ближе живого существа. Именно сегодня, осознание этого факта, посреди свалившейся внезапно тяжелой болезни, бьёт наотмашь. И защититься ему нечем. И нечего предъявить тяжёлой напасти, чтоб хоть как-то защититься. Разве что Клифа. Пес

ему и заступник, и советчик, и спасательный круг в жестоком море непонимания и боли. Не игрушка, а отзывчивая, родная душа. С ним можно поговорить, насладиться тишиной пронизанной абсолютным пониманием. Эта гармония нарушается лишь за редким исключением. Допустим, когда от хозяина пахнет спиртным. Как сегодня утром."
http://www.litkonkurs.ru/index.php?dr=45&tid=5879&p=5

**Анна Рулевская** – замечательный рассказ "**Воздвиженский и Аушвиц**":
"Аушвиц оказался лучше меня. Он подобрал Лену и женился на ней. Он перевелся на вечернее, устроился лаборантом, бегал по утрам на молочную кухню и даже стирал пелёнки. Он не поехал в Питер год спустя, не познакомился с N., не трахнул его молодую жену. Он не носил передачи ему в тюрьму, не встречался с иностранными корреспондентами и правозащитниками. Он не помог переправить за рубеж последнюю рукопись N. Не писал статей в самиздатовский журнал. Не подписывал писем, не давал интервью, не хамил сотрудникам КГБ. Не фарцевал. Не женился на немке, не получил гражданства. Не вернулся вовремя в страну. Не примкнул к "застрельщикам перестройки". Не вдыхал полной грудью воздух свободы. Не защищал Белый дом. Не выступал по телевидению, не писал в газеты. Не разводился с немкой. Не ездил на фестивали. Не сидел в президиумах. Не имел короткого бурного романа с молодой американской кинозвездой одним московским июлем. Не стал лицом известной коньячной марки. Не женился на телезвезде. Не стал главным редактором скандального журнала. Не занимался любовью с двумя женщинами одновременно. Не проводил семинаров. Не соблазнял студенток. Не умел сочинять статьи на любые темы. Не стал маститым литературным критиком. Не развелся с телезвездой. Не женился на студентке. Не спорил о литературе с писателями и о политике с политиками. Не начал в последние годы испытывать приятную и расслабляющую экзистенциальную усталость. Не изменял из принципа студентке. Не бросал

курить и не садился на диету. Не ездил в Сидней и Баден Баден. Честно говоря, я не понимаю, как и зачем он остался в живых." Иронично-трагический рассказ. Читается на одном дыхании. Так мало главных действующих лиц, но так много простой жизни.
http://www.litkonkurs.ru/index.php?dr=45&tid=5170&p=5

**Гилев Игорь Борисович** – классический рассказ «**Сон в дембельскую ночь**» о классической службе в советской армии рядового Бобрушева. Рассказ посвящается Матерям, чьи сыновья скоро начнут срочную службу в вооружённых силах, либо уже служат, либо… погибли по вине "дедовщины":

"- Май-85, подъём! Подъём, бля…
Старший сержант Ирмяков, по кличке Урюк, подошёл к не сразу проснувшемуся,
а потому замешкавшемуся Бобрушеву. На руку намотан ремень со свободно свисающей бляхой.
- Да хирена пхираслюжиль, салабон? – на изувеченном до неузнавания русском спросил "дед". Глухой звук удара, бляха попала по руке и Сергея мигом "сдуло" со второго яруса.
Оправившись от следующего удара сапогом в живот, он замер по стойке "смирно".
- Салабоны, - лениво прогундосил в нос сержант Пидворенко, прозванный Хохлом, - что-то комары спать мешают.
- В общем так, - вынув изо рта сигарету, поставил "боевую" задачу другой "дед". Вас здесь двенадцать человек. Каждый показывает мне по десятку убитых комаров, муха – канает за два комара, и спокойно спит до официального подъёма в шесть утра.
- Пошёл!
Палатка сразу наполнилась суетящимися, неуклюжими фигурами в трусах и майках, прыгающими на стенки палатки и бьющими каждый своей пилоткой комаров и мух". Второй рассказ "**Фобия**" тоже хорош, о восходящих современных российских "звездах" в эпоху "большого

прыжка": "Шесть тяжелейших лет сплошного пота и, как я уже замечал, нередко и крови – дали свои результаты. Теперь трудно сказать, знают ли во всём мире меня, потому, что я работаю на Ялтинской киностудии, или Ялтинская киностудия знаменита мною. Да это и неважно. Важно то, что, в конце концов, я добился в жизни всего, чего хотел. Абсолютно всего! Я имею всё, чего бы ни пожелал. Лучшие особняки, яхты, несколько десятков островов... Я меняю машины, как перчатки, а женщин ещё чаще – они более дешёвый и, к тому же, скоропортящийся товар. Я обладаю такой властью, какая не снилась ни одному президенту. Я вездесущ (кино), всемогущ (средства массовой информации, в том числе и сотни собственных телерадиокомпаний, газет и журналов) и всеведущ (служба общественного мониторинга и личной безопасности)...

...Я боюсь только одного... проснуться..."

http://www.litkonkurs.ru/index.php?dr=45&tid=6791&p=5
http://www.litkonkurs.ru/index.php?dr=45&tid=6794&p=5


**Андрей Литвинцев** – рассказом-монологом **"Терминологический словарь"** продолжает тему начатую Гилевым о жизни в условиях системы: "Человек. Доминирующая единица жизни на земле. Обречён на самое жалкое существование - хаотический поиск абстракций. Когда животные чувства на время успокоены – (одетый и сытый) он, сидя на диване, думает о бесконечном космосе, о правде, о любви, о птичьем полёте, о снах, о счастье. Человек наделён умением мечтать.
Выработанная система мозга реализовывать в нереальном мире свои душевные порывы, алчные слюноглотания, планы мести – в общем, всевозможные виды жажды. Я начал пользоваться этим умением ещё в детстве. С каждым годом мечты изменяли угол своего полёта и поднимались выше. Так было до 23 лет. Затем невыносимость бытия, или развеянная временем утопия, превратила мои святые мечты во что-то гадко пошлое – наверное, я повзрослел. Желания: летать над городом заменилось на покупку квартиры; увидеть закат на вершине тибетской горы – на извращённый половой акт; мечта пройтись строем перед римским

императором в качестве кентуриона – на увеличение объёма груди моей подруги… Это момент прихода пустоты… Злой демон смотрящий в окно на движение машин в протяжении всей ночи… Я не мог его победить… Сам не мог…»
http://www.litkonkurs.ru/index.php?dr=45&tid=6913

**Людмила РумБа** – рассказ-исповедь "**История одной тетради**". Рассказ в рассказе: "Спрятав тетрадь между книгами в, так называемый, "тайник" (который, впрочем, до этого ни разу не был использован "по назначению"), я быстро надела костюм и направилась в гостиную. Войдя туда, я увидела маму, мило беседующую с какой-то незнакомой женщиной. Я осторожно начала её рассматривать, и, хотя она сидела ко мне боком, успела рассмотреть обворожительную улыбку и хорошую, немало меня поразившую, осанку.

Я тихо села на стул возле двери, и пользуясь тем, что осталась незамеченной, прислушалась к идущему разговору. Видимо разговор только начался, так как уже через пару минут я поняла, что женщина - дочь бывших хозяев дачи, и что она приехала с сыном забрать некоторые оставленные ими вещи… Только здесь я заметила молодого юношу, стоявшего в дальнем углу комнаты и смотревшего, видимо, все это время на меня. Смущённая я выскочила из гостиной и побежала в свою комнату.

"Неужели это Она?.. — лихорадочно думала я. — Неужели это и есть хозяйка обнаруженного мной дневника?.. Почему-то я представляла её с грустными глазами и неизгладимой печатью страданий на лице. А у нее, наоборот... Открытое лицо и …эта непонятная улыбка… Хотя, может, это совсем и не она!..
Боже, что же мне делать с найденным дневником? Ведь они, наверное, захотят забрать и все те вещи, которые находятся на чердаке?!.."
http://www.litkonkurs.ru/index.php?dr=45&tid=9037&p=5

**Пизанская Башня** - рассказ "**Упрощенное судопроизводство**" перекликается с рассказом Валерия Белолиса "Возвращение", только заканчивается более драматически: "Хлопнула дверь. В наш вагон развязной походкой вошли двое молодых ребят, одетых в ужасные вьетнамские ветровки, несмотря на жару. Они по-хозяйски озирались, цепляя взглядом пассажиров, и медленно продвигались по рядам. Дойдя до воркующей парочки (Игорь и его девушка), они плюхнулись на противоположную скамейку. В мою сонную голову пришла ленивая мысль:

"Сейчас что-то будет". Влюбленные замолчали, и это было очень заметно на фоне продолжающихся разговоров других людей. Прошло несколько минут.
Пришедшие парни завязали с Игорем разговор, сплошь состоявший из жаргона и "ненормативной лексики". Народ затих, все ждали развязки. Вдруг Белобрысый
(я не помню их имен) схватил Игоря за воротник, а Ушастый подсел к девушке. Смысл "беседы" был прост и незатейлив - отдай мамзель, она нам нужнее.
Я раздумывал, в какой момент нужно будет вмешаться. На помощь незадачливого Ромео рассчитывать затруднительно - комплекция у него мелковата, да и сдрейфил паренёк. С противоположного конца вагона раздался приятный мужской баритон:
- Может, и ко мне будете приставать, мальчики?".
http://www.litkonkurs.ru/index.php?dr=45&tid=1664

И в заключение обзора мне бы хотелось порадовать читателей вот таким простым о жизни подарочным диалогом:
"-- Так ты говоришь, что Бог существует только для тех, кто в него верит и совсем не существует для тех, кто в него не верит?
-- Так и говорю.
-- Как же так получается? Ты сам то в Бога веришь?
-- Верю.
-- Но человеком религиозным себя не считаешь?

-- Не считаю. Религии придуманы людьми. Бог не имеет к ним никакого отношения.

-- Постой, постой. Так кто же тогда Бог?

-- На мой взгляд, Бог есть любовь, единое внеземное и внепланетное универсальное сознание. Бог есть красота и прелесть жизни, творец созидания мира и гармонии, всего сущего на земле и в небе. Бог есть Творец ума, души и тела каждого живого организма. Частица Бога, зернышко его универсального сознания живет в каждом из нас. Для одних это зернышко прорастает и начинает плодоносить, помогая жить честно-интересно, творить и созидать, для других — зернышко это так и сгнивает на корню без всходов, помогая лгать, обманывать, разрушать и убивать. Со временем души людские, обогащенные опытом и мудростью жизни, Бог забирает в свою копилку. А разрушителей и убийц он отправляет в ад, чистилище на перевоспитание.

-- Ты хочешь сказать, что ты веришь в жизнь загробную?

-- Нет, в жизнь загробную я не верю. Нет там никакой жизни, в привычном понимании слова. Но из тех частиц универсального сознания которые попали к Богу в копилку вновь рождаются новые умы, тела и души. Рождается новая любовь и новая красота. И у каждой души есть свое зернышко. Изначально все равны перед Богом. И выбор что делать со своим зернышком за каждым из нас."

Почти подойдя вплотную к концу моего обзорного повествования мне хотелось бы задать вам, уважаемые читатели, пару простых вопросов: "Где и когда состоялся этот диалог? В каком веке, в какой стране, между какими людьми? И что, если этот диалог не состоялся никогда и нигде? Имеет ли этот диалог право на проживание в реальности дня сегодняшнего?". Закончить сегодняшний обзор хочу словами Андрея Тарковского: "Единственная реальность — это душа художника.
Все остальное материал".

http://www.litkonkurs.ru

2004

## Наимудрейший Шут Гороховый 2005 (or Mr. Who-й?)

"Если он не идиот, то должен бояться. Скольких таких "не боящихся" перебывало в истории последних десятилетий, которых вешали вниз головой за яйца люди, которые еще недавно в восторге и ужасе глазели на своих правителей. Людям всего лишь нужно догадаться, что перед ними обыкновенный негодяй из плоти и крови."
Ника, 3-25-2005

Интересно, так кто же он такой этот один из наиболее известных политиков в мире? Кто же этот человек - политик, который родился 30 августа 1954 года в городском поселке Копысь Ор...ого района Ви...ской области? Кто же этот человек - политик, который в детстве рос без отца? Кто умудрился закончить два высших учебных заведения: Мо...ский государственный университет им. А.А.Кулешова (1975) и Бе...скую сельскохозяйственную академию (1985). Кто же этот несравненный историк и великий экономист? Неужели это наш Герой - наимудрейший Шут Гороховый 2005 (или, по простому, по селянски Мистер Who-й).
Кто он?

Кто же этот человек - идеал трудолюбия, комсомольско-партийный хозяйственный работник неустанно проявляющий инициативу и добивающийся положительных результатов на каждом участке работы? Кто же он этот великий лидер масс, пользующийся неутомимой поддержкой трудового народа? Кто вынес на своих хилых плечах два строгих выговора по партийной линии – "за то, что не умел промолчать"? Неужели это наш Герой - наимудрейший Шут Гороховый 2005 (или, по простому, по селянски Мистер Who-й).

Кто же этот народный депутат решительно выступающий во всех парламентских дебатах и яростно критикующий любые крайние диктаторские точки зрения политиков, при этом успевая обнажать все слабые стороны их недалеких позиций? Кто же этот великий политик предельно откровенно высказывающий свои взгляды по сложнейшим проблемам современности? Кто непримирим к демагогии, конъюнктуре, возмущен формальным отношением к судьбам народа? Неужели это наш Герой - наимудрейший Шут Гороховый 2005 (или, по простому, по селянски Мистер Who-й).

Кто набрался опыта как воровать и покрывать хищения в особо крупных размерах, будучи на посту председателя комиссии Верховного Совета по борьбе с коррупцией (так её называли в народе)? Кто совершенно бескорыстно (всего 12 миллиардов долларов на счетах в иностранных банках) проявил себя как активный и бескомпромиссный народный депутат со своей особой позицией по главным направлениям обворовывания и дерьмократизации страны?

Неужели это все тот же гений политики, который был избран Президентом Республики Бе...сь 10 июля 1994 года после сложной борьбы с пятью другими кандидатами, представлявшими весь спектр политических сил страны? Неужели это тот борец за свободу и права человека кто получил более 80% голосов избирателей и в условиях нараставшего кризиса, резкого падения уровня жизни большинства народа резко приступил к последовательному оплёвыванию программных обещаний?

Кто же этот председатель колхоза, который подмял под себя всю власть и выстроил все атрибуты диктаторского дерьмократического государства, включая - молчащий поддакивающий искусственный парламент, продажное правительство, полностью зависимую от решений диктатора судебную систему, прокуратуру и вооруженные силы? Кто полностью обрушил и сфальсифицировал связь народа и государства, используя все государственные средства массовой информации? Кто полностью идеологически и диктаторски оболванил народ? Кто же этот Усатый Диктатор, ввергнувший всю страну в обстановку безнадёжности, пессимизма и апатии?

Кто помог своими безмозглыми законами простым людям скатиться в бездны нищеты и утраты своей индивидуальности, разрушить экономику и вековую мораль? Неужели это наш Герой - наимудрейший Шут Гороховый 2005 (или, по простому, по селянски Мистер Who-й)?

Итак, кого уже сегодня можно наказать лишением свободы, пожизненным заключением, или смертной казнью по статье 128, главы 17 Уголовного кодекса РБ, в которой говорится "похищения людей, за которыми следуют их исчезновения ...наказываются лишением на срок от 7 до 25 лет, или пожизненным заключением, или смертной казнью"? Именно Мистер Who-й приказывал своим подхалимам убрать Юрия Захаренко, Виктора Гончара, Анатолия Красовского и Дмитрия Завадского семь лет назад. Только за эти убийства Председателя колхоза "Бе...сь" можно приговороть к 100 летнему тюремному заключению (по 25 лет за каждого убитого человека)! Главные подозреваемые в этих убийствах: Президент Республики мистер Who-й и его прямые сообщники Виктор Шейман, Юрий Сиваков, Владимир Наумов, Дмитрий Павличенко, по-прежнему занимают должности в государственных структурах. Вот он список настоящих врагов народа поименно.

Итак, кого уже сегодня можно наказать лишением свободы по статье 149 Уголовного Кодекса Республики Бе...сь за "умышленное причинение менее тяжких телесных повреждений лишением свободы сроком до трех лет" за нападение и избиение профессора Адама Мальдиса, режиссера Юрий Хащеватского и Валерия Мазынского, актера Евгения Крыжановского, Виктора Чернобаева, академика Радима Горецкого, брата вице-спикера Верховного Совета 13 созыва, скоропостижно скончавшегося при загадочных обстоятельствах, Андрея Карпенко, одного из основателей Национального государственного гуманитарного лицея, Владимира Колоса.

Список можно вести бесконечно. Ни одно дело по нападению на представителей интеллигенции не раскрыто. Ну неужели вся эта мафиозная Шайка во главе с нашим Героем - наимудрейшим Шутом Гороховым будет пилить под собой сук на котором она пока сидит?

21 июля 2004 года избиениями людей закончилась акция граждан Бе...си, посвященная окончанию срока легитимного правления мистера Who-я на посту президента. Были задержаны около 60 человек, составлен 41 административный протокол, 26 активистов оппозиции осуждены судом Советского района столицы. 15 из них были подвергнуты административному аресту. Судебные решения выносили следующие судьи: Казадаев Руслан, Скугарева Наталья, Абдулин Александр, Крайчик Е.А., Борозна С.В., Ситлицкий Сергей. Врагов народа нужно знать в лицо поименно.

Почему же так коряво все происходит в этой стране? Казалось бы, законодательство должно гарантировать защиту прав и свобод каждого независимым судом. Но, к сожалению, полная концентрация всех ветвей власти в руках правящего режима путем неконституционного переворота 1996 года полностью аннулирует полномочия независимой судебной системы. Что на практике привело к ужесточению репрессий против инакомыслящих путем арестов, задержаний, штрафов.

Более того, в июне 2004 года был принят новый закон о деятельности КГБ. Законом предусмотрено внедрение работников спецслужб на предприятия любой формы собственности под прикрытием обычного трудоустройства. КГБ дается право беспрепятственно проникать в любые помещения с повреждением запирающих устройств, а санкция прокурора может быть получена в течение последующих 24 часов. Законопроект был представлен председателем КГБ Леонидом Ериным. Данный закон также разрешает спецслужбам проникать в служебные помещения иностранных государств, "которые ведут разведывательную деятельность и могут причинить вред безопасности страны". Этот диктаторско-драконовский закон помогает правительству БЕЗНАКАЗАННО воровать, грабить, и убивать.

Идем дальше и послушаем что же сказало это Усатое Чмо (Наимудрейший Шут Гороховый) своим гражданам в марте 2003 года: "На всех уровнях государственного управления (читайте, государственно-мафиозной сети), как по территориальному, так и отраслевому принципу необходимо воссоздать Идеологическую вертикаль." С февраля 2004 года во всех вузах введена новая учебная дисциплина "Основы идеологии бел...кого государства". В переводе с бюрократического языка на русский это означает, что государственно-мафиозно-криминальное законодательство получает идеологическую подоплеку. Теперь и в школах, и в институтах, и на каждом рабочем месте будут учить граждан как помогать государству и правительству БЕЗНАКАЗАННО воровать, грабить, и убивать и стучать на своих друзей, родственников и знакомых во имя светлого будущего народа? Нет, - наимудрейшего Шута Горохового!

Что же еще нужно государственно-мафиозно-криминальному законодательству с идеологической подоплекой чтобы потуже затянуть петлю на шее КАЖДОГО гражданина страны? Скорее всего, режим тотального контроля и слежки за всеми. Интересно, как такая работа воплощается на деле? А вот как: "Спецслужбы должны контролировать интернет, к помощи которого сегодня все чаще прибегают представители международного терроризма и организованной преступности. Мы сегодня стремимся создать все условия, в первую очередь правовые, чтобы проводить работу по контролю за интернетом", - заявил председатель комитета государственной безопасности республики Леонид Ерин 10 декабря 2003 года.

Ах, вон оно как. Не только контроль за вещанием на телевидением, за радиовещанием, за печатными средствами массовой информации, но и за интернетом.

Но даже такого тотального контроля маловато нашему наимудрейшему Шуту Гороховому. Принимается еще один закон - закон о культуре! Согласно этому закону государственно-мафиозно-криминальные чиновники могут активно и, как всегда, БЕЗНАКАЗАННО вмешиваться в творческий процесс художника-автора-журналиста под любым предлогом. Особенно хорошо себя проявила монополия и жесткая цензура всех каналов распространения информации во время подготовки к референдуму и парламентским выборам в октябре 2004 года. Ни единое слово правды о фальсификации результатов выборов в парламент и о ложных результатах референдума не пролилось из правительственной шайки-лейки. Зэковское братство и сестринство.

Теперь такой простой вопрос: "Почему принимаются эти всякие законы и поправки, лживые референдумы, запреты на проведение акций протеста, швыряние людей инакомыслящих в тюрьмы, бездарные избиения и исчезновения людей?" И второй, не менее важный вопрос: "Почему и во имя кого все это делается?" Скорее всего, во имя простого народа его избивают, пытают и случайно убивают, чтобы народу жилось хорошо - свободно и вольно в тюрьме мафиозного государства? Скорее всего, именно поэтому и молчит народ, что нравится ему такая скотская жизнь на благо благодетеля наимудрейшего Шута Горохового - мистера Who-я? Скорее всего, именно во имя и руками самого народа закрываются школы, университеты, издательства независимых газет, насаждается идеологическое убогое единомыслие? Во имя забытого богом народа режим планомерно уничтожает независимые средства массовой информации и неправительственные организации? Постойте, постойте, а чьи это тараканьи усы торчат из-за спины простого народа? Неужели во имя этого одного урода, человека-убийцы своего народа всё это делается? Чтобы подсадить его и всю его банду пожизненно на престол в 2006 году? Чтобы он продолжал убивать и грабить свой народ используя дерьмократическое законодательство и юридическую казуистику? Чтобы он купался в миллиардах наворованных долларов, сажал людей независимых по тюрьмам, убирал представителей оппозиции в тихую без суда и следствия?

Очнитесь люди! Вас убивают и грабят с вашего же позволения... Ведь никто и никогда не даст отпор этой государственно-правительственной мафии под руководством наимудрейшего Шута Горохового кроме вас самих, каждого из вас. Ведь это ваша собственная жизнь проходит в потемках средневековой диктатуры в 21м веке. Что скажут вам ваши дети когда вырастут дебилами мафиозного государства? За что будут они вас благодарить? За ваше сокровенное молчание?

Ну что ж, теперь можно и странніка приговорить по статье "Клевета в отношении мистера Who-я". Милости просим.


3-30-2005

## Темный уголок им. Сергея Ершова
[ www.litkonkurs.ru ]

С умилением наблюдаю за той свистопляской в форуме (март-апрель 2004) с помощью которой нежные обожатели творчества С. Е. (все та же кло(у)нская команда) пытаются открыть ему Темный Уголок на страницах портала, где этот "гений слова" мог бы спокойно и открыто рецензировать произведения авторов без использования нецензурных выражений. Удивлен, что единственный трезвым голосом во всей этой полемике оказался голос Лары Федоровой (Чайки), а не столь мной уважаемого Ведущего портала. Хотя, впрочем, чему удивляться действиям набожителей С.Е. В составе команды (хоть и кло(у)нской) всегда легче давить несогласных и качать свои права. До боли знакомый примитивный прием: пять против одного...

Что еще больше умиляет меня до слез так это протаскивание Уголка С.Е. под лозунгом "улучшения работы портала" с выкриками: "Я защищаю С.Е. потому, что считаю его талантливым автором, человеком с чёткой гражданской и читательской позицией, а мне это очень импонирует" и с плакатами на которых накарябано крупным шрифтом от руки: "С.Е. один из немногих местных авторов, которого читаешь не делая скидок "на любительство". Рецензент он очень меткий и понимающий". Что можно сказать,  с аргументами подкрепленными реальными фактами спорить тяжело, если аргументы эти действительно подтверждают факты. Так ли это на самом деле?

Итак, кратко и еще раз - аргументы: "талантливый автор, человек с четкой гражданской и читательской позицией, очень меткий и понимающий рецензент".

Чтобы расставить точки над "i" совсем не нужно далеко ходить. Достаточно еще раз взглянуть на факты, откопать пару настоящих талантливых рецензий С.Е. и показать их читателям. И спросить Ведущего, авторов-читателей и кло(у)нов честно, глядя прямо в глаза: "Являются ли такие рецензии именно тем, чего хочет получить любой автор за свой творческий труд?" и затем уже радостно перерезать красную ленточку в уголок С.Е. А, может, и не перерезать, а навечно прикрыть этот уголок. Кто знает? Только участники королевской рати. Предоставим же им самим шанс на принятие решения.

Мой богатый жизненный опыт и привычка испытывать все самому на своей собственной шкуре всегда помогали мне и в выборе наглядных примеров из жизни. Так поступим и на этот раз. Примером является мое стихотворение под названием "Окна души" и очень "меткая и понимающая рецензия" С.Е. на этот белый стих без использования нецензурных выражений и другие его "рецензии".

Вот они факты в логическом порядке:
------------
**Потерянным Поколениям Советской Молодежи Посвящается**

**Окна души
распахнуты настежь
в пахнущий
утренней свежестью сад.**

**Но стекла разбиты,
рамы сгнили.**

**А внутри осыпается ржавчина
иллюзий,
идей,
идеалов,
мыслей
и
чувств...**
-------------

Е.С.(...2003): "Фу, мерзость какая... С чего ты взял, что мы - потерянные? Мало странствовал, очень-очень мало. МЫ хотя бы не лижем чужие ж.... Если ты меня слышишь, конешно. А не жуешь иллюзии высокой поэтикозы.

Прощай. К тебе не вернусь - это верняк :( Гайдару и команде рискни наSORRITЬ РОЗОВЫМИ ЛЕПЕСТКАМИ”.

Е.С.(...2003): “Малэнький прынц странн к демонстрирует писательское высокомерие и хорошую обучаемость. Помнит, чё ему было сказано делать. Даже мою лексику имитирует. Но по-прежднему читателя оценивает до 5 баллов,а себя в два раза больше. Наверное, по длине собственных волос девичьего пошиба. Лана, читай об жадности маленькага прынца в его “Мертвых душах - 21-ого века”. Узнаваемый нормативными шлюдьми портрет получился в исполнении его зеркала, т.е. меня. А как же мы теперя литературные братья, только я - старший, а значит, умный двусмысленно”.

Е.С.(29.10.2003 11:59:10): “Нужен зрительный образ? Чтобы находилась забава ладошкам, пардон - пальчикам? Собственной бездарности не хватает, чтобы прочитать человеческую душу по буквам? И заветы Чехова - святы? Чуешь, Батюков, как просыпается в тебе мужчина? Ибо дар божий сочится в сердце твое под моей скрытой личиной. Усмеёшься, когда узнаешь, что мне всего-то 10 лет :) А как забавно на твою личину в мониторе реагируют мои собаки и кошки! - увидят тя и три дня потом гавкают и шипят в монитор, не могу угомонить :) Во повезло те - стока времени у меня тыришь. Но мужиком ты быть обязан. Лана, не плачь! бушь ним, тока не всё сразу. Погодить придется.”

Е.С. (29.10.2003 09:44:49) “Жаба давит. Не верит в торжество искренности. Очередной примитивный изоблечитель. Яркий образец подлости. Нахваливая Катю Сережину, делать ей же гадости. Хорошо, что Ершов дальновиден и заделался (в высоком смысле0 на этом сайте автором, а не читателем, ибо оценивает каждое Катино стихотворенье десятками (все равно десятками читательскими). Боже, какая прелесть, что в природе существует Батюков - литературный фантом, неистребимый персонаж Гоголевской и Салтыковской сатиры! Песня! Ой, даже ватман здорово подметил: младенец. Сколько раз удалишь, столько рассказов напишу об Вас, крошечный прынц. Именно этого и угодно господину батюкову. То за счет чужих хрестоматий жить,то на моей славе ездить. Ах, такова наша читательская доля - коцаных возить на своей шее".

Е.С.(29.10.2003 09:12:31) "Позволить можешь, но не позволил. Одним словом - Великий Инквизитор".

Е.С.(29.10.2003 08:29:16) "Нет, мой маленький прынц! не понять тебе собственного эстетического нарциссизма, ибо бездарное жлобство твое вызывает у меня неподдельный искренний по-детски хохот, а не припадошность моего таланта читателя. Даже в этой метрвечине упоминание Катюши Серёжиной не делает её хуже и её стихи ниже, настолько Вы, господин Батюков низменны в своих скрытых помыслах. Ржавого поколения никогда я Вам не прощу, господин бездарь. Это клеймо навечно. Не надо писать. Шрайк знает свое место. Батюков тоже узнает его. И обрадуется со всем возможным эстетическим высокомерием.

Самоузнавание, самоидентификация, умение самоопределяться - вот что отличает меня от ограниченного критика и Великого Инквизитора. Не бушь безнаказанно уничтожать живое. У тя теперь есть друг, товарищ и литературный брат, в коем всегда есть счастье узнать свое отраженье. Зеркало не виновато. Мальчик мой. Я сделаю тебя мужчиной. Спасибо скажешь. Кстати, как всегда, прости ошибки -луплю сходу и без редакции. Не пудрю мозги нежным ночам и не сожалею о потерянных чужих Лолитах. Глупый муж следит за своей женой, умный - за собой... Поцелуй себя сам".

Что происходит с аргументами не подкрепленными реальными фактами? Правильно они лопаются мыльными пузырями прямо в лицо их носителей и мылом обжигают глазки.

Мой ответ господину Ершову и всем, всем, всем (в масках и без) остался без изменений. Вот он мой ответ на липовые аргументы и реальные факты:

"Господин Ершов, на любые ваши выпады (или припадки) оголтелой ненависти я всегда буду отвечать холодным безразличным молчанием. Я могу позволить себе такую роскошь, а вы нет. Не в этом ли разница между, хм... высокой и низкой поэтикозой, между дарностью и без?

Важно мое отношение к творчеству любого и каждого, где я совсем не критик, а, скорее, - соучастник, сообщник, сопереживающий за творчество тех, кто кольнул мое сердце. И здесь я всегда был, есть и буду доброжелательным, осознавая хрупкость и бесценность поэтических творений. Это как первая любовь, когда натыкаешься на чей-то посторонний взгляд и сердце учащенно начинает биться. Еще ничего не произошло (и, может, никогда ничего не произойдет), но капелька росы скатилась и блестнула...

И напротив, потоки невежества и человеческой грубости и глупости меня коробят. Ошибочно допускать, что можно быть подонком, подлецом, бездельником и писать красивые стихи, доброжелательные рецензии и комментарии. Никогда такого не случится. Есть прямая закономерность между чистотой помыслов и результатом творческого труда. Доброжелательного отношения к фальшивомонетчикам от творчества у меня никогда не было и не будет. В ответ они встретят мое холодное безразличие.

Не сомневаюсь, постепенно на портале произойдут изменения в системе оценок и кукушки не смогут больше хвалить петухов. Литконкурсу не исполнилось еще даже одного года, но уже заметна тенденция движения в правильном направлении - вперед и всё выше, к звездам.

Уверен, людей нормальных творческих не интересует ни унижения, ни насилия, ни беспредел, если их не вдалбливать с экранов телевизоров, страниц газет, журналов, книг через могучее и такое беззащитное СЛОВО.

Повторю то, что люблю повторять всегда. В древних древних ведах было записано: "Благомыслие - Благословие - Благоденствие - ЗА! Зломыслие - Злословие - Злодеяния - ПРОТИВ!"

Вот он наш новый старый лозунг настоящего момента. Это лозунг не только нового российского ТВ и литературных порталов, но и становления новой ментальности. Ментальности оскорблений, грубости и насилия? Нет. Ментальности Любви и Уважения через доброе вечное СЛОВО!

Есть ли место в этой новой ментальности для открытия уголка С.Е.? Не думаю. Новых вам всем творческих успехов, дорогие друзья!

страннiк, апрель 2004

## Ода Ершову (сказка)

Жил-был Ершов - простой народный читатель. И стал Ершов простым народным автором на «Всей королевской рати». И вошел Ершов в лидирующую тройку автров по всяким там номинациям. И затоптал Ершов своими копытами всех остальных мелких поэтов и поэтесс. И огреб Ершов первые места по каждой номинации «Всей королевской рати». И стали печатать Ершова в газетах, книгах и журналах на всех языках по всему свету, да на хорошей бумаге, да с красивыми картинками.

И посыпались приглашения Ершову со всего мира на получения всяких там захудалых Шнобелевских премий и профессорских должностей в лучших университетах. И стал Ершов сказочно богатым, толстым и лысым.

И построил господин Ершов себе замок-музей в городе Днепропетровске на улице Глинки. И нанял прислуги целый дом, чтобы было кому кофтан почистить, жратвы приготовить и сопли подтереть. И накупил он вилл заграничных и английских футбольных команд целый фунт. И окружил он свой замок тройными рядами проволки колючей, красными милицейскими мордами, войсками ПВО и ракетами с ядерными боеголовками.

И прослушал про такого великого гения украинского (после Гоголя) президент страны. И прискакал на бричке без охраны к Ершову. И допустили его в замок гения. И в ноги к Ершову бросился старый президент сапоги целовать и упрашивать стать новым президентом страны, чтоб на зеленые деньги от публикаций и Шнобелевских лекций Ершова возродить рідну Україну. И мужественно дал свое согласие Ершов, поглаживая пузо и закусывая гарілку галушками.

И возвели Ершову монументы на центральных площадях городов, поселков и деревень. И переименовали Украину в Ершовину. И переименовали город Днепропетровск в Ершощицк. И деньги стали выпускать с портретами Ершова и новое название им гордое присвоили Ершивна.

И похерили улицу Глинки, превратив ее в улицу Ерщинки. И стали читать простые читатели-мерзавцы только великие произведения Ершова вместо библии перед уходом ко сну. И позжигали все остальные книги за ненадобностью. И повесили люди портреты Ершова по углам своих хат чтобы молиться на них и плевать через левое плечо: "Свят, свят, свят...". И наступил коммунизм-ерщевизм.

...И проснулся Ершов среди ночи от шороха тараканов за обоями и от укусов клопов в складках живота своего и подивился приснившейся сказке. "С чего бы это? - подумалось Ершову, - Неужели авторы "Всей королевской рати" и в самом деле глупее одного недалекого читателя?..."

## Небо

Еще
никому
никогда
не удавалось
обляпать грязью
бездонное синее небо.

Небо,
похожее
на честную
человеческую душу...


страннік

## Бермудский треугольник

"Для ниспровержения фиктивной власти слов нужна свобода слова".

Перечитывая книгу Михаила Эпштейна «Из Америки» (все эссе), издательство «У-Фактория», Екатеринбург, 2005 год, позволяю себе с улыбкой не согласиться с некоторыми умозаключениями автора.

Начнем с начала, начнем с нуля, со вступления к тому второму, состоящего из двух эссе «На границах культур» и «СССР: Опыт эпитафии». Эти два эссе затрагивают три главные темы (как, впрочем, и вся книга вторая): Россия – Америка – Советский Союз и симметрично-асиммитричные отношения в этом треугольнике, феномены сближения и отдаления цивилизаций и культур.

Итак, слово самому Михаилу Эпштейну: «... В книге рассматриваются контрасты американского и советского, российского и советского и возникающие отсюда феномены сближения российского и американского. Иногда это – увлекательный разговор глухих, понимающих совсем не то, что подразумевает собеседник;   иногда – неожиданная перекличка внутри разноголосицы, «диалог врасплох и поневоле», при отсутствии прямой «обращенности друг к другу»».

Изначально Михаил Наумович отталкивается от парадигмы «феномена сближения» России и Америки. В свою очередь мой дальнейший разговор будет вестись с противоположного конца – с позиции «феномена разлада-отдаления» двух стран и некоторого грубовато-схематичного анализа истоков этого совсем не радостного феномена.

Согласен, что на настоящий момент (последние лет 15-20) мы можем рассматривать Россию, как своего рода посредник в смысловой оппозиции Америка – Советский Союз, демократия – тоталитаризм. По Эпштейну, «Россия пытается осуществить переход от тоталитаризма к демократии, но промежуточные результаты этого сложного многоступенчатого процесса гротескны: к тоталитарному телу, в котором еще бьется идеологически пылающее сердце, приставляется демократически мыслящая голова».

Ох, как хотелось бы поверить в сказанное сказочником Эпштейном, что «когда-нибудь в будущем, по мере обустройства России, гротескность сгладится...» и все будет хорошо и народ российский наконец-то заживет свободно и припеваючи в российском капитализме! Осторожно, народ. Не спеши торопиться и лететь за водкой, чтобы отметить рождение капитализма по-российски. Нет такого капитализма еще. Более того, даже намека нет на какой-то там халявный плавный переход к цивилизованному демократическому капитализму по-американски.

Не спеши, народ российский. Халявы не будет! И могу упрощенно, что называется, на пальцах объяснить почему. Вспоминаются занятия по марксизму-ленинизму в институте и хождение из рук в руки бутылки кипрского муската по задним рядам на лекциях по диалектическому материализму. Именно эти логически-диалектические принципы анализа исторических событий: от простого – к сложному, от целого – к частному и т. д. могут ответить на вопросы направления движения обществ-систем-стран.

Согласно универсальной диалектике развития обществ, большинство демократических развитых капиталистических систем двигается стабильно, сбалансированно по спирали вверх, с одновременной амплитудой коллебаний рынка вверх-вниз. Некоторые страны тормозят в своем развитии и либо замирают в какой-то точке спирали, либо слегка откатываются назад чтобы поднакопить энергию к движению вперед и вверх. Как, например, Германия буксует после воссоединения Востока и Запада.

Вот только, буксует ли Россия? И если, буксует, то где? В какой точке универсального пространства вселенной? Германия, скорее всего, временно буксует где-нибудь на чистых умытых дождем асфальтированных улочках Восточного Берлина при солнечном свете дня. У России же пробуксовка иная: ночь, грязь, тоска, 21-й век, бездорожье, тайга, комары, гнус, двигатель перегрелся, отвалилось колесо и ботарейки в фонарике сели. Тьфу, ты черт, опять не туда и не там!

Вот что писал член-корр. РАН Ю.Пивоваров в 2004 году: «На наших глазах Россия пережила очередной в своей истории фундаментальный переворот и … (по сути) *ничего* не изменилось. Мы вернулись сами к себе (впрочем, на то он и *переворот*). Да, в конце XX столетия русский человек получил свободу, что есть *возможность самоосуществления*. Результат известен: постыдный и жалкий общественный порядок (точнее: социальный беспорядок). *Саморазрушение* страны, культуры, индивида… Мы показали и доказали – *бесповоротно* – себе и всему миру:  на Руси национализация  и денационализация (приватизация) имеют один и тот же результат – ограбление народа. Точнее: самоограбление народа. Мы также показали и доказали: на Руси,  по сути, не важно, форма собственности, каков *властный режим*, каковы господствующие духовные («антидуховные») и идейные ценности и пр. Суть русской жизни неизменна: презрение к личности, в том или ином варианте насилие над человеком и его – в конечном счете – закабаление, воровство (как в традиционном, так и русском, так и в современном смысле), умение самоорганизоваться лишь на злое дело.… Еще двадцать лет назад у русских была надежда: коммуно-мужицкая история не удалась, удастся демократическая, не-тоталитарная, с правами человека, частной собственностью и правовым государством… И что же? «Россия в обвале» - припечатал Солженицын.»

Феномен Советского Союза и других стран так называемого (ха-ха) социализма заключается не привычном диалектическом движении вверх-вниз, а в тупиковом движении ВБОК (!), в болото тоталитаризма, в движении в сторону от всего остального цивилизованного мира. Можно прикинуть, если движение в сторону этого государственно-монополистического болота продолжалось на протяжении практически всего 20-го века, то сколько еще веков и поколений понадобится загубить чтобы вернуться к светлым ценностям демократических цивилизаций? 50-100-200-500 лет? Кто знает, поднимите руку.

Медленно прямо на ваших глазах, читатель, продолжаю сдвигать в сторону парадигму устойчивых заблуждений, ваших и Михаила Эпштейна. И сейчас мы поговорим о «СОЦИАЛИЗМЕ».

Раздаются голоса из зала. Почему слово «социализм» взято в кавычки? И еще, почему вы произносите этот термин крупным шрифтом? Что вы имеете в виду?
И здесь нас поджидает очень важное открытие – социализм никогда не существовал в реальной действительности ни в Советском Союзе, ни в странах так называемого Социалистического Содружества. Ни прадеды ваши, ни деды и не отцы никогда не жили при социализме. Можно содрать обёртку с этой конфетки под названием «социализм» и выбросить её в мусорную корзину навсегда, на веки вечные. Что же остается в руках? Правильно – новая настоящая (не фальшивая) обертка под названием ПСЕВДО-СОЦИАЛИЗМ, то есть фальсифицированный социализм, никогда по сути своей настоящим социализмом не являющийся. Снимаем и эту словесную обертку и здесь нас поджидает уж очень горькая конфетка – номенклатурный государственно-монополистический тоталитаризм, который был завернут во все остальные уводящие в сторону обёртки!

Вот как, например, описывается термин «социализм» в формулировке одной Американской академической энциклопедии: «социализм – это общество, провозглашающее равенство, социальную справедливость, кооперацию, прогресс, индивидуальную свободу и счастье, достигаемые на основе общественной собственности, а также базирующееся на системе общественного или государственного контроля над производством и его распределением".

Хоп, вот оно: «равенство и прогресс на основе общественной собственности». Что такое «общественная собственность» по простому по-русски? Это земля, фабрики, заводы, реки, озера, банки, транспорт, средства массовой информации (печать, газеты, телевидение, кино) золотой запас и т. д. и т. п. – всё! Всё принадлежит народу! То есть, например, работаю я на кондитерской фабрике «Коммунарка», произвожу шоколадные конфеты и являюсь акционером, то есть совладельцем фабрики. Чем дольше и чем больше я работаю – тем больше у меня акций. В любой момент эти акции я могу продать на бирже и получить за это деньги. Это мое частное дело, как распорядиться этой социалистической общественной собственностью.

Или например, работаю я на свиноферме «Коммунарка» в деревне и являюсь владельцем 100 свиней и 100 гектаров земли. В любой момент могу продать и свиней и землю, если захочу, и получить за это деньги. Или, например, я редактор газеты «Коммунарка» и пытаюсь правдиво рассказывать на страницах газеты о разнице между социализмом и псевдо-социализмом и никто мне не указывает о
чём мне говорить, а о чём нет. Захотел и продал газетку новому Чехову. Вот он мечтательный реальный социализм в действии, которого мы так никогда и не видели в глаза. А что же мы видели?

А видели мы псевдо-социализм, то есть фальшивый социализм, имитацию социализма (обыкновенный государственно-монополистический тоталитаризм). При котором земля, фабрики, заводы, реки, озера, банки, транспорт, средства массовой информации (печать, газеты, телевидение, кино) золотой запас и т.д. и т. п. – всё! Принадлежит (и принадлежало), государству, или классу государственных чиновников.

То есть, например, работаю я на кондитерской фабрике «Коммунарка» произвожу шоколадные конфеты и не являюсь акционером, то есть совладельцем фабрики. Государственные чиновники являются совладельцами-акционерами и торгуют моими акциями как захотят. Им миллионы долларов, а мне – килограмм конфет и квартирка три метра на четыре после 10 лет стояния в очереди.

Или например, работаю я на свиноферме «Коммунарка» в деревне и не являюсь владельцем 100 свиней и 100 гектаров земли. Все принадлежит государству и государственным чиновникам. Им миллионы долларов за торговлю якобы моими свиньями и якобы моей землёй, а мне – трудодни и квартирка три на четыре метра с огородом лет через 20 стояния в очереди.

Или, например, я редактор газеты «Коммунарка» и пытаюсь правдиво рассказывать на страницах газеты о различии между социализмом и псевдо-социализмом. Однажды ночью приходят ко мне дяди в черном и забирают меня в тюрьму за оскорбление чести и достоинства Президента лет на 10, на 15. Вот он, совсем не мечтательный, псевдо-социализм в действии. Псевдо-социализм плавно перетекающий в псевдо-демократию и государственно-монополистический тоталитаризм.

О результатах пост-псевдо-социалистических преобразований очень хорошо говорит доктор политических наук, профессор, эксперт международного Института гуманитарно-политических исследований (ИГПИ) Ковалев Виктор Антонович в статье «««Русская система»: фантастический вариант», опубликованной в журнале "Россия и современный мир" (2006. - № 1(50). - С. 40-60.): "Первоначальному накоплению, как мы знаем из исторического опыта, весьма способствует практика колониального грабежа.

Сейчас российское население оказалось в роли туземцев заморских территорий, ибо для группировок, имеющих сейчас власть и собственность «эта страна» - всего лишь место для извлечения сверхприбылей, уводимых за рубеж. Дворец, яхта, футбольный клуб, купленные Р.Абрамовичем – нужны ли более яркие иллюстрации последствий отношения «олигархов» с «аборигенами». Отсутствие национально-государственного единства приводит к тому, что элиты просто не видят смысла «делиться» с населением и разрушают даже те скудные остатки социального государства, которые остались с советских времен (пресловутый закон о монетизации льгот). Интересно, что наши так называемые демократы, поклоняющиеся всему американскому, игнорируют завет Авраама Линкольна, содержащийся в одной из его речей: ДОМ, В СЕБЕ РАЗДЕЛЁННЫЙ, НЕ УСТОИТ. В современной России фактически живет как бы два народа, и существуют две разные страны. Власть, заявив, что пересмотра итогов приватизации не будет, и одновременно пустившись на маневры с «делом «ЮКОСа», законсервировала этот раскол, (хотя в начале путинского правления для этого был благоприятный момент; имелись сопутствующие надежды населения), фактически сделав неизбежной социальную и политическую поляризацию. Нищий учитель или врач никогда не будет составлять один народ с «абрамовичами», «фридманами», «авенами», «дерипасками», «вексельбергами» - имя им легион, и поддерживающими их чиновниками, на откуп которым была отдана бывшая госсобственность.”
http://igpi.ru/bibl/other_articl/1147342011.html

Возвращаемся к началу нашего повествования, так сказать к истокам, к «феноменам сближения российского, советского и американского» по Михаилу Эпштейну и к «феноменам разлада-отдаления» и к продолжению схематичного анализа такого анти-сближения. К сожалению, исходя из дальнейшего анализа, феномен сближения уходит в сторону. И совсем не по вине Америки, а по вине российского номенклатурного государственно-монополистический тоталитаризма, который живет, процветает и пухнет и в наше время. И уходить со сцены истории отнюдь не собирается. Не выгодно тоталитаризму уходить – люди станут жить лучше, спокойнее и стабильнее. Ну не выгодно тоталитарной власти, чтобы люди жили хорошо. При хорошей жизни для всех в антидемократическом тоталитаризме нет никакой необходимости. Замечательно кем то замечено, что имитация происходящих в России реформ оставила в неприкосновенности практически всю советскую административно-бюрократическую систему. Чиновники по-прежнему делят денежные и сырьевые ресурсы. Собственность и власть по-прежнему едины!

Что мы имеем в России сегодня, летом 2006 года? Кто наверху сидит? Сидит власть? Власть кого? Народа? И чьи интересы эта влась выражает? И если между властью и народом – бездонная пропасть, кому нужна такая анти-демократическая власть? Ответ простой – власть нужна только самой власти для воплощения в жизнь идей государственной бюрократии. А в чем основная идея власти при отсутствии демократических институтов власти?

Как всегда – обогатиться, любыми способами обобрать, обокрасть народ. А народ тихонько отдыхает в сторонке, судебные процессы по телику смотрит и радуется за жизнь богатых русских (в тюрьме). Вывод: будешь богатым в России – непременно сядешь в тюрьму. По сему живи, народ, молча, тихонько и бедненько, стиснув зубы...

Вот что писал всеми любимый Маркс давным-давно: «Казарменный псевдосоциализм – это идеология и психология людей, находящихся во власти зависти, а сама эта "всеобщая и конституирующаяся как власть зависть представляет собой ту открытую форму, которую принимает стяжательство и в которой оно себя лишь иным способом удовлетворяет". (К.Маркс и Ф.Энгельс. Соч., т.42, с.114.) Когда читаешь эти слова, то кажется, будто Маркс делал свои зарисовки прямо с реальностей современной России.

Еще одна реальность имеющая прямое отношение к дню сегодняшнему и к нашему треугольнику это, возможно, не актуальность книги Троцкого «Сталинская школа фальсификаций» (хотя очень любопытная книжка, кстати), но опрос общественного мнения Национальным Центром политики и журналистики «Политика» (Опрошено 2100 человек в 35 регионах России), где есть такие интересные вопросы и ответы.

Как, например, - Что в сегодняшней России вызывает у вас наибольшую обеспокоенность? Терроризм - 30%; Обычная преступность - 36%; Экономика - 20%. Или, вот такой вопрос, - Являются ли США искренним союзником России в борьбе с терроризмом? - Да - 11%; Скорее "да" - 23%; Нет - 29%; Скорее "нет" - 30%. Тридцать четыре процента россиян условно голосуют за «феномен сближения» с Америкой. И целых пятьдесят девять процентов (!) условно голосуют за «феномен разлада-отдаления». Вот он результат политики антиамериканизма тоталитарной власти в действии.

Но тоталитарной власти, как всегда, даже этого мало! Власть хочет заручиться моральной тотальной поддержкой народа. Якобы мы-власть делаем все для своего горячолюбимого народа! (Дурилово, конечно, если по правде. Опять власти дурят на редкость доверчивый и терпеливый народ. Интересно наблюдать за методами Дурилова. Вот они эти методы, раскрываются в последующих вопросах и ответах.)

- Что в первую очередь должна предпринять власть для борьбы с терроризмом?

Возродить КГБ - 46%; Ввести смертную казнь - 48%. Ну вот опять, вперед назад в год 1937-ой, к победе коммунизма над внешними (американцы, конечно, кто же еще!) и внутренними врагами народа (ходорковскими, гусинскими, березовскими, кто же еще!). Крепись народ российский, судебные процессы над врагами народа только начались. Вот он последний вопросик народу на закуску, - Какие меры борьбы с терроризмом могут принести наилучший результат? Ужесточение законодательства - 37%; Увеличить финансирование силовых структур - 52%. Василий Иваныч, приплыли, суши весла.

Так что, дорогие уважаемые читатели, давайте признаем честно такой факт : не было у нас никогда никакого социализма: ни гуманного, ни демократического, ни с человеческим лицом, ни без него, ни зрелого, ни недозрелого. А прямыми последствиями пост-псевдо-социализма являются: фальсификация демократических выборов, фальсификация свободы слова и печати, фальсификация разделения власти на исполнительную, законадательную и судебную (то есть, любой неугодный власти человек – всегда потенциальный преступник и живет, как бы, уже изначально за железной решеткой всё время). Для такого типа власти – весь народ, как бы, уже сидит. Власти стоит только указать пальцем судьям кто следующий.

Вернёмся к замечательной статье профессора Ковалева «««Русская система»: фантастический вариант»: «Однако так ли всё бесповоротно. Если усилия элиты были направлены в направлении противоположной созданию правового демократического государства, то откуда же оно могло взяться. Первая попытка перехода к демократии во многих странах кончается неуспехом. В России же между этими попытками прошло много лет (если считать демократизацией Февральскую революцию 1917 года) и носителей либерального опыта попросту не сохранилось. Но после неудачи конкретной попытки политических реформ, нам предлагают проверить в тщетность их в принципе.

В переводе на житейский язык это значит, что Россия в рамках такой системы так и должна оставаться в состоянии перманентной холодной гражданской войны «верхов и низов», со злоупотреблениями элиты, с нищетой населения, а правовое государство, либерализм и свободные выборы для нее не только недостижимы, но и противопоказаны в принципе. Далее, сравнение неудачного социалистического эксперимента с неудачными рыночно-демократическими реформами выглядит, на первый взгляд, остроумно, в духе черномырдинского «получилось как всегда». Но это только на первый взгляд. Если не быть ленинистом-догматиком, то нельзя отрицать, что коммунистический идеал недостижим вообще, а настойчивое стремление к нему оборачивается концлагерями и повальной нищетой. Возможно, Ленин этого еще не знал (что сомнительно), но уж Пол Пот планировал наверняка. Между тем, успешные переходы к демократии далеко не гарантированы, но возможны, и этому есть удачное подтверждение. **Рай на земле в России создать не удалось, потому что это невозможно нигде, но независимый суд, свобода слова, честные и справедливые выборы и другие черты полиархии – это, отнюдь, не утопия.**

Речь, повторяю, идет не о текущей, сиюминутной политической практике. С точки зрения демократических перспектив, она малоутешительна, но ведь и в 1985 году средний советский человек не мог оказать никакого влияния на политическую практику, а через четыре года участвовал в выборах депутатов.

Политический процесс в современных условиях разворачивается стремительно. Конечно, если элита заявленные реформы лишь *симулирует*, то провозглашенные цели оборачиваются своей противоположностью. Зато - какой аргумент против реформ! Сейчас в Рунете на сотнях, тысячах страниц, посвященных политике, авторы с энтузиазмом предупреждают «оранжевую революцию» в России. Элементы этой логики очень похожи: нам лично этот режим и его деятели, конечно, омерзительны, НО *может быть еще хуже.*

Обществу предлагается лишь выбрать меньшее из зол – иначе катастрофа! Но куда уж хуже – ведь власть не предлагает обществу никакой позитивной стратегической программы, а делает лишь тактические шаги для своего самосохранения. Можно сказать, что основные претензии, которые будут предъявлены вскоре сегодняшней российской власти (с маленькой буквы!) будут состоять не столько в том, что была выхолощена демократия и ликвидирован институт выборов (формально губернаторских, фактически – и на федеральном уровне), сколько в том, что выпавшая на долю нашей страны экономическая передышка не была использована ни для хорошего ремонта того, что осталось еще с советских времен, ни для создания новой современной экономики. **Но без демократических механизмов, институализированного давления со стороны общества у «верхов» в РФ не было для этого стимулов. «Элита» в России   просто паразитировала на нефтяных ценах, пугая население тем, что в случае ухода (этих паразитов) стране будет гораздо хуже. Так, закрепощая себя подобными ложными дилеммами, мы и будет пребывать в состоянии перманентного кризиса, выбирая между очень плохим и ужасным. Пока, минуя ряд потрясений, страна наша не прекратит   своего несчастного существования.»**

Таким образом, незаметно из под треугольника Россия – Америка – Советский Союз выглядывает второй треугольник: Капитализм - Псевдо-Социализм   – Тоталитаризм. А из-под второго треугольника насмешливо выползает третий: Демократия  – Власть – Народ.

Так что же это за чудо-юдо наконец такое демократия? Например, в Америке, демократия – это власть народа над властью. А если, например, в СССР и в России была и есть власть власти над народом? Есть ли это демократия? Сомнительно.

Значит номенклатурный тоталитаризм в России будет существовать до тех пор пока народ в конце-концов не завоюет власть и не заставит эту власть работать на себя, на народ. Только тогда мы сможем расчитывать на сближение российского и американского народов. Таким образом, перефразируя слова Михаила Эпштейна получаем следующее. Россия имитирует переход от тоталитаризма к демократии, и, действительно, промежуточные результаты этого процесса гротескны, так как **все усилия власти уходят на имитацию** того, что к тоталитарному телу, в котором еще бьется идеологически пылающее сердце, приставляется демократически мыслящая голова.

**На самом деле, в глубине процессов, никакой демократически мыслящей головы не существует и движение осуществляется по знакомому всем пути от номенклатурного тоталитаризма вперед назад к номенклатурному тоталитаризму.**

И еще. Пока между двумя народами постоянно торчит красное жирное рыло антинародной, антиамериканской российской власти, с горечью можно признать, уважаемый Михаил Наумович, – никакого сближения не состоится.


странніk

июнь 2006 года

**Обрывки виртуальной переписки с Анной**

---

Здравствуй,
Страннік.

День заканчивается, и это так странно...
Лето на редкость хорошее в этом году. Жаркое солнце днем и проливные дожди по ночам что в Москве, что в Иркутске. Впрочем, в городе прелести этого времени почти сводятся на нет: отправляясь на очередное собеседование приходится надевать длинную джинсовую юбку и кофточку с высоким воротом - единственные две вещи в моем летнем гардеробе, которые хотя бы относительно тянут на деловой стиль. И невольно приходит в голову соблазн а не плюнуть ли на все эти официозные нюансы и не извлечь ли из сумки любимый сарафан с широким льняным подолом, который на лестнице эскалатора раздувается колоколом?

Но сейчас я все еще здесь под Иркутском, у родителей. Мой десятидневный отпуск ещё не закончен. Хотя забавно звучит отпуск для безработной. Тайм-аут, скорее. Время, чтобы поразмыслить, взвесить все "за" и "против" и не ошибиться в выборе.

Каждое утро я вижу, как солнце рисует квадраты на стене напротив окна, и предвкушаю замечательный день каникул. Почти все огородные работы позади, и теперь остаётся лишь собирать урожай, что совершенно не в тягость. Ну, что за работа обобрать куст смородины и гордо принести в дом пятилитровую кастрюлю, полную тугих, чуть припорошенных пылью ягод?

Утром я пишу. Новая повесть рождается непривычно без осмысливания, без плана, без знания того, что будет дальше. Пишется кусочками, фрагментами, клеточками.

После прогулки по островам в прошлое воскресенье появилась предпоследняя глава, хотя перед ней еще гряда ненаписаных частей.

После обеда, как правило, в моей комнате становится слишком жарко, а в моей голове мутно. Послеобеденное время для меня - мертвый час. Точнее два-три часа пониженной работоспособности.

У маленького бассейна, рядом с двумя пушистыми голубыми елями, я ставлю раскладушку. Новая книга, вода и медовый запах хмеля... В двух шагах от меня разрастающийся сад, где вдоль забора вытянулся малинник, а ветки вишни прогибается под тяжестью ярко-красных, блестящих ягод.

Вечером родители затопят нашу деревянную баньку, обшитую кедром, и я буду таять в облаках пара и выбегать на свежий воздух, под крупный прохладный
дождь очередной грозы.

Из кухни по всему дому снова разносится сладкий запах ягодного сиропа. Сегодня на очереди желе из белой смородины. А вчера варилось клубнично-малиновое варенье.

Я не очень люблю такие сладости, но мне нравиться этот аромат. На завтрак я сделаю себе бутерброд с сыром и листьями зеленого салата, а не обед будет вегетарианский борщ и созревшие на корню, сладкие помидоры.

И не нужно никуда ехать. Лучше просто накинуть старый короткий сарафанчик из цветастого поплина и пойти в лес, до которого минут пятнадцать пешком. Жарки и колокольчики уже отцвели, но поляны пестрят другими цветами, названия которых я не знаю. Выходя с дороги, посыпанной гравием, на песчаную тропинку я снимаю обувь и дальше иду босиком. Кое-где в траве проглядывает кровянисто-красные ягоды костяники. Пахнет донником и березовыми листьями. Мне жарко и безмятежно.

Такое оно  мое лето, сибирско-московское.
А какое лето в Нью-Йорке?

Анна.

---


День добрый, Анна!

Огромное спасибо за такое замечательное письмо. Хотелось бы общаться на «вы». Как два временных случайных попутчика, которые едут в одном купе и каждый сойдет на своей остановке в ночи. И мне бы хотелось остаться странніком. А к вам я бы обращался по имени Аня, если возможно? Распределим роли пока за окном проносятся мимо города, поля, леса, реки и речушки. И продолжим неспешную беседу. Как подходит?

У Михаила Эпштейна в книге «Из Америки» (У-Фактория, 2005) есть замечательное эссе в разделе «Медитации» под названием «Девушка с красной книгой» (О случае, судьбе и возможных мирах). Там итальянский философ возвращается с конференции на электричке домой и напротив него случайно садится милая незнакомка, которая тоже (случайно) говорит по-итальянски. Дело происходит в Штатах. Такая случайность – одна из миллионов обыденных неслучайностей. У философа был шанс познакомиться с девушкой, но он так этого и не сделал и ужаснулся своей бездарности, когда электричка уже унесла незнакомую девушку в неизвестном направлении.


Теперь всё, что остается философу – это надежда на Чудо, что он вновь повстречает эту девушку, что он сможет её найти. Он составляет план действий и начинает её искать: «Он вдруг понял, что только случай и есть орудие судьбы, и в то же время он верил в то, что судьба зряча и с ней можно говорить и сотрудничать. Он хотел устроить себе счастливую случайность. Возможно ли такое – умышленно вызвать ответное действие Промысла? А вдруг, если сделать шаг в правильном направлении, кто-то далекий за тысячи миль выйдет тебе навстречу?... Он хотел новой случайности, которая, соединившись напрямую с первой, образовала бы линию судьбы. Случай – точка, судьба – линия... Он хотел новой встречи на условиях своей мысли, среди прозрачных координат, где он строил свою философию возможных миров... Окончание этой истории зависит от того, в каком мире живем мы с тобой, мой читатель.» И это, действительно, так.

Дальше ещё интереснее, ещё занимательнее. Люблю пересыпать из руки в руку жемчужины бесценных неординарных мыслей. Поэтому отрывочно продолжу вместе с Эпштейном.

«Где есть квантовая теория, там есть и надежда. По предположению физика Хью Эверетта, в каждый квантовый момент своей эволюции Вселенная делится надвое, «развремляется», как дорога, проходящая через развилку. На месте одной вселенной образуется две, и так – каждую миллиардную долю секунды. Каждый квантовый переход – в любой звезде, галактике, в любом уголке Вселенной – расщепляет наш мир на мириады копий, которые различаются только расположением одной частицы... Волновая функция нашей Вселенной – это бесконечное множество параллельных вселенных. Мироздание – это не то, что есть, а совокупность всего, что может быть...  В одной из этих Вселенных мы сейчас вместе с девушкой читаем красную книгу, а в другой Вселенной красная книга, которую она читала в поезде, - это то, что я сейчас пишу.»

Дальше следует мой самый любимый кусочек из этого эссе. Поэтому придётся привести его дословно и полностью.

Возможно именно этот кусочек и является Золотым Ключиком к открытию самого себя и своего места в этом мире. Вот он:

«И хотя Вселенных бесконечное множество и мое тело пребывает лишь в одной из них, то, что мы называем МЫСЛЬЮ и особенно ДУШОЙ, возможно, объединяет всех моих двойников в этих бесконечных мирах. Волновая функция миров проходит через мое сознание и волю. Оттого каждый миг я немного другой, отличаюсь сам от себя, постоянно колеблюсь, размножаясь на собственных глазах, как будто отражение самого себя в речных переливах. Каждый миг поток времени уносит других меня от меня, и они исчезают в неведомых мне мирах. Но точка этого дрожания и расщепления миров находится во мне; через меня проходит острие этого лезвия, гребень этой волны, множащей миры.

Они уплывают от меня, как маленькие кораблики, покачиваясь на ряби своих вероятностей, но и тот мир, в котором я ушел от тебя, и тот, в котором мы остались вместе, и тот, в котором я тебя еще найду, и тот, в котором мне тебя никогда не найти, – они проходят через меня, как дрожание моей мысли и колебание моей воли.»

И дальше Михаил Эпштейн делает такой вывод: «Я могу своей волей создавать квантовые переходы из этого мира в другие, менее вероятные миры, чтобы их ответные переходы в наш мир обретали значение судьбы, постоянно удивляющей того, кто сам удивляет собой ход событий. Действуй невероятно – и невероятное будет происходить с тобой.»

Надеюсь, не утомил вас, цитируя такие большие, но очень важные куски. А теперь отвечу на вопросы. Лето в Нью-Йорке всегда жаркое, влажное, душное с кратковременными проливными дождями. Сказывается близость Атлантики.

Но я уже давно не живу в Нью-Йорке. Где-то, наверное, с лета 1997-го года. Тем не менее этот город всегда останется в моем сердце, как город, который помог мне стать на ноги в Америке. Начинать мне пришлось летом 1994-го года даже не с нуля, а с минус 1743 доллара. Признаюсь, поначалу было очень страшно. Пришлось много раз действовать невероятно и своей собственной волей создавать переходы в свой новый квантовый мир, в котором мне удобно жить сейчас. С тех пор я окончательно для себя понял и осознал, что невозможное всегда возможно, если есть желание и план действий.

С осени 2001-го года мы купили домик и живем в Сан-Антонио, штат Техас.  Это юго-западный Техас. Все события романа Майн Рида «Всадник без головы» просходят именно в наших местах, в наших прериях и саваннах графства де Бехар.

Вот как о наших местах говорит Майн Рид: «Ароматное утро солнечного Техаса, где царит почти непрерывная весна, жаль проводить в постели. Отдыхают в полдень, когда все в природе никнет под  жгучими лучами солнца.»  В этом году у нас необычно жаркое лето. Август начался прямо в мае и длится до сих пор. Дождей нет совсем. Трава повыгорала. В полях кукуруза полностью повысыхала. Обычно дожди у нас идут по ночам. В нормальное лето раз 15-20. В этом году всего 3-4 раза. Засуха, одним словом. Вот так.

Так что, рад вашим урожаям. Действительно, разве это работа – обобрать куст смородины. Это – удовольствие!  А как там лес, грибы, черника, земляника есть? Большую часть жизни мы прожили в военных городках. Лес был всегда рядом со всеми городскими удобствами.

Отправляясь на очередное собеседование желательно, прежде всего, чувствовать себя комфортно и внешне и внутренне. И с интересом наблюдать, как бы со стороны, за процессом интервью, за людьми вокруг. Это всегда опыт. А опыт жизни, универсальность, гибкость в принятии решений всегда намного важней, чем титулы и звания, мнения людей посторонних.

Для стиля делового все-таки, на мой взгляд, обязательно нужен костюм. Хоть один, но отлично скроенный, подходящий по моде и фигуре костюм! В Нью-Йорке у меня всегда был отличный канадский костюмчик с набором хороших рубашек и галстуков. Чтобы люди не говорили, а по одежке встречают! Тем более, на интервью. Так что, мой первый совет – приобретение симпатичного интервьюшного костюмчика. Если не купить, то сшить самой. Весь мир моды скрыт в Бурде:
www.burdamode.com

---

Здравствуйте, Страннiк.

Большое спасибо за кусочки эссе. Они очень согласуются с моим сегодняшним образом мыслей о возможности невозможности, о создании своего собственного мира в рамках реальности, о податливой как глина судьбе, о воле и мысли, которые творят невероятное

А еще в связи с этим мне вспомнилось высказывание: "Чем более невероятным мне все кажется, тем легче поверить, что это происходит со мной". Это не мои слова, но я могла бы подписаться под ними. Чем более невероятные вещи происходит в моей жизни, тем больше мне кажется, что идет так, как должно.

Когда два года назад мне мой будущий муж сделал мне предложение на десятый день после знакомства, я согласилась, не раздумывая. Просто было именно это ощущение невероятной правильности происходящего. Понимаете, что это такое? Мой переезд в Москву тоже из серии невероятного. Все наши знакомые, как нормальные здравомыслящие люди, готовились к столько значительным переменам заранее: копили деньги, продумывали варианты с жильем, заранее улаживали все дела в Городе Детства и т.п.

Я сорвалась сюда почти внезапно для себя самой. Разумеется, сначала меня подтолкнула жизнь, но я редко что-либо делаю, не посоветовавшись с ней. Был конкурс сценарного мастерства, первый тур, второй тур, финал, приглашение на семинар.

Потом были обещания работы, тестовые задания и долгое ожидание. А когда я поняла (поняла? нет, скорее, ощутила), что ждать нечего, появилось чувство безвозвратности. И все мои внешние колебания и раздумья были лишь данью той жизненной условности, что требует не принимать решения, не подумав хорошенько.

Хотя я знаю, что сказала бы на это моя подруга - готическая девушка Ольга, Мандрагора. Она яркий пример человека Дао, хотя никогда не задумывалась об этом, и не читала мудреца Лао Цзы. Вы мне простите эти метания по тексту, но мне легче писать именно так, не зная, что будет в следующей строчке. И ещё мне очень бы хотелось рассказать вам о некоторых близких мне людях, и в одном из следующих писем я это обязательно сделаю.

Кстати, я очень люблю человеческие портреты живописные и словесные. И терпеть не могу натюрморты. Возвращаясь к моему переезду. В Москве я очутилась фактически без денег, без делового костюма, без конкретных планов, но с ноутбуком и завидным запасом оптимизма. Они меня и спасли.

Делового костюма у меня нет по-прежнему, но работа уже есть. Примерно такая, какую я хотела получить: газета, специализирующаяся на недвижимости, маленький и очень дружелюбный коллектив, гибкий график, спокойный ритм. Зарплата - тот уровень, на который я претендовала. Правда, пока преимуществами гибкого графика я не пользуюсь: прихожу рано, ухожу поздно. Но исключительно по своему желанию: мне нужно изучить много информации, чтобы ориентироваться на рынке.

Кроме того, здесь я получаю Интернет в неограниченных количествах. Но самое главное, - это осознание того, что все происходящее идет в контексте моих собственных желаний. Нет ничего противоречащего им, нарушающего гармонию моего сосуществования с миром, как это было в некоторых иркутских СМИ, где мне приходилось работать. Например, я абсолютно не выношу новостийной гонки, где всегда не хватает времени на анализ информации. Я быстро теряю интерес к работе в развлекательном формате: не могу относится к ней серьезно, хотя и понимаю, что развлекать людей  это серьезная задача.

Я люблю неторопливо собирать информацию, погружаться в неё, пропитываться ей. А потом  из множества разрозненных фрагментов, чужих слов, цифр, намеков составлять единую цельную картину. Это одно из самых замечательных занятий в жизни. Для меня, разумеется.

Лучше него - только два дела: творение миров (имею в виду литературу) и созерцание. Особенно, когда созерцаешь не только глазами, но всеми клеточками тела. Такое бывает, когда ощущение красоты окутывает меня со всех сторону и, мне кажется, что все мое тело становится струной, которую кто-то пробудил пальцами и заставил звучать.

Я говорю  тело, хотя вернее было бы сказать сущность. Сущность, объединяющая и ту длинноногую и немного неуклюжую физическую субстанцию, что бросается в глаза окружающим, и ту ускользающую и незаметную для постороннего взгляда оболочку, что соединяет в своей ткани чувства, мысли и мечты. Мысли и мечты   это же немного разные вещи? А что радует вас? Какие дела заставляют вас чувствовать вкус жизни?

А как там лес, грибы, черника, земляника есть? К сожалению, время прогулок в лес для меня временно приостановилось: короткие каникулы закончились и я вернулась в Москву.  Но я редко выхожу в лес за грибами или ягодами. Землянику, как ни банально, собираю на грядках. А в лесу люблю просто гулять, смотреть и дышать.

И неужели в американских лесах нет ягод и грибов?

---

День добрый, Анна!

Рад вашему письму и движению в правильном направлении. Если бы когда-нибудь лет 15-20 тому назад кто-нибудь сказал бы мне, что "судьба зряча и с ней можно говорить и сотрудничать" я бы не поверил и просто бы посмеялся над этим высказыванием. Теперь же я могу смеяться от понимания и ЗНАНИЯ, что это действительно так.

Теперь я могу спокойно читать книги Вадима Зеланда про трансферинг реальности и подмечать множество «невероятностей» своим собственным опытом волшебной вероятности и реальности. Очень уж это здорово – быть творцом своей судьбы. Замечательное ощущение гармоничного продвижения вперед и все выше к звездам. Скорее всего, именно «ощущение  невероятной правильности происходящего” – это и есть то, что называется интуицией, - синхронным совпадением желаний и намерений разума и души. Такие моменты нужно узнавать в лицо, фиксировать в памяти состояние и, по возможности, постепенно повторять и претворять это ментальное состояние в жизнь вновь и вновь. И тогда, все будет получаться как надо или как хотелось бы.

Означает ли это, что творение нормальной жизни процесс идеальный и безошибочный? Совсем нет. Самое главное – это понимание того, что, к СЧАСТЬЮ, ошибки были, есть, и будут всегда. Отсюда - отношение к своим ошибкам как к ступенькам роста. Ошибся в себе, в людях, в отношениях к себе к людям, к жизненным ситуациям – споткнулся, упал – прекрасно!

Поднялся, отряхнулся, осознал свою ошибку и вновь на коня! Так у нас в Техасе ковбои объезжают диких лошадей и быков.

Еще хорошо состояние безнадежности и безвыходности, отчания и понимания, что ты всегда был, есть и будешь один в этом мире и что помочь себе можешь только ты сам и никто другой. Никто другой тебе никогда и ничем не поможет! Замечательное состояние.

Помнится в таком состоянии я лежал на травке на одном из холмов Сан-Франциско в парке с прекрасным видом на город, на симпатичные домики сбегающие с холма, на небоскребы на заднем плане, на людей прогуливающих своих собак, на детей играющих в догонялки и мамаш с колясками. Завтра я должен был улетать обратно в Варшаву с пересадкой в Нью-Йорке. Завтра я должен был лететь домой в Минск.

Домой – в комнатку 3 на 4 метра у родителей, в которой меня ждали жена и шестилетний сын. Завтра я должен был лететь домой с долгом почти в 2 тысячи долларов. Кому я там был нужен такой в июне 1994-го года? Ответ – никому, кроме самого себя. Замечательное чувство безвозвратности в прошлую несостоявшуюся жизнь. Чувство свободы полета в жизнь новую – состоявшуюся так как хочется тебе самому и никому другому. В жизнь, в которой каждый миг бесценен и наполнен до краев неожиданными приключениями и совпадениями. В жизнь в которой «вселенная предстает в своей первозданности и душе – смущенной, захмелевшей –

дозволено бродить везде и всюду в поисках наставников и друзей» как писал Джим Моррисон.

В записной книжке мыслей того времени у меня есть такая запись от 9-го декабря 1994 года: «Со времени прилета в Нью-Йорк прошло без малого 6 месяцев, а, точнее, - сотни лет. Страх перед американской жизнью постепенно улетучивался с каждым заработанным тяжёлым трудом долларом». А если полистать другую финансовую книжку тех времен можно прочитать про те работы которые мне пришлось выполнять и сколько это стоило. Книжка финансовая начинается маленьким стихотворением Макса Мартова под названием «Прерванный суицид»:

---
Бросив взгляд последний вниз,
Снявши тапочки,
Я на проводе повис
Вместо лампочки.

Да не держит, е-мое,
Обрывается,
Вот поэтому житье
Продолжается.
---

Дальше следуют работы в календарном порядке и плата за них. Например, 7-го июня (вторник) – обдирание обоев в четырехкомнатном номере отеля – (9 часов) - $45 ; среда – починка крыши многоэтажки в Queens – (12 часов) - $52 ; четверг – пересортировка одежды и платьев на складе у еврея – (10 часов) - $66 ; пятница – погрузка мусора из дома на ремонте – (8 часов) - $40 ; суббота – долбание цементных плит в Soho – (9 часов) - $60 ; воскресенье – цементная кладка в Brooklyn – (8 часов) - $50 ; понедельник (как, вновь!) – земляные работы – (9 часов) - $54...

Еще нужно учесть, что первые три ночи в Нью-Йорке пришлось ночью спать в аэропорту JFK, переходя с одной авиалинии на другую после неоднакратных бесед с местными полицейскими. А прилетел я в Нью-Йорк в воскресенье 5-го июня. То есть днем я работал, а ночью ехал спать в аэропорт. К счастью, после работы по починке крыши я познакомился с Женей из Питера и мне нашлось место 5-го жителя полуподвального помещения буквально в двух шагах от «биржи труда». Также повезло с экономией платы за жилье - $350 в месяц, то есть всего по 50 баксов с носа. В одном месте записная книжка прерывается радостной записью: «Долг вернул полностью ($1743) 19-го августа 1994-го года!!!» И дальше опять следуют работы, цифры, нужные номера телефонов и т. д.

Так что, мне очень понятны метания по тексту и не только. Полностью согласен с вашими словами: «мне легче писать именно так, не зная, что будет в следующей строчке". Исходя из моего опыта, могу дополнить, что «еще интересней писать сам сценарий своей жизни, не зная, что будет в следующей строке». Вы правы, говоря что «самое главное  это осознание того, что все происходящее идет в контексте моих собственных желаний». Именно это называется «душевным комфортом» по Вадиму Зеланду.

Все на сегодня. Нужно бежать на работу за душевным и материальным комфортом. О творении миров, радости жизни, и грибах и ягодах в американских лесах в следующем письме.

# ВИРТУАЛЬНЫЕ БЕСЕДЫ АЛЕКСАРОМЫ И СТРАННіКА О СОЛИПСИЗМЕ И НЕ ТОЛЬКО
## (лето 2005)

**Точка отсчета: статья в разделе «Онтологические прогулки»**
литературно-философского журнала «Топос» под названием **«Я ЭТО Я, или диалог о солипсизме с самим собой, или катание на крыше»**
http://www.topos.ru/article/3447

## АЛЕКСРОМА (07/04/05)

### Предыстория

Когда мне было лет десять, я услышал по телевизору примерно такую фразу: «А может, вся моя жизнь – это сон?» Этот момент перевернул все мое существование: с тех пор, что бы примечательного со мной ни случилось, я неизменно спрашивал себя: «Может, мне это только снится?» Очень скоро я пришел также и к ощущению, что все, что я вижу, существует в моей голове – по аналогии с моими снами, которые вижу только я и больше никто. Однако, через несколько лет, немного повзрослев и так и не проснувшись от пребывания на Земле, я понял, что моя жизнь слишком монотонна и предсказуема, чтобы называться ярким феерическим сновидением, и вроде бы окончательно научился отличать явь от сна.

И все же, странная идея о жизни-сне меня не отпускала – она подобралась ко мне с обратной стороны: в 15 лет мне стали часто сниться сны, которые настолько искусно имитировали реальность, что я не мог отличить их от яви. Например, однажды мне приснилось, что я проснулся, встал, умылся, стал одевать носки... И в тот момент, когда я уже натягивал ботинки, я «на самом деле» проснулся и обнаружил, что все еще лежу в кровати. Через несколько дней мне опять приснилось, что я проснулся, но теперь я уже не стал спешить понапрасну умываться-одеваться, а решил для начала проверить, сон это или не сон: я подошел к окну, выглянул на улицу – все было как обычно, очень знакомый вид. На всякий случай я постучал кулаком по стеклу – оно было твердым, холодным и вполне реальным, может только слишком прозрачным. Убедившись в реальности всего со мной происходящего, я пошел в ванную комнату – и на полпути «на самом деле» проснулся в своей кровати...

В скором времени эти «реальные сны» стали столь навязчивыми, что я стал задумываться: что же все-таки происходит? Раньше я не отличал реальность от сна, теперь не могу отличить сон от реальности... К тому времени я уже владел понятием о «первичности-вторичности», и меня сильно беспокоил вопрос: что же все-таки первично, сон или реальность? Наконец, мои сомнения были разрешены, когда проснувшись однажды утром я обнаружил на простыне следы поллюции – ночью мне снилось, что я сплю с обнимку с умопомрачительной красавицей, но вот я проснулся: ночной гостьи нет, она растаяла без следа, а следы моего возбуждения – вот они, остались в реальности и вполне материальны. То есть, такое случалось со мной и раньше, но теперь я увидел в этом разгадку мучавших меня вопросов. На какое-то время я успокоился, пока вся эта история не повторилась через несколько недель от начала до конца, но только... во сне. Странно, конечно, что подростку могли сниться такие сны, но это было именно так: не успел я ощупать спросонья мокрую простыню и в очередной раз порадоваться надежности материального мира, как «на самом деле» проснулся и увидел, что с постельным бельем ничего не случилось!

После этого я уже твердо знал: нет ничего вторичного, и все, что происходит со мной, будь то во сне или наяву, первично и «на самом деле», потому что все это во мне, и сновидения, и реальность, и материя, и сознание. Все это –

я, и иначе быть не может, ведь я не могу быть никем, кроме себя. Осознав всю полноту себя, вмещающую целый мир, я ощутил сильнейшую эйфорию: это было как радостная встреча с самим собой после долгой разлуки. Казалось бы, все сомнения были разрешены, но очень скоро передо мной встали новые вопросы, которые прежде для меня не существовали: «Если все сущее находится во мне, почему тогда есть другие подобные мне люди? Почему у меня вообще есть тело – зачем оно мне? Почему мое тело живет по своим законам и я не могу полностью контролировать процессы, происходящие в моем организме? Почему мне бывает плохо? Почему у меня нет полного контроля над всем, что случается со мной? Почему я не бог своего мира? Наконец, зачем мне вообще нужен этот мир – почему я не могу существовать в виде чистого разума?»

Кроме всего прочего, меня стал волновать вопрос, почему я не сразу узнал о том, что все существует во мне. Мои прошлые представления о себе – это самообман или что-то еще? Все эти вопросы невозможно было решить умозрительно – приходилось абстрагироваться от них, выделяя их из своей сущности, и решать через жизненный опыт. В конце концов, меня настигло озарение: вся моя жизнь – это растянувшийся во времени ответ на вопрос, зачем она мне нужна. Жизнь самоценна и самодостаточна, она и вопрос и ответ одновременно.

Как бы то ни было, я решил записать в виде диалога вопросы, которые задавал сам себе, и ответы, которые давал себе сам. Легко сказать – записать... Виттгенштейн совершенно справедливо утверждал, что само представление солипсизма в виде концепции абсурдно, поскольку концептуальное выражение мысли предполагает использование языка общения, а язык – явление социальное, так как он должен быть понятен более чем одному человеку. По его мнению, для того, чтобы непротиворечиво выразить свою мысль о «единственном я», солипсисту пришлось бы использовать свой собственный язык хотя бы потому, что понятие «единственный» не имеет смысла без имплицитного противопоставления понятию «множественный». Однако если бы солипсисту и удалось разработать для своих идей адекватный язык, он неминуемо не был бы понятен никому, кроме его самого.

И действительно, погружаясь в свою сущность, я не пользовался языком, потому что он был беспомощен – во мне зажигались мимолетные ощущения, короткие яркие вспышки, которые невозможно было словесно выразить, ибо при любой попытке уловить их в памяти они рассыпались в мелкую алмазную пыль, кружащуюся в голове бесформенным облаком. Но ведь не даром я профессиональный переводчик! То, что здесь приводится, можно считать словами, мысленно прочерченными по осевшей во мне алмазной пыли, или говоря попросту, переводом с солипсистского языка на русский.

Остается вопрос, зачем все это нужно публиковать? По утверждению многих философов, у солипсизма нет аудитории: заявлять о своем солипсизме – все равно что кричать в пустоту, ведь слушать, кроме самого себя, некому, а к себе можно обратиться и мысленно. Но по концепции параллельных миров Эверетта, например, существует множество реальностей, в каждой из который может быть свое собственное «я». Возможно, кроме меня, существуют и другие «солипсоиды» (по аналогии с гуманоидами), так почему бы мне не послать сигнал в другие реальности? Возможно, кто-то откликнется. Всё возможно, потому что возможно всё.

## Про философов, крышу, совершенный мир, страх и любовь

*– Чем ты объяснишь то, что практически все философы считают теорию о существовании мира в сознании «я» чем-то безумным, отвратительным и даже страшным? Вот некоторые высказывания: «солипсизм – скандал в философии» (И. Кант), «солипсизм может иметь успех*

только в сумасшедшем доме» (А. Шопенгауэр), «солипсизм – это безумие» (М. Гарднер).

– Я объясняю это именно тем, что «я» – это я и все существует только в моем сознании. Кому еще может такое понравиться? Философии чужд солипсизм, потому что она основана на логике – науке о приемлемых способах рассуждения, а «приемлемость» подразумевает как минимум два субъективных мнения. В солипсизме мнение всегда одно – мое собственное субъективное мнение. Логика в моем мнении также присутствует, от нее никуда не деться, если хочешь стройно выразить свои мысли, но для меня это не основа рассуждения, а способ выражения своего мнения. Философов пугает такой подход: они все время сверяются с путеводной звездой логики, чтобы не забрести в дебри безумия, а я сам зажигаю эту звезду там, где иду, чтобы освещать себе путь. Дебрей безумия фактически не существует: все, что можно помыслить, можно и объяснить тем или иным образом.

– Значит, твои рассуждения о себе – это не философия?

– Я называю свои мысли «солипсофией» – мудростью о единственном себе. Солипсофия отличается от философии примерно так же, как сирена – от колыбельной песни. Философия убаюкивает сознание, объясняя все происходящее внешними причинами, а солипсофия его будит: «Все в тебе, ты сам все это сотворил и тебе никуда от себя не уйти».

– А может, у тебя просто едет крыша?

– Если даже и так, почему бы на ней не покататься? В любом случае, в психиатрии нет диагноза «солипсизм». Безумие солипсизма – не более чем химера, **страх** перед безумием.

– А тебе самому не страшно?

– Признаюсь, да. И это меня угнетает: если бы мне не было страшно, мой мир был бы «mundo perfecto», совершенным миром, свободным от лжи, подлостей и страдания.

– *Чего же ты боишься?*

– Если бы я знал, чего я боюсь, то не боялся бы ничего.

– *Какие чувства, кроме страха, ты испытываешь?*

– Для меня есть только страх и любовь, все остальное производное: жестокость– сострадание, ненависть-терпимость, грусть-радость и так далее.

– *И все-таки, страх сильнее любви?*

– Страх сильнее любви, но любовь побеждает страх. Поэтому нужно любить мир таким, какой он есть, со всеми его кошмарами.

**Про пуп земли, поле игры, смерть, капусту, пирамиды и истину**

– *Долгое время понятия «солипсизм» и «эгоизм» были синонимами (лишь с конца XIX века под «эгоизмом» стали подразумевать практический эгоцентризм), да и сейчас между ними, как представляется, существует концептуальная связь. Мог бы ты сказать «я пуп земли, что хочу то ворочу и ни перед кем не в ответе»?*

– Я и пуп земли, и соль земли, и ее грязь. Я вмещаю в себя все лучше и все худшее, что есть на земле – я возвышаюсь до низости и опускаюсь до высоких чувств. Мне не перед кем отвечать, но и не с кого спрашивать. Мой эгоизм прост: когда я делаю добро, я делаю лучше себе.

– *Почему же тогда на земле существует зло?*

– Зла как такового нет, но на весь мир не хватает добра.

– *Получается, добро – это макияж на лице мира, скрывающий его злобную гримасу?*

– Напротив, в основе мира лежит добро, а когда его не так много, мир рушится. Разрушение – это и есть зло.

– *Если все существует в твоем сознании, в чем смысл понятия «объективной реальности»?*

– Объективная реальность с ее пространством и временем – это поле игры сознания. Чтобы игра была интересной, она должна идти по правилам, а правила всегда предполагают объективность. С другой стороны, чересчур строгие правила делают игру бескайфовой, что и происходит с современной жизнью: сознание уже не может запросто играть «материей», как во времена чародеев и магов. Материя стала слишком тяжелой – она уже не радует, как новая игрушка, а только угнетает.

– *Почему же она отяжелела?*

– Появились философы, которые вместо того, чтобы играть с материей, принялись за ее описание: она обросла определениями, как футбольный мяч грибами.

– *Но ученые не играют ли с материей?*

– С материей играли алхимики, а ученые эксплуатируют ее для целей массового производства. Похоже, правила игры нужно было бы давно поменять, но это не так-то просто: они возведены в ранг «законов природы», запрещающих выход за поле. Самый легкий способ оставить игру – через безумие. Но есть и другой путь – путь солипсизма.

– *Игра без правил?*

– Игра по **своим** правилам.

– *А как насчет выражения «после меня хоть потоп»? Если весь мир существует в тебе, то он и умрет вместе с тобой?*

– Мир никогда не умрет, потому что я не умру.

– *Почему это ты не умрешь, если другие умирают?*

– Именно потому, что умирает всегда кто-то другой.

– *Это софистика, логический выверт, придуманный, к тому же, не тобой. Нет ли у тебя более веского обоснования для своего бессмертия?*

– Я никогда не умру, потому что никогда не рождался. Я всегда был и всегда буду. Я вечен.

– *Но у тебя есть родители, не так ли?*

– Когда мне было «три года» (что тоже величина условная, как и 1963-й год), я спросил у мамы, откуда я появился, и она ответила, что «нашла меня в капусте». Она никогда прямо не отказывалась от этих слов, так почему я должен верить другим людям больше, чем своей матери?

– *И ты, здоровый дядька, все еще считаешь, что тебя нашли в капусте?!*

– Ученые до сих пор окончательно не объяснили «тайну жизни», и вряд ли когда-нибудь объяснят ее до конца, даже если полностью расшифруют генетический код. Все научные объяснения выглядят для меня не более правдоподобно, чем легенда о капусте.

– *А как же травма рождения и вся вытекающая из этого фрейдистика?*

– Подлинная «травма рождения» заключается в том, что я не помню того, чтобы было со мной в прошлой реальности.

Раньше меня это действительно угнетало, и я верил Фрейду, что это только от того, что моя новорожденная головка с трудом проходила через тесное влагалище: как бы память отшибло. Но потом я понял, что искать корни своих проблем в рождении – все равно что загонять себя в могилу, только с другого конца. Когда я, наконец, вспомнил, что никогда не рождался, то ощутил громадное психическое облегчение. Копаться в своем рождении – все равно что искать алмазы в несуществующей куче мусора.

*– Как тогда быть с фрейдистским толкованием снов? Вроде бы, установлено, что в снах проявляются подавленные желания.*

– Фокус в том, что лучше всего запоминаются или кошмары, как острые ощущения, или те сны, в которых сбываются несостоявшиеся мечты, как своего рода утешение. Я это знаю по себе: когда просыпаюсь, сразу в памяти всплывают именно такие сны, а потом уже все остальные. Если постараться, можно вспомнить пять или больше самых разных сюжетов, в том числе и совершенно футуристических, не имеющих никакого отношения к моему прошлому. Вообще, по моему опыту, сны – это не фекалии прошлого, а вспышки будущего. Мне снилось слишком много вещих снов, чтобы можно было считать их случайностью. Когда я сплю, я заранее просматриваю картинки будущего и выбираю из них те, что мне больше по вкусу.

*– Настоящий кузнец своего счастливого будущего, поздравляю!*

– Мне понятна твоя ирония, и я ее отчасти разделяю, потому что картинки, которые я подбираю ночью во сне, выглядят несколько иначе «при дневном освещении» и не всегда устраивают меня-бодрствующего.

*– Если ты никогда не родился, то что было до официальной даты твоего рождения?*

– Я этого не помню, значит, мне об этом не нужно знать. Можно даже сказать, что ничего не было.

– *Выходит, ты был, но ничего не было?! Странно...*

– Мне и самому это кажется странным – именно потому, что я об этом ничего не помню. Вероятно, я существовал в другой реальности.

– *Получается, эта реальность до твоего появления в ней была объективной, а после – стала субъективной?*

– Это не я появился в ней, а она во мне. Но я не помню, как это произошло, и поэтому она долгое время воспринималась мной как объективная.

– *Значит, вся история мира вплоть до даты твоего официального «рождения» – это фикция?*

– Не совсем так. Скорее всего, это не чистая выдумка «летописцев», а некая аллегория того, что со мной происходило раньше. Например, если пирамиды Хеопса и были в прошлом, то они выглядели не как пирамиды, а как что-то еще, выполняли совсем другую функцию и были построены совсем не так, как это сейчас представляется. Может, они вообще не были построены, а были сотканы из воздуха или просто визуализированы. Тем не менее, до наших дней они дошли именно как пирамиды.

– *Бред, бред, бред...*

– Это не бред, а так называемая «мистика». То, что в прошлом было чем-то другим, теперь представляется мистическим. Вернее, в прошлом **всё** было чем-то другим, но самым плотным мистическим туманом окутаны, как правило, крупные объекты: египетские и индейские пирамиды, Великая китайская стена, гигантские рисунки пустыни Наска и т.д. Очевидно, дело в том, что размер объектов указывает на их значение в прошлом. Это как узелки на память, подсказывающие, над чем стоит задуматься.

– *Тебя послушать, все сплошная мистика. А где же истина?*

– Истина всегда закамуфлирована под мистику, иначе она была бы не истиной, а банальностью. Более того, истинная истина бессмысленна, а как только она приобретает смысл, неизбежно становится трюизмом. Истина не нуждается в смысле, потому что она самодостаточна.

## Про бога и других

– *Скажи, бог есть?*

– Ты, наверное, ожидаешь, что я скажу «бог – это я»?

– *Ну, да... или «я – бог».*

– Как раз наоборот. Бог – единственное, что есть вне меня. Я не могу сказать «я – бог», но могу говорить «я и бог».

– *Значит, он есть?*

– Он есть, но он не существует.

– *Типа, парадокс?*

– Ничего парадоксального. Просто существование – не единственная форма самовыражения, если так можно выразиться. Бог для меня ассоциируется с другими людьми: они не существуют, потому что существую только я, но они есть, потому что... они есть, и чтобы спорить с этим, надо быть полным идиотом. Я даже рад, что они есть: без себе подобных было бы совсем тоскливо, как в камере вечного одиночного заключения.

– *Бог – это другие люди?!*

— А что здесь удивительного? В своей совокупности они обладают всеми деическими качествами: они невидимы, потому что их нельзя увидеть всех одновременно, даже из космоса, ведь земля-то круглая; они вездесущи, потому что есть практически везде, как говорится, куда ни сунься; они всесильны, потому что реально могут сделать все, что захотят, если не в настоящем, то в будущем; они всевидящи, потому что покрывают своим взглядом всю Землю; наконец, они сотворили мир, в котором я живу: почти все, что меня окружает в повседневной жизни, создано руками людей. Кроме того, они устанавливают нравственные законы, говорят мне что хорошо, а что плохо, судят мои поступки и зачастую решают мою судьбу. Они фактически повелевают мной, даже если подчиняются мне, потому что именно они навязывают мне правила социальной игры. Они непобедимы и я не знаю их имени: у них слишком много имен. Истинно говорю тебе: другие — и ад, и рай, и Господь, и Сатана.

— *Выходит, от них нигде и никогда нет спасения? Их милость преходяща, а кара неминуема?*

— Спасение в том, что они не существуют, и за это их надо любить.

— *Давай все-таки определимся в понятиях: в чем различие между «есть» и «существует»? Ты говоришь, что другие люди не существуют, но они есть. А ты сам-то есть?*

— А что ты еще ожидаешь услышать в ответ? «Меня нет»? «Я не существую»? Вот тебе и различие.

— *Ладно, вернемся к вопросу о боге. Значит, бог — это другие люди...*

— Нет. Другие люди — это бог.

— *Хм... не совсем понятна разница, но предположим. А как же все известные людям боги? Христос, например?*

– Христос пострадал за то, что выступил богом-одиночкой. Когда от него отреклись ученики, его участь была решена. Люди распяли его и сделали своим символом. Бог не может быть единоличным: бог – это символ группы людей, народов или группы народов.

– *А как бы ты прокомментировал известные выражения «все в сознании Будды» и «все в руках Аллаха»?*

– В сознании Будды – буддисты, в руках Аллаха – мусульмане. Больше мне нечего добавить.

## Про несверхчеловека, объективную реальность и женщин

Однажды я душевно беседовал со своим другом, и он, хорошо зная мои идеи, но не разделяя их ни на грамм, спросил меня:

– *Значит, по-твоему, других людей, кроме тебя, нет?*

– Другие люди… Других людей нет. Есть другие, которые называются людьми.

– *Может быть, ты сверхчеловек?*

– Сверхчеловеком может быть только человек. Я – это я и никто другой. Впрочем, называй меня как хочешь: суть не в именах.

– *И все-таки, говори прямо: люди есть или людей нет?*

– Как это нет?! Ты что, хочешь сказать, что у меня нет друзей? – оскорбился я. – Ты вот есть, я тебя вижу, говорю с тобой. Ты явно есть.

– *И все остальные есть?*

– Разве я похож на полного идиота, чтобы отрицать это?

– *Хорошо, спасибо тебе за то, что я есть,* – сказал он не без сарказма. – *Но если мы оба существуем и воспринимаем одно и то же, значит, существует и общая для нас объективная реальность, не так ли?*

– Не так.

– *Почему это вдруг?* – удивился он моей «наглости».

– Да потому, что я никогда не буду до конца уверен в том, что ты и меня, и все остальное видишь точно так же, как это вижу я. Может, ты меня видишь как маленького зеленого человечка с тремя рожками и пупырчатым хоботом.

– *Послушай, что я тебе скажу,* – доверительно прошептал он. – *Ты не маленький зеленый человечек с тремя рожками и пупырчатым хоботом.*

– А чем докажешь, что не врешь? – таким же доверительным шепотом спросил я, похлопывая его по плечу зеленым пупырчатым хоботом.

Мой друг никак не мог угомониться. А может, ему просто хотелось поговорить, и он задал мне самый коварный, на его взгляд, вопрос:

– *А женщины есть?*

– В данный момент не наблюдается, – констатировал я, на всякий случай заглядывая под стол: мало ли что.

– *Не юли, отвечай по существу, есть или нет.*

– Если бы ты был женщиной, я бы тебе ответил по существу, а так... извини, – вздохнул я.

Но и на этом мой друг не успокоился: на следующий день он подослал ко мне одну отвязную девицу. Сначала я думал, что она просто так пришла повеселиться, но когда она уже освобождалась от стеснявшей ее одежды, то неожиданно спросила:

– *Так что, солипсософ гребаный, ты действительно не признаешь, что женщины реально существуют?*

– Погоди-погоди, потом, потом скажу, – честно ответил я.

**Про знания, желания, пустоту, наркотики, звезды и счастье**

– *Почему ты не знаешь всё?*

– Я знаю то, что я знаю, и это всё, что я знаю. Никакого внешнего знания не существует, потому что нельзя знать то, что тебе неизвестно.

– *Почему не исполняются все твои желания?*

– Ха-ха, откуда такие сведения? Все мои желания исполняются, но не слишком быстро, иначе нечего было бы больше желать. А иногда я сам не знаю, чего я хочу. Так даже интереснее: исполнение желания становится сюрпризом.

– *Что такое пустота?*

– Это нечто навечно забытое.

– Наркотики существуют?

– *Во мне существуют, а в остальном это галлюцинация.*

– *А звезды? Звезды существуют?*

– Да, конечно – я сам зажигаю их своими глазами.

– *Почему ты не счастлив?*

– Спроси лучше, почему я счастлив.

– *Почему ты счастлив?*

– Потому что я – это я.

## Про центр вселенной, теорию относительности и теорию абсолютности

– *Ты наверное, считаешь себя центром Вселенной?*

– Имею все основания: даже ученые признают однородность и изотропность Вселенной – у них это называется «космологическим принципом». Это значит, что во Вселенной нет какого-либо особого направления и отсутствует единый центр. В то же время, условным центром Вселенной может стать любая произвольно выбранная точка. Если я заявляю о себе как о центре вселенной, никто не может это опровергнуть, даже если не разделяет моего субъективизма.

– *Не противоречит ли твоим эгоцентристским воззрениям теория относительности с ее множественными наблюдателями?*

– Конечно, противоречит, поэтому я считаю эту теорию неверной.

– *Но она общепризнанна и подтверждается на практике!*

– Теория стройная, спору нет, и на практике, вроде, проверяется, меня вот только одно смущает: откуда вообще известно, что свет движется? Даже, лучше так: откуда известно, что свет **вообще** движется? Все движение, происходящее в мире, наблюдается глазами, которые представляют собой светочувствительный элемент, то есть фиксируют движение других предметов на фоне света. Свет – это фон, а фон по определению никуда не движется. Говорить о «движении света» – все равно что толковать о смещениях фона на фоне фона. Не слишком ли «фонит» такая относительность? Если я вижу, что источник света (например, звезда) находится на каком-то расстоянии от меня, из этого не обязательно следует, что свет «движется», преодолевая это расстояние: с теоретической точки зрения, он с таким же успехом может попасть ко мне мгновенно. Свет никуда не движется – свет всегда **стоит** в моих глазах (когда они, разумеется, открыты). Скорость движения всего остального можно измерять, но скорость света – нет, потому что он или есть, или его нет: наблюдатель может увидеть его только в собственной, грубо говоря, голове и не может увидеть на расстоянии, ибо **до того, как** свет попадет в глаз наблюдателя, у него нет никакой возможности его воспринять. Обобщая все сказанное, о какой относительности наблюдения может идти речь, если наблюдатели, сколько бы их ни было, видят свет и все, что на его фоне движется, всегда только в одной точке – **в** той точке (но не **с** той точки), где они в данный момент находятся?

*– Ты говоришь, что скорость света нельзя измерять, но она все-таки измерена, и всем хорошо известно ее численное значение, а именно, около 300 тысяч километров в секунду.*

– Измерять скорость света путем наблюдения – бессмысленно. Это все равно, что измерять мартышек мартышками, а удавов – удавами. Тем не менее, как ты справедливо заметил, его скорость давно измерена. Вот оно, торжество логики: раз известна скорость света, значит, он движется! Но нет ли здесь нарушения причинно-следственной связи? Что первично, движение или его скорость? И что, в конце концов, измеряют наблюдатели, когда они измеряют конечную, или абсолютную, скорость движения? Чем можно измерить абсолют? Все это наводит на мысль, что в известном опыте с зеркалами, в которых отражается свет, измеряется не скорость движения света, а число единиц пространственно-временного континуума в промежутке между ними. Так называемая «скорость света» говорит не о предельной скорости движения, а только о том, что в одной секунде умещается не более трехсот тысяч километров.

— *Если я правильно понял, пространственно-временной континуум все-таки существует?*

— Да, он существует как калейдоскоп вечности, бесконечный набор «картинок жизни», которые я выстраиваю согласно своей логике. Иногда, кстати, логика плохо согласуется с моими желаниями. Приходится жертвовать чем-то одним. Тогда либо случаются «неудачи», либо происходят маленькие «чудеса».

## Миллиарды солипсистов, никто не уверует, черная кошка, гуманоиды, мультисолипсизм и больше ничего

— *Что, по-твоему произойдет, если все люди уверуют в солипсизм? Несколько миллиардов солипсистов — не слишком ли многовато для одной планеты? И не парадоксально ли это?*

— Не «уверуют». Вернее даже, никто не уверует, потому что дело здесь не в вере. Верить можно только в нечто сверхъестественное и не принадлежащее тебе. Например, в «высший разум», существующий где-то в глубоком космосе. Солипсизм не нуждается в вере: «верить» в субъективный идеализм — все равно что задумываться над тем, как дышишь, ведь речь идет о вере в что-то свое, внутреннее.

— *Понятно-понятно: все люди по природе эгоисты, да?*

— Эгоизм — не причина солипсизма, а побочное явление, нечто вроде паразитирующего вируса. В основе солипсизма лежит сингулярность сознания: его индивидуальность, неделимость и изолированность. Попросту говоря, соблюдается принцип один человек — одно сознание.

— *А как же телепатия — проникновение в чужое сознание?*

– Как известно, исключения подчеркивают правила. Телепаты, по общему признанию, это не обычные люди, а экстраординарные. Телепатов насчитываются единицы, а под определение субъективиста можно подвести каждого: все люди в душе солипсисты.

– *Откуда это известно?*

– Это видно именно из того, что никто в этом открыто не признается: людям свойственно оставлять про себя свои самые сокровенные мысли. Образно говоря, все люди потихоньку занимаются любовью сами с собой, но стыдятся признаться в себялюбии, как в инцесте.

– *Ха-ха, ты утверждаешь, что в черной комнате сидит черная кошка, потому что ее не видно!*

– Вот именно, если бы ее было заметно, она была бы не черной, а белой.

– *Но почему там вообще есть какая-то кошка?*

– Да потому, что ее там ищут: раз ее ищут, то она там есть хотя бы теоретически. У каждого человека есть свое собственное «я», но в обществе оно сливается с другими «я», как черная кошка с темнотой черной комнаты. Если бы не запрятанный глубоко внутрь и тщательно оберегаемый от коллективных нападок извне солипсизм, то такое слияние было бы не метафорой, а реальностью – существовало бы единое общественное сознание.

– *Чтобы доказать легитимность солипсизма – его небредовость, – тебе потребуется «объективный» аргумент: некий факт реальности, а не просто досужие домыслы.*

– Такой аргумент есть: отсутствие в реальной жизни инопланетян – пришельцев с других планет.

*– Но говорят, их видели. Есть множество сообщений...*

– Лично я не видел. И не знаю людей, которые их видели. Сообщений об НЛО и гуманоидах действительно много, но это только «сообщения», и больше ничего.

*– Допустим, их нет, но что в этом особенного и как это подтверждает «реальность солипсизма», если можно так выразиться?*

– Известный физик Энрико Ферми сформулировал парадокс, согласно которому если бы существовали внеземные цивилизации, подобные земной, они за несколько десятков тысяч лет технического развития, темпы которого возрастают по экспоненте, смогли бы совместными усилиями колонизировать всю вселенную. Планета Земля образовалась гораздо позже других планет из других звездных систем, если судить по относительно молодому возрасту Солнца. Поэтому, отсутствие инопланетян – более чем странное явление, плохо объяснимое с позиций объективизма. Но если исходить из того, что солипсизм не бред, то все становится на свои места: субъективистское сознание не может визуализировать превосходящих его по развитию существ иного вида. Иначе говоря, у меня не хватает ума, чтобы встретиться с существом умнее себя, которое при этом на меня не похоже. Более совершенных людей я еще могу стерпеть, потому что они напоминают мне самого себя, но гуманоиды – это уже слишком. Наверное, поэтому не наблюдается «высшего разума», не бывает умных красавиц, а все гуманоиды, которых я вижу в кино – отвратные чудовища.

*– Допустим, все люди – солипсисты, но ты так и не ответил на вопрос о парадоксальности существования множества солипсистов. Даже два солипсиста – это уже абсурд, потому что непонятно, кто из них существует в чьем сознании.*

– Парадокс существует, но он в перспективе разрешим путем перехода к мультисолипсизму – коллективному сингулярному сознанию на основе духовного эксгибиционизма, вскрывающего общую для всех людей субъективистскую основу сознания, и виртуальной реальности как технической базы для единой субъективной реальности.

– *Но виртуальную реальность, созданную техническим путем, можно отключить, ведь правда? И что тогда будет с «единой субъективной реальностью»? Наступит ее конец?*

– Это старый вопрос из серии «что будет с твоей субъективной реальностью, если я ударю тебе по голове»?

– *Возможно. Но все-таки, что будет?*

– Ничего.

– *В смысле, ничего не будет или не будет ничего?*

– Ничего не изменится: конец света практически невозможен, потому что кроме света ничего нет. Частиц темноты не существует, не правда ли? Ничто – это отсутствие нечто, и больше ничего.

http://www.topos.ru/article/3447

Алексрома (07/04/05)

---

2005-06-06 16:14

Страннік:

Ха, попался АлексРома! Давно искал, думал куда же он подевался и где продолжение СЛОВОСОФИИ.
А он здесь, в Нью-Йорке пылится.

Сны я люблю. Особенно люблю во сне летать. Когда-то кто-то сказал, что человек может летать во сне только когда еще растет. То есть, полет во сне - как бы, показатель роста физического. Чушь это все: летал и в 25, и после 30, и после 40 спокойно летаю. Для меня, такой взгляд на себя изнутри дал мне точно понять - полет во сне – показатель роста метафизического!

Более того, вот куда я залетел однажды, скорее всего, по ошибке: "Лет в 12 мне однажды приснился сон. Я находился в совершенно пустой комнате, наполненной мягким неоновым белым светом. В комнате без мебели, без окон и дверей. Нежный свет лился отовсюду, чувствовалась какая-то приятная легкость во всем теле и в мыслях. Присмотревшись, я обратил внимание что в комнате нет ни пола, ни потолка, ни стенок, только мягкий пронзительный свет без конца и без края. Пытаясь потрогать этот свет я протянул руку и заметил, что и тела моего больше нет. Стало как-то по праздничному грустно и... я проснулся." Весь текст "Внеклассного чтения" находится здесь: http://lib.userline.ru/samizdat/13652

Кстати, сразу вопрос к АлексРоме, как вы думаете, где ж это я побывал во сне? Где эта комнатка без окон и дверей?

С чем очень сильно согласен, так это вот с такими посылами: -"Страх сильнее любви, но любовь побеждает страх. Поэтому нужно любить мир таким, какой он есть, со всеми его кошмарами."

-"В основе мира лежит добро, а когда его не так много, мир рушится. Разрушение – это и есть зло."
-"Вообще, по моему опыту, сны – это не фекалии прошлого, а вспышки будущего."

Не все сны и не всегда, но есть совпадения будущего. Например, я видел Нью-Йорк во сне за 3-4 месяца до моего отлета в Сан-Франциско. Когда случайно (ой ли?) попал в Нью-Йорк поразился точной копии реальности с моим сном: один к одному. И это был не первый случай таких вот, хм, "Случайностей". -"Истина не нуждается в смысле, потому что она самодостаточна." Объективной истины нет как таковой. Истина всегда субъективна.

С чем не согласен:
-С отяжелением материи. Мои полеты после 40 говорят об обратном. Неу, легкость материи индивидуальна.
-С наличием смерти. Нет никакого конца - есть только новое начало.

Торможу на "Боге". Нужно лететь на работу.
Продолжу чтение позже.

---
2005-06-09 21:26

АлексРома:

Привет, Страннік!
Давно не заходил в свой ЖЖ - и вот, сразу встретил тебя. Тоже не случайность! Полеты до и после 40 мне тоже хорошо известны. Пора открывать клуб онейропилотов:)
Но должен сказать, что чем дальше от детства, тем сложнее оторваться от земли - в прямом смысле слова. Бывалочи, достаточно было пару раз ручками всплеснуть - и уже летишь. А сейчас нужно небоскреб подыскивать, чтобы спланировать. Или с летающей тарелки. Серьезно.
Про комнатку - адреса точного не знаю, но мне тут про сны пришла в голову мысль. Точнее, не про сны, а про

реальность. Вкратце это так звучит: каждый раз я просыпаюсь в новом месте, и мне кажется, что я помню все, что было раньше. Но это типа ложная память. Жизнь продолжается всего один день, потом наступает новая, со своими "воспоминаниями". Если интересно, зашлю эссе - я его ещё не дописал.

Про наличие смерти - не помню за собой такого. Я наоборот всегда говорю, что смерти нет. Правда, можно считать новое начало старым концом. Смотря с какого края смотреть.

---

2005-06-11 20:19

Страннік:

Попробуем продолжить тему, так сказать, хорошенько ее обсудить-осонить-обмасонить перед открытием Клуба Онейромантиков любителей – Oneiromantics International, Inc. и запусканием в жизнь нового словософского термина – Онейромантика – перемещение в пространстве и времени посредством полета в сновидениях (где Oneiro means dream, a Mancy means divination). Классно! Итак, задействую принципы онейромантики и хоп я уже сижу напротив АлексРомы:

-Эй, пить не будем. Ну, начинается. А что у тебя есть?
-У меня есть PilsnerUrquell, пивко такое чешское.
-Не, не пойдет Pilsner. Pilsner нам будет нужен, если захотим слетать в Прагу, где-нибудь в 19-ое столетие, в год 1842-ой. Что там еще есть?
-Водочка Finland?
-Не потянет сейчас. Жарко уже в Нье-Йорке. Такая водовка будет нужна только если полетим в шалашик к Ленину морду бить. Че еще есть?
-Так, как на счет Tequiza?
-А это еще что за жидкость такая зеленая, как шампунь?

-Текиза – пиво такое с добавлением сока агавы и текилы. Пробовал?
-Интересно смотрится. ОК, только одну бутылочку. Может удастся приблизиться к Троцкому, задать пару вопросов.
-А что если чуток Кремлевочки в Текизу плеснуть?
-И увидеть Троцкого на месте Путина?
-Ну, ты, Алекс, даешь. Вечно что-нибудь придумаешь. А не взорвемся? Крышу не сорвет от таких экспериментов. Обратно хоть вернемся?
-Какая к черту разница!
-Уговорил. Ну, поехали. За встречу на просторах онейромантизма!
Когда эссе будем читать, кстати? Опять про Бога не договорили...
---


2005-06-12 05:31

АлексРома:

Твое здоровье, Страннik!
У меня, кстати, Балтика номер 3. И вобла есть. И еще вот это. Приезжай ко мне, на самом деле. Тогда и выпьем.
Во сне я никогда не напивался. Там и так хорошо:) Нет, серьезно, тебе когда-нить снилось, что ты бухаешь?
До эссе я еще не добрался. Завис по дороге.
Был такой сай "Онейрократия" в журнале.ру.
Может и сейчас есть. Надо поискать.
О, да, я уже нашел.
http://www.zhurnal.ru/oneirocratia
И даже мои сны там сохранились. Вот, например, один 8-летней давности.
http://www.zhurnal.ru/oneirocratia/son30102702.htm


---

2005-06-12 17:46

Страннік:

За твоё здоровье, Алекс!

Балтика нужна для полётов в Ригу или Юрмалу, но там
нужно уметь во сне по-латышски разговаривать. Русский
язык там не любят почему-то...

Нет, ты не понял, мы не пьём во сне. Мы пьём до того как.
До погружения в сон.

Так, попробую рассказать в двух словах, как это работает.
Ты исходишь из устарелых стандартных заблуждений, что
сон – это хаотический набор пролетающих в подсознании
образов среди которых плавает твое сонное "Я". И все эти
плавающие зашифрованные образы предметов и событий
как бы в дальнейшем имеют влияние на сознательную
жизнь твоего "Я". Условно назовем сны такого типа
неуправляемыми (или бабушкиными). Привожу пример.

Ты спишь. Во сне бредешь по комнате. В комнате полумрак.
Ненароком ты натыкаешься на, скажем, Абажур, который с
грохотом падает на пол. От грохота ты просыпаешься. И
видишь, что лампа с Абажуром на месте. Сразу включаешь
свет и хватаешь сонник, чтобы узнать значение падающего
Абажура. Читаешь: «Абажур - Сон, в котором Вы
наслаждаетесь уютом домашнего очага, сидя под абажуром,
означает, что Вас ожидают перемены в личной жизни.
Нельзя исключать скорое вступление в брак.» Чешишь репу,
думаешь. В брак очередной пока не спешишь. Значит, если
абажур упал и лампа (домашнего очага) разбилась,
возможно с Беллой придется расстаться, хоть и женщина
она очень симпатичная, сексуальная и хозяйственная.

Алекс, давай договоримся сразу, окончательно и бесповоротно. Застарелые неуправляемые бабушкины сны и их разъясниловки давно отошли в прошлое. Нас же интересует управляемые кратковременные сны для всех и каждого. То есть, по сути «Онейромантика – это целенаправленное (сознательное) перемещение в пространстве и времени посредством полета в сновидениях». Так сказать, "Space & Time Machine" в одном лице, точнее – в одном сне.

Ты мне говоришь, что, наверное, я сдурел и такой фигни не бывает в реальной жизни. Так скажет любой обыватель, находящийся на Stage One. Такой обыватель скажет приблизительно следующее: "Everyone says it's impossible. This is crazy!".

Представляю что говорили люди, когда видели рисунки вертолётов, подводных лодок и танков Леонардо Да Винчи в 15-ом веке. Или как люди смеялись над братьями Wright. Или как Форд просил своих инженеров сделать 8-ми цилиндровый двигатель и в ответ слышал: «Это невозможно!».

К счастью, мой личный жизненный опыт в ходе последних пару десятков лет дал мне ясно понять крупным шрифтом: «Невозможное всегда возможно! Было бы желание и вера в возможность невозможного.» Но это уже Stage Two, на которой все скажут приблизительно следующее: "The solution was obvious all along!"
Ха-ха-ха.

Итак, мы не пьем во сне. Мы пьем до того как. До погружения в сон. Приблизительно схематично это выглядит так: Пентхаус-Помещение-Офис с вывеской NeuroSpace Flights. Внутри во всех помещениях приятный полумрак. Легкая энигматическая музыка льется из всех углов. Посетителю-любителю полетов во сне предлагается полет в любую точку космического пространства.

Час полета всего $1000. Посетитель усаживается в удобное полулежачее кресло
(как в аэропорту Амстердама), принимает на душу стаканчик Балтики номер 3 (конечно, с воблой, чтобы атмосферу почувствовать!), затем на глаза ему ложится легкая повязка, включается заранее настроенный нейромодератор и происходит плавное погружение в сон и полет в Ригу (родственников и родителей навестить, к примеру).

Кроме услуг туристических можно еще и медицинские оказывать – депрессию лечить, например, или мигрень, или болезнь Паркинсона, или даже Алцхеймера болезнь. Так как мозг, в принципе, обыкновенная электронно-нейронная машина, внутренние сигналы можно программировать извне. Но даже не только это! Можно программировать также поиск и решение каких-нибудь сложных научных или бизнесс вопросов, но за более крупную сумму. Вполне возможно, что "In the next 5-10 years this will be a multibillion-dollar business".

Ну как картинка? Возникла из ничего. Прямо сейчас на твоих глазах. Спасибо Эпштейну. Это он меня научил своим «Автопортретом мысли». Выскочила телеграфная лента. И кто ее посылает эту ленту и откуда – неизвестно.

Скорее тебе неизвестно и Эпштейну. Мне же известно. Лента скорее всего посылается вон из той комнатки: "...наполненной мягким неоновым белым светом. В комнате без мебели, без окон и дверей. Там, где нежный свет льется отовсюду, и чувствуется какая-то приятная легкость во всем теле и в мыслях. Присмотревшись, я обращаю внимание что в комнате нет ни пола, ни потолка, ни стенок, только мягкий пронзительный свет без конца и без края. Пытаюсь потрогать этот свет, протягиваю руку и замечаю, что и тела моего больше нет. Становится как-то по праздничному грустно и... я просыпаюсь." В кулаке моем зажат какой-то клочок бумаги вот с такими словами на нем: «Однажды Чжуан Чжоу приснилось, что он бабочка, счастливая бабочка, которая радуется, что достигла исполнения желаний, и которая не знает, что она Чжуан Чжоу. Внезапно он проснулся и тогда с испугом увидел, что он бабочка, или же бабочке снилось, что она Чжуан Чжоу. А ведь между Чжуан Чжоу и бабочкой, несомненно, существует различие. Это называется превращением вещей. Чжуан цзы (Чжуан Чжоу), китайский философ (ок. 369 - 286 до н. э.)»».

Твое здоровье, Алекс! И за превращение вещей из ничего в что-то. А джина с тоником у тебя случайно нет?

---

2005-06-13 04:19

АлексРома:

Страннik, ты мне обывательщину не шей, ага? И пиво иллюзорное меня не устраивает, мне реальное нужно и холодное, в запотевшей бутылке. К тому же, ты и сам попался. Можно сказать, проговорился. Откуда ты знаешь, что мне с Беллой придется расстаться? Я вот ей только что письмо отправил на эту тему, потом сюда сразу захожу, а ты тут мои сны толкуешь, которые я не видел.

Но главное, толкуешь правильно, имена реальные называешь, что вообще не очень этично, и при этом говоришь, что это всё бабушкины предрассудки. Нет, ты не прост! Надо еще проверить, куда ты летаешь.

---

2005-06-13 17:44

Страннік:

Алекс,
пожалуйста, не пугай меня. Вот это да!

Все мои разговоры - сплошная выдумка. Шанс каких-то
конкретных совпадений с жизнью личной был ничтожным -
один из нескольких сотен миллионов. Я ведь ничего не знаю
ни о тебе, ни о твоей личной жизни... И никогда ни в чьи
жизни не вмешиваюсь. Вот это да!

И Беллу я выдумал, и сон. Сражен наповал и готов принести
любые извинения какие только возможно. Никогда не был
замечен в неэтичности моего поведения...

Все, что я сделал - это настроился на твою волну в ходе
нашего разговора. А получилось жестокое подтверждение
полетов во сне и наяву... Восхищён и сражён наповал.

Вот это да. Работает. Значит работает!!!

Простишь?

---

2005-06-14 04:49

АлексРома:

Прощу, конечно:) У меня просто вчера настроение такое
было, мрачное. Только я письмо отправил - и тут твой пост с
толкованием. Это, конечно, не случайно. Но штука в том,
что объяснений этой неслучайности может быть
бесконечное множество, и все они случайны. Самое
рациональное объяснение - то, что ты зашел на соседний
пост моего ЖЖ и увидел там имя. Но в такой приземлённой
злокозненности я тебя даже не подозреваю.

Будем валить на высшие силы, эзотерика все спишет:)
Кстати, забыл спросить: твои шесть глаз - это тоже случайность?
---

2005-06-14 17:00

Страннiк:

Был такой мультик в детстве про совенка, который пел приблизительно следующее: «А у меня волшебные очки, завидуйте и белки и жучки! Одену и скажу «раз-два», «раз-два» - узнаю все, как дедушка Сова!».

Дедушка Сова, наверное, на настоящий момент для меня – это Михаил Наумович. Наконец-то добрался до его двухтомника эссе. Весь том второй «Из Америки» исчёркал пометками ручкой с красным стержнем.

Тройственность же очков говорит о троичности взгляда на события, факты, людей. То есть, как бы одновременный взгляд на предмет обсуждения, но с трёх разных сторон. Тогда предмет оживает, становится выпуклым, приобретает форму. Напоминает, кстати: "Во имя Отца и Сына и Святого Духа!"

И еще, в системе «Звезда» (ГРУ) нас учили идти ещё дальше – до пяти точек зрения. Но на пять пар очков мне бы просто лба не хватило!

Предвосхищая следующий вопрос про руку сразу отвечаю. Это пока "Top Secret". Вон Михаил Жилин уже целый месяц меня пытает, чья рука и чья рука. Одно только точно могу сказать: эта рука не принадлежит ни Белле, ни моей жене, ни моей маме, ни моей любовнице, ни моей дочке.
---

2005-06-15
АлексРома:

Звезда, Архангельск, ВВС, космическая связь... теперь
понятно, почему ты летаешь. Это "профессиональная
болезнь" называется:) А на руку я даже и внимания не
обратил. Рука как рука, ничего особенного. Похоже на
оторванную от манекена. Угадал?
---


2005-06-15
Страннік:

Скажем так,
Звезда=Чукотка+Яковлевка+Венцпилс+Нагорный
Карабах+Куба=ГРУ ГШ (Москва). Полеты во сне и наяву.

Отодвигаем в сторону пустую стеклотару и продолжаем
разговор по существу вопроса про "Солипсизм и не только".
Готов? Просьба пристегнуть ремни. Ну, полетели. На этот
раз спать точно будешь без всяких задних ног.

Бог – есть универсальное сознание, откуда всё появляется и
где всё исчезает. Комнатка без окон и дверей, без пола,
потолка, и стенок, наполненная мягким пронзительный
неоновым белым светом без конца и без края и есть образ
Бога. Образ бесконечного безвременного безкоординатного
универсального сознания. Так сказать, взгляд изнутри. В
этой комнатке мы находимся до своего физического
рождения. И в этой комнатке мы исчезаем после своей
физической смерти. Там нет ничего и никого, кроме света,
чистоты и покоя.

Так что, АлексРома, Бог существует. И он не "другие люди".
И даже он вообще не человек. Он есть ОНО –
универсальное сознание – источник многообразия и
многовариантности мира физического. Свет, чистота и
покой там – это уже мир метафизический. Мир других

реальностей. О нем мы ничего не знаем, но в него мы иногда попадаем в наших сноведениях. В наших человеческих снах мы имеем возможность проваливаться в другие измерения и в другие реальности жизни метафизической, как бы имеем возможность поиграть (совсем как на сцене по Шекспиру, типа «Весь мир – театр, а люди в нем – актеры !») в судьбу своих альтернативных «Я».

Не помню кто и где сказал, что «Если условно отнести все сознательное в психике человека к разуму, а подсознательное к душе, то можно сказать, что сновидение – это полет души в пространстве вариантов. Душа имеет непосредственный доступ к полю информации, где все «сценарии и декорации» хранятся стационарно, подобно кадрам на киноленте. Разум не воображает свои сны – он их действительно видит. И это вовсе не иллюзии, а реальное кино о том, что могло бы произойти в прошлом или будущем.»

Мой вопрос для меня самого – это каким образом я могу видеть не только мой выдуманный «твой сон», но сами реальные физические события, сопутствующие этому фантастическому полностью выдуманному ирреальному сну. Я не могу их видеть. О них я могу лишь фиктивно предполагать. Но совпадение фиктивной предполагаемой реальности с реальной действительностью почему-то меня испугало. Черт побери,  я знал, что я – волшебник, но не до такой же степени. Это уже  «too much holiday spirit!» (Реклама была с такой фразой).

Так в чем же разница между "случайной закономерностью" и "закономерной случайностью"?

ОК, двигаем дальше. Попутно прошу заметить, что я двигаю свои аргументы абсолютно с продвижением твоего эссе (или с некоторыми, скажем так, заблуждениями твоего эссе, на мой недалёкий взгляд).

Вот она – твоя цитата: «Христос пострадал за то, что выступил богом-одиночкой. Когда от него отреклись ученики, его участь была решена. Люди распяли его и сделали своим символом. Бог не может быть единоличным: бог – это символ группы людей, народов или группы народов.» Честно скажу, моя первая реакция на такого рода заявления это – как дал бы в лоб профессору АлексРоме за такую чушь.

Теперь объясняю, почему. Бог – есть универсальное сознание (см. выше). Так? Христос – сын Божий (а не Бог-Одиночка!). Христос – БогоЧеловек! Кто сказал, что таких людей нет даже сейчас, в наше время? Листаем газеты, смотрим новости, набираем словосочетание "Piano Man" в Google Search Engine. Что мы видим? Или что мы читаем? "Piano Man's story – an unfinished symphony. The unidentified man known as "Piano Man" wanders the grounds of Medway Maritime Hospital, Gillingham, England. He was found in a coastal town in southern England on April 7, 2005 and he has refused to communicate ever since, except through music. Britain's mystery patient doesn't talk, just plays." Кто знает, кто этот человек есть?

Так вот, Бог – единоличен! Так как сознание универсальное – всегда было, есть и будет Единолично! И Бог – никогда не есть "символ группы людей, народов или группы народов»! И даже Сын Божий – не есть такой символ. Сын Божий тоже единоличен. Но никто и никогда не знает, кто он и что он.

Теперь далее. Возможно ли любому человеку стать Богом? Ответ: «Никогда!». Человек никогда не станет всепоглощающим и всерождающим универсальным сознанием. Но это совсем не говорит, что он не может пользоваться помощью такого сознания – помощью Бога в своей жизни. Далее, может ли человек стать БогоЧеловеком? Ответ тот же: «Никогда!». Или, по крайней мере, без ведома самого Бога. Смеюсь таким мыслям, но, к счастью, - это правда жизни. Тем не менее, помощь Бога – всегда всем и во всём. Особенно тем, кто полностью понимает и осознаёт, что Бог – есть Любовь. Всегда, везде, всем и во всём.

Черт побери, ну хоть чуть-чуть, можно ли человеку приблизиться к Богу, или хотя-бы к БогоЧеловеку? Ответ прямой и точный: «Абсолютно и без всякого сомнения!». И опять, об этом мы найдем у Леонардо Да Винчи: «Человек способен подняться до уровня Бога и опуститься ниже скотины». Кусочек правды в подарок потомкам из глубины 15-го века: Self-Perfection в борьбе с Self-Destruction inside of any Human Being on this planet. Не знаю, спасет ли мир красота, по Достоевскому, но любовь уж точно спасет мир от всех напастей.

Если интересно, можем продолжить разговор. Все. Пора лететь ко сну...
---

2005-06-16
АлексРома:

Восхищен твоим вдохновенным монологом, Странник! Так сразу с хода и не ответишь. Я ведь всегда говорил, что Бог есть, а тут ты меня в безбожии заподозрил.

Пока что отправляю свое эссе. Я его хотел дописать - и было что - но потом решил, что это будет уже избыточно. Пусть остается как есть, написанное одним махом. Пожалуй, я его попробую в новый пост залудить. Смотри на главной странице.

Проснулся с ответом (в прямом смысле слова - проснулся с мыслью в голове): существование Бога для меня несомненно. Но мне недостаточно знать, что он есть: мне надо его найти, причем не до рождения, ни после смерти, а сейчас и здесь.. Да, он вездесущ. Но в одних местах его меньше, в других - больше. И всё это меняется во времени. В чистом виде его нет нигде, поэтому он и невидимый. Я уже находил его в сети, но теперь его тут совсем мало. Я ищу в разных местах. В том числе, и в других людях вместе взятых. В этой идее нет ничего необычного. Есть вот, например; богоизбранный народ. Я не еврей, и это другие люди. Не пойми меня конкретно: я ищу бога не только в евреях, а во всех людях. Про богоизбранный народ - это в качестве ссылки на первоисточник (Ветхий Завет или Тору).

--

2005-06-25
Страннік:

Алекс,
случайно заскочил на секунду и сразу наткнулся на "богоизбранный народ". Так вот что я скажу. Окончательно и бесповоротно. Бог не придумывал религий. Религии придуманы людьми. Бог ни к Ветхому Завету, ни к Торе не имеет никакого отношения. А значит, что и народ, якобы, "богоизбранный" не существует в природе. Для Бога все равны: люди, животные, птицы, насекомые, планеты, звезды... Бог есть любовь, баланс, гармония всего и всех. "Богоизбранничество" же придумано рассистами-нацистами-националистами людьми для прикрытия образом Бога своих мерзких целей. **Human beings, not God's Messengers (among them, Abraham, Zoroaster, Moses, Krishna, Buddha, Jesus, and Muhammad), are the source of religious divisions, prejudices, and hatreds.**
---

Ответ на «Сон про не Сон»:
http://www.livejournal.com/users/alexroma/5991.html

2005-06-25
Страннік:
Помнить все сны невозможно. Да и не нужно. Потому что невозможно. Пространство вариантов снов бесконечно. Стоит ли их всех запоминать? Мозг может лопнуть. Бесконечное пространство вариантов принадлежит

Богу. Вот он пусть и запоминает. Хотя ему и не нужно запоминать. Он их уже давно все знает.

Иногда я думаю, почему мозг человека в состоянии задействовать всего 2-3% своего рабочего объёма и кому принадлежат остальные 97%. А что, если эти 97% принадлежат Богу преднамеренно? Чтобы человек не помнил все свои дурацкие сны и не жил в них, а совершенствовал свою реальную жизнь? Более того, переход черты может оказаться для человека вредным. Ницше перешел черту - стал лошадиные морды на улице целовать под дождем. Поэт Батюшков перешел черту - провел в Италии остаток жизни. Перескочил черту Гоголь - и остался с носом...

Читаем: "Одним из самых привычных и в то же время загадочных феноменов в жизни человека является сновидение. Во сне человек проводит треть своей жизни. Всё, что происходит с ним в этом пограничном состоянии, до сих пор покрыто тайной. Научные исследования в данной области мало что объясняют. Философские трактовки тоже бросаются из одной крайности в другую. Одни говорят, что сновидения – это иллюзии, другие утверждают, что даже сама наша жизнь есть не что иное, как сон. Кто же здесь прав?".

Мозг (как обыкновенный суперкомпьютер обладает огромным объёмом суперпамяти) в состоянии вспомнить даже то, чего он никогда не знал. Шансов, правда, меньше, но всегда есть. Более того, многие гениальные открытия были сделаны именно в попытках такого рода воспоминаний.

Воспоминание о том, что знал, но забыл происходит намного легче. Например, спрашиваешь у мозга, как название очень вкусного вишневого вина, которое ты любил покупать 11 лет назад в маленьком liquor-store на 13-ой Авеню в Бруклине? Мозг, как шаловливый ребенок, получающий задание на дом, смотрит на тебя с улыбкой и готов сорваться с места и лететь в поисках названия вина. Ты отвлекаешься. Делаешь что-то другое. Одновременно наблюдаешь за картинками, которые в считанные доли секунды выдает тебе мозг. Видишь продавца хасида теребящего свой локон. Видишь, как он отвечает на твой вопрос, идет между стеллажами забитыми бутылками и подает тебе одну из них с кучей медалей на этикетке. Мысленно ты берешь бутылку и читаешь название вина на ней: Kijava. Прошло всего несколько секунд. Результат у тебя в руках!

Каким образом это происходит? А вот таким. Твое прошлое, настоящее и будущее уже записано в пространстве вариантов. С прошлым легче - можно запустить туда шаловливого ребенка и он прибежит с конкретным результатом, который уже был, но позабыт слегка. А вот как быть с будущим? Можно ли и туда этого ребенка-разведчика закинуть? Без сомнения. Но здесь нас будет поджидать некоторая сложность.

При перемещении в прошлое нас ожидает только наш один из одного варианта развития событий, которые уже состоялись и записаны на пленку нашей жизни. Мысленно прокрутил пленку - нашел название вина.

При перемещении в будущее нас ожидает бесконечное многомиллиардное множество вариантов. Как узнать, какой из вариантов твой? Чуть со стула не свалился от смеха, мысленно увидев удивленное заспанное лицо АлексРомы. Сочинение про "подвиг реальности" которого про работу в конструкторском бюро было прощупыванием (троганием фиолетовым хоботком) только ОДНОГО варианта будущего. Согласно которого, и инженером он мог бы быть, и по коммандировкам ездил бы и жил бы сейчас в каком-нибудь Урюпинске. И не имел бы свой ЖЖ и не знал бы about upstate New York, и лыжи бы не оставлял на верхних полках. Повезло АлексРоме, не устроил его вариант Урюпинска...

Повезло ли? Везучесть - это случайность. Или это закономерная случайность? Особенно для тех, кто знает какой вариант будущего для себя выбрать в пространстве вариантов.

Читаем дальше:"Пространство вариантов – это информационная структура, в которой хранятся сценарии всех возможных событий. Число вариантов бесконечно, как бесконечно множество возможных положений точки на координатной сетке. Там записано все что было, есть и будет."

Замечаю, как АлексРома пытается заглянуть ко мне через плечо, чтобы посмотреть из какой книжки я все это читаю и натыкается на белоснежно пустынные страницы...
---

AlexRoma:
6-19-2005
С тобой приятно говорить, Страннĭk: ты и сны за меня видишь, и удивляешься за меня, и пиво за меня пьёшь, и ответы за меня даёшь. Мне и добавить практически нечего. Если только информацию к размышлению: ресурсы мозга задействованы не на 3 процента, а гораздо больше, почти все сто. Миф про 3 процента родился полвека назад, когда активность мозга не могли точно замерять, вернее, использовали грубые инструменты. Откуда эта ифна, я не помню, а мальчику лень бегать. Кажется, из Сайентифик Американ. Если будет нужно, я найду. Во-вторых, мозг - не суперкомпьютер. У мозга другой принцип действия, в основе которого лежит нейронная сеть. Это не просто компьютер, а скорее - квантовый. Искуственного компьютера, основанного на этом принципе, пока не существует.

Обещают сделать, но пока все на уровне теории, на практике почти ничего нет. И, кстати, мозга у меня нет - это еще давно было доказано в веере. Конкурс такой был: "Есть ли мозг у Алексромы?" Участники - все! - аргументированно говорили, что нет. Победитель получил 100 долл. в Молдавии по паролю "Do I have a brain?" И это не бред сивой лошади, которую целовал Н.

---


Strannik:
6-19-2005


Алекс,
ты не со мной разговариваешь, а с собой, но только с другим собой (согласно твоей же теории про бога-людей).

Всё. Делаем временный перерыв. На моем столе лежит несколько важных книжек, таких как "PSI RE Exam" и др. и нужно заставить себя (точнее свой квантовый компьютер) сдать exam. Книги посторонние и разговоры пока сдвигаем в сторону. Помолчим.

А вот на сколько процентов работает нейронная сеть можем поспорить и придется все же мальчика заслать (на все сто).

А Ницше я люблю и бред его тоже.
He will be loved forever for sure.

Не грусти, АлексРома без рома!


Лето 2005 года

**Внеклассное чтение**

Работай, работай, работай.
Ты будешь с уродским горбом.
За долгой и честной работой.
За долгим и честным трудом.

Александр Блок

"Писательство, как сама жизнь, есть странствие с целью что-то постичь.
Оно - метафизическое приключение: способ косвенного познания реальности, позволяющий обрести целостный, а не ограниченный взгляд на Вселенную. Писатель существует между верхним слоем бытия и нижним и ступает на тропу, связывающую их, с тем чтобы в конце концов самому стать этой тропой.".

Генри Миллер "Размышления о писательстве"

Лет в 12 мне однажды приснился сон. Я находился в совершенно пустой комнате, наполненной мягким неоновым белым светом. В комнате без мебели, без окон и дверей. Нежный свет лился отовсюду, чувствовалась какая-то приятная легкость во всем теле и в мыслях. Присмотревшись, я обратил внимание что в комнате нет ни пола, ни потолка, ни стенок, только мягкий пронзительный свет без конца и без края. Пытаясь потрогать этот свет я протянул руку и заметил, что и тела моего больше нет. Стало как-то по праздничному грустно и... я проснулся.

С тех пор, мне почему-то смешно слышать разговоры о скучности жизни, о пустоте и бессюжетности. Хочется взять этот красивый запылившийся от времени ковер любой жизни, скрутить его в трубку, вытащить на снег, на мороз, разложить и выбить как следует. Излупить выбивалкой так, чтобы от грязи (мыслей) не осталось и следа.

Спасение любой личности в работе над собой, в труде над душой своей: "Душа обязана трудиться и день и ночь, и день и ночь!". Скачки творческие не происходят просто так- извне, они постепенно разгораются внутри. Вымысел, сюжетность, эксперимент, импровизация, искренность, краткость по набору слов, но безграничность по набору плывущих образов, это всегда напряженный упорный труд по сотворению себя через слово. Такое простое разноцветное, невесомое, как пушинка, одновременно тяжелое, как могильная плита, слово. Слов миллионы, писателей, поэтов, журналистов, читателей - сотни миллионов. Ну разве это сложно, найти слова которые принадлежат только тебе и никому другому?
Потому что за этими словами скрывается только ты сам, за ними скрывается не только твой стиль мышления, но и стиль твоего личного неповторимого опыта жизни. Красиво пишет тот, кто красиво думает.

В американских школах писательского мастерства замечательно учат как писать книги. Чем это достигается? Только кропотливым настойчивым трудом через "тернии к звездам", через настойчивый поиск своего личного стиля и голоса. Хороший писатель всегда "стиляга", не всегда снаружи, но всегда внутри. Ну и сила воли у писателя при очень при большом причем! Ни дня без строчки! Ты можешь недоесть, недоспать, недосмотреть телевизор, но ни дня без строчки! Всего по 600-800 стихотворений в год у Бродского, к примеру.

Пишите все, что хотите, исследования какие-нибудь, публицистику, заметки, интервью, очерки и т. д., разминайте ваш интеллект и лепите, лепите, лепите фантастическую скульптуру прожитой жизни, "освобождайтесь, очищайтесь от психических перегрузок избыточного воображения" почаще, не страдайте запорами "закрытости" мозга. Самое лучшее море - то, в котором еще не плавал, самая лучшая страна - та , в которой еще никогда не был, самый лучший день - тот, который еще не прожит, самая лучшая работа - та, которая еще не написана. Флобер писал в письме кому-то: "Наконец-то закончил разработку плана к "Госпоже Бовари", теперь дело за малым - написать сам роман".

Школы писательского мастерства в Америке мигом найдут применение вашим талантам. И делается это очень просто. На первом этапе начинающий писатель получает очень важный "пинок в зад" от учителя в направлении поисков своего собственного неповторимого стиля через получение домашнего задания на каждый день (всего 30 дней предварительных заданий). Ученик с непрестанно отвисшей челюстью, непонимающий суть и смысл этого задания, огорошенный и обозленный начинает его выполнять. Ой как тяжело дается выполнение этого задания, с каким скрипом (мозгов) идет пробуксовка. Ниже приведен далеко не полный список заданий на лето:

1.- Напишите письмо вашему любимому школьному учителю (или учительнице). Обязательно пошлите это письмо адресату с уведомлением о получении.

2.- Зайдите в ближайший книжный магазин, выберите любую новую понравившуюся книгу, прочитайте и напишите на нее рецензию. Рецензию обязательно пошлите в издательство (можно с копией автору книги), и разместите online в откликах на книгу в www.amazon.com или www.bn.com. (для русскоговорящих, лучше всего, www.kniga.com).

3.- Откройте словарь на первой попавшейся странице, выберите любые пять слов и используйте их в предисловии к вашему новому рассказу. Не забудьте написать сам рассказ, в котором вышеназванные слова употребляются не раз и вступают в резонанс с темой всего рассказа.

4.- Вообразите себя советником президента (выбор президента и страны на ваше усмотрение), которому требуется подготовить речь о состоянии внешней и внутренней политики государства на настоящий момент.

5.- Напишите короткий рассказ о том как прошел ваш выпускной вечер в школе.

6.- Вспомните то время, когда вы очень интересовались политикой. Напишите рассказ от имени главного героя - участника прошедших политических событий.

7.- Представьте, что в вашем личном дневнике необходимо ответить на вопрос: "Чего вы больше всего боитесь в вашей жизни и почему?".

8.- Обычно мы очень любим самих себя и считаем себя хорошими людьми, положительными персонажами. Представьте себя отрицательным персонажем. Каким бы вы были и в кого могли бы превратиться? Напишите об этом.

9.- Выберите наиболее удачный отрывок из написанного вами ранее (см. все восемь пунктов сверху), постарайтесь расширить этот отрывок, расписать его во всех подробностях (в цветах, красках, запахах) и превратить в удачный рассказ.

10.- Представьте себя знаменитым и очень популярным во всем мире. Кто вам ближе всего по характеру, по духу из знаменитостей? Напишите рассказ всего об одном дне жизни этого человека от его имени.

11.- Найдите какую-нибудь отдаленную экзотическую точку на карте (чужая страна, город в той стране или маленькая деревушка). Соберите информацию о местных жителях и сделайте эту точку местом действия вашего нового рассказа.

12.- Перечитайте одну из ваших любимых книжек, затем напишите стихотворение от имени вашего любимого действующего персонажа этой книги.

13.- Представьте, что сегодня пятница, 13-е число, 2013-го года. Напишите сценарий
для короткометражного фильма ужасов, в котором последовательность странных неожиданных событий в жизни главного героя приводит к трагической развязке.

14.- Напишите сказку или рассказ для детей дошкольного возраста, где все действующие лица - продукты питания.

15.- Главные действующие лица, описание их поведения, их разговорная речь находятся в центре внимания любого литературного произведения. Сделайте наброски трех героев (где они родились, сколько им лет, где они живут, чем занимаются, о чем думают, о чем мечтают, в каких родственных отношениях находятся и т.д. и т.п.). Опишите их основные внешние и внутренние характеристики.

16.- Напишите рассказ в жанре с которым вы никогда до этого не работали, например, журналистская заметка в газету, сказка, фильетон, жалоба, манифест, листовка, научно-фантастический рассказ, письмо к президенту, рецензия на оперный спектакль или новый художественный фильм, интервью с самим собой
и т.д. и т.п..

17.- Отпрактикуйте написание диалогов. Выберите один из ваших любимых рассказов и перескажите его в диалогах главных действующих лиц.

18.- Сделайте список ваших дней рождения. Попытайтесь восстановить по памяти и коротко описать каждый из них. Как и где вы жили, кто приходил в гости и какие подарки приносил. Какие подарки вам нравились и запомнились? И почему?

19.- Зайдите в какой-нибудь маленький дешевый магазинчик, выберите и купите первый попавшийся, но понравившийся вам, необычный предмет. Напишите историю возникновения и путешествия этого предмета.

20.- На дворе лето! Захватите с собой записную книжку и пойдите в ближайший парк, лес, к озеру, к пруду, к морю, в горы. Присмотритесь поближе к живому миру окружающему вас, к насекомым, птицам, мелким зверькам. Напишите рассказ от имени одного из них.

21.- Какие эмоции вы бы хотели вызвать у читателя чтением ваших произведений? Составьте список слов, провоцирующих определенные эмоции, например, радость или печаль. Кратко поясните почему то или иное слово вызывает определенные эмоции.

22.- Кто-то собирается написать книгу о вашей жизни. Коротко расскажите о том, описание каких важных событий вам хотелось бы включить в эту книжку.

23.- В летние месяцы многие люди уходят в отпуск и отправляются на отдых в тропические страны и "райские места". Опишите куда хотели бы вы направиться и почему именно это место является для вас "райским".

24.- Опишите самый страшный период в вашей жизни. Проанализируйте что случилось, почему так произошло и почему этого могло и не случиться. Какое влияние это событие оказало на вашу дальнейшую жизнь?

25.- Что означает ваше имя и каково его происхождение? Соответствует ли ваше имя вашей личности? Если было бы возможно поменять ваше имя, какое новое имя для себя вы бы выбрали и почему?

26.- Окунитесь в воспоминания детства. Лето какого года вашей жизни запомнилось вам больше всего? Опишите это время со всеми мельчайшими деталями и подробностями.

27.- Из тех литературных произведений, которые вы написали за последний месяц, выберите подходящее для перевода его в пьесу.

28.- Перечитайте любимую книгу вашего детства. В своем дневнике напишите краткую сравнительную заметку о воздействии этой книги на вас в детстве и в настоящий момент. Оставляет ли эта книга такое же приятное впечатление как в детские годы? Если "да", то почему? Если "нет", то почему?

29.- Соберите информацию от родителей, близких и дальних родственников о ваших прадедушках и прабабушках. Постарайтесь разыскать их фотографии, письма и другие семейные документы. Напишите краткую заметку о их жизни и деятельности с упором на важные исторические моменты того времени. Постарайтесь опубликовать эту заметку в местной газете или журнале.

30.- Зайдите на интернет, на страничку www.globalrus.ru, выберите понравившуюся вам статью или заметку, в конце заметки кликните по кнопочке "Обсудить" и кратко, доступно, легко и просто изложите ваше собственное мнение. Делайте так почаще и по разным литературным направлениям.

Если после 30 дней напряженного и кропотливого труда у вас накопилось всего несколько ваших собственных строчек и большинство вышеуказанных заданий не было доведено до конца, настоятельно рекомендуется подойти к зеркалу, посмотреть себе в глаза и постараться предельно честно ответить на конкретный вопрос: "А писатель ли я?". Радуйтесь, если вы получите отрицательный ответ. Значит вы - читатель!

Если после 30 дней напряженного и кропотливого труда вы умудрились уложиться в срок и выполнили все вышеуказанные задания, вас можно поздравить и с улыбкой похлопать по плечу. Радуйтесь, вам повезло, - вы начинающий писатель!!! Успехов!


P.S.: Некоторые рекомендации к внеклассному чтению на лето:

- Константин Паустовский "Искусство видеть мир"
- Генри Миллер "Размышления о писательстве"
- Виктор Ерофеев ""Новый роман" и физиология писательства"

**Обо мне:**
По образованию — лингвист (английский, французский, русский). Публиковался по-английски в сборниках поэзии "Spirit of the Age", "Best Poems of the '90s", на страницах американского журнала "Newtopia", "American Chronicles" и по-русски в журналах "Топос", "Пролог", "Новая Литература" и др.

В творчестве литературном мне, прежде всего, нравится оригинальность сюжета, простота изложения, искренность и краткость — метафизическое приключение мысли в миниатюре. Верю в голограмность и многостраничность несущего положительный заряд энергии слова. Хотелось бы привнести в новую эстетику письма в России доброжелательное отношение к странникам, инородцам и иноверцам, к имажинистам, конструктивистам и футуристам — эксперементаторам литературного ремесла будущего.

RussPress.com®

http://www.blurb.com/bookstore/detail/23788

# The Art of Nature

## By Michael Batiukov

**Category:** Arts & Photography

"The origination of life on our planet is still remains a mystery. Life is a mystery. Life is a unity of everything alive in nature. Life is a metaphysical thing. True mystery of life is love. Earth is a living body constantly giving birth to a new life, spirit and compassion.

There are certain theories of the origin of life. Was life originated from a deep ocean, or from a mixture of molecules subjected to lightning, or from seeds from the Moon, or arrived here from outer space on meteorites, comets, asteroids, or created purposely by God alone in 6 days, or established by "gods" from the 12-th planet?

We can only speculate about it."

### *Publishing Details:*

Version 1
33 pages
10 x 8 inches
November 06, 2006 15:13
Heavyweight coated paper stock
Hardcover - $29.95
Softcover - $18.85
http://www.blurb.com/bookstore/detail/23788

www.ingramcontent.com/pod-product-compliance
Lightning Source LLC
Chambersburg PA
CBHW022002010726
47494CB00003B/855